I0751213

LES FILLES

DE BRONZE

II

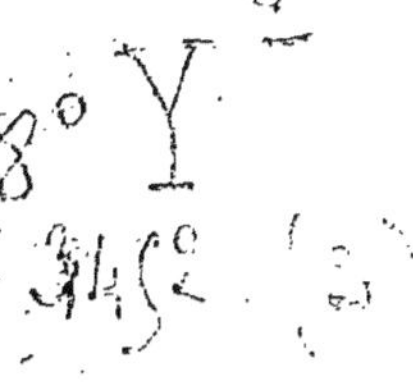

LIBRAIRIE DE E. DENTU, ÉDITEUR

OUVRAGES DU MÊME AUTEUR

Collection grand in-18 jésus à 3 francs le volume.

Le Mari de Marguerite, 13e édition . . . . 3 vol.
Les Tragédies de Paris, 7e édition . . . . 4 —
La Vicomtesse Germaine, 7e édition . . . . 3 —
Le Bigame, 6e édition . . . . 2 —
La Maîtresse du Mari, 5e édition . . . . 1 —
Le Secret de la Comtesse, 4e édition . . . . 2 —
La Sorcière rouge, 4e édition . . . . 3 —
Le Ventriloque, 4e édition . . . . 3 —
Une Passion, 4e édition . . . . 4 —
La Bâtarde, 3e édition . . . . 2 —
La Débutante, 3e édition . . . . 1 —
Deux Amis de Saint-Denis, 4e édition . . . . 1 —
Sa Majesté l'Argent, 5e édition . . . . 5 —
Les Maris de Valentine, 3e édition . . . . 2 —
La Veuve du Caissier, 3e édition . . . . 2 —
La Marquise Castella, 3e édition . . . . 2 —
Une Dame de Pique, 3e édition . . . . 2 —
Le Médecin des Folles, 4e édition . . . . 5 —
Le Chalet des Lilas, 3e édition . . . . 2 —
Le Parc au Biches, 3e édition . . . . 2 —

Sous Presse :

Le Fiacre no 13.
Son Altesse l'Amour.
Les Filles du Saltimbanque.
L'Homme au Masque.

Clichy. — Imprimerie Paul Dupont, 12, rue du Bac-d'Asnières. 38.11.79

LES FILLES
DE BRONZE

DRAME PARISIEN

PAR

XAVIER DE MONTÉPIN

II

LA SŒUR AINÉE

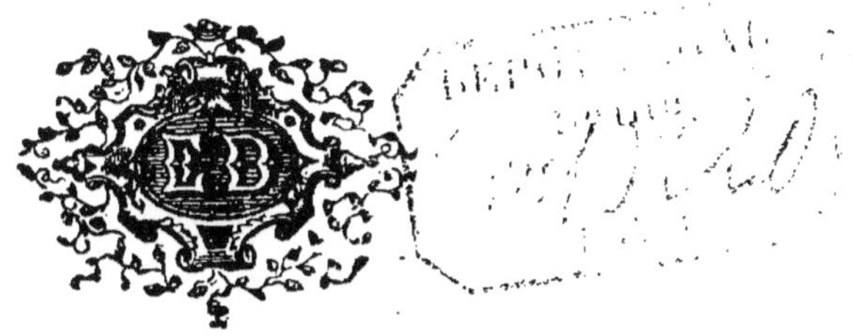

PARIS
E. DENTU, ÉDITEUR
LIBRAIRE DE LA SOCIÉTÉ DES GENS DE LETTRES
PALAIS-ROYAL, 15, 17 ET 19, GALERIE D'ORLÉANS
1880

LES

FILLES DE BRONZE

DRAME PARISIEN

PREMIÈRE PARTIE (*Suite*)

LA SŒUR AINÉE (*Suite*)

XXXVII

Martial avait hâte d'en finir.

— J'avais prononcé contre ces esclaves la peine de la flagellation... — reprit-il. — Monsieur le syndic des noirs, confirmez-vous ma sentence?

— Oui, sénor, — répliqua Reymundez. — L'esclave Noëmi recevra quinze coups de fouet... chacune de ses filles en recevra dix...

Un cri de désespoir s'échappa des lèvres des trois sœurs.

— Mais c'est monstrueux ! — dit Cora. — C'est la mort que vous infligez à ma mère ! — Elle ne survivra pas, vous le savez bien, à la torture ordonnée par vous !...

— Tuez-nous, — fit Carmen à son tour, — mais pitié pour ma mère...

— Pitié pour ma mère !...— ajouta Marie que les sanglots étouffaient.

— Obéissez ! — commanda Dereyne.

Mercuzza donna un ordre.

Deux Espagnols, ses lieutenants habituels, s'approchèrent des femmes dont ils domptèrent facilement la résistance, et leur lièrent les mains derrière le dos.

Les nègres témoins de cette scène avaient la rage dans le cœur, mais ils restaient immobiles et mornes.

Le syndic des noirs était là, représentant à leurs yeux la justice, et la justice les effrayait. — Ils savaient trop bien que la moindre tentative de révolte amènerait pour eux une mort immédiate.

Le docteur Jocelyn se meurtrissait la poitrine. — Jean Renaud sentait une sueur froide mouiller la racine de ses cheveux.

Tous ces dévouements comprenaient leur impuissance.

En face des carabines et des revolvers des séides de Mercuzza, que pouvaient des hommes sans armes ?

Le commandeur fit un geste.

Les vêtements de Noëmi furent arrachés, découvrant les épaules et le buste.

Cora se laissa tomber aux genoux de Martial.

— Grâce... — balbutia-t-elle. — Au nom du ciel, au nom de votre mère, au nom de vos enfants, grâce !...

Martial se pencha vers elle et, pour la seconde fois, lui dit :

— Je ferai grâce si tu veux... — Veux-tu ?...

— Jamais !... — répliqua la jeune fille en se relevant. — Ah ! vous aurez été sans pitié !... — Un jour viendra peut-être où l'on sera sans pitié pour vous !...

L'armateur répondit par un ricanement.

Mercuzza caressait avec amour les lanières du fouet de commandeur dont il ne se séparait jamais, et dont il avait déploré si souvent l'oisiveté pendant la vie de Richard Bernier.

Il fit tournoyer l'instrument de supplice qui fendit l'air en sifflant, et s'abattit avec un bruit mat sur la chair de la malheureuse femme où il laissa des empreintes livides.

Noëmi ne poussa pas un cri, mais elle devint d'une pâleur verdâtre; une contraction nerveuse souleva les coins de sa bouche ; ses yeux semblèrent s'agrandir dans leurs orbites.

Au second coup, une rosée couleur de pourpre perla sur les mertrissures violettes.

Au troisième, le sang jaillit, éclaboussant les mains de l'exécuteur et le visage des jeunes filles agenouillées autour de leur mère.

La poitrine haletante de Noëmi se soulevait avec les mouvements saccadés d'un soufflet de forge. — Ses lèvres restaient muettes, mais son visage exprimait une souffrance indicible.

A partir du cinquième coup, les lanières impitoyables frappèrent une boue sanglante faite de chair broyée...

Au dixième coup, Noëmi poussa un sourd gémissement. — Une convulsion tordit ses membres. — Elle s'abattit sans connaissance.

— Assez ! — fit le syndic des noirs.

Mercuzza releva son fouet, non sans regret.

Il aurait voulu frapper jusqu'au bout, dût-il frapper sur un cadavre.

Le docteur Jocelyn se pencha vers le corps inanimé et il interrogea l'artère.

— Monsieur Martial Dereyne, — dit-il ensuite en regardant l'armateur bien en face, — si vous aviez l'intention de tuer cette femme, je crois que vous avez réussi... — Monsieur Martial Dereyne, je vous plains !...

Martial, pour toute réponse, haussa les épaules.

En voyant tomber sa mère, Cora s'était dressée, frémissante, les yeux pleins à la fois de larmes et d'éclairs.

— Continue, lâche !...— cria-t-elle,— Les filles

après la mère !... — Dieu veille !... — Malheur à toi, bourreau !... Malheur à tous les tiens !...

Dereyne sentit un petit frisson effleurer son épiderme, mais il sourit de sa faiblesse.

Que lui importaient les vaines menaces de cette folle ?

— A moi ! — reprit Cora, — c'est mon tour !...

— Non... — répliqua Martial, — tu viendras la dernière...

— Pourquoi ? — Je suis l'aînée...

— Cela me plaît ainsi...

Les aides de Mercuzza s'étaient emparés de Carmen et dépouillaient la jeune fille qui, moins stoïque que Noëmi, poussait des cris déchirants.

Le commandeur lèva son fouet et le laissa retomber...

Abrégeons le récit d'une scène hideuse.

Au cinquième coup Carmen perdit connaissance, et pour la seconde fois le syndic des noirs commanda d'arrêter le supplice.

Marie, la plus faible des trois sœurs, fit preuve d'une étrange force d'âme. — La pauvre enfant montra le courage des martyrs, et ne fit pas entendre une plainte. — Lorsque les lanières sanglantes eurent déchiré quatre fois sa chair, elle s'évanouit...

— Enfin, — cria Cora, — c'est à moi !

Elle voulait souffrir, elle voulait mourir, mais une indicible révolte s'empara de son âme quand elle sentit des mains brutales lui arracher ses vêtements, et quand, en face d'une foule, elle se vit nue jusqu'à la ceinture, n'ayant pas même ses mains pour faire un voile à sa pudeur...

Martial Dereyne dévorait du regard ce torse merveilleux, ces épaules fluides, ces bras exquis, ce jeune sein de vierge et de déesse.

Les bouillonnements de la luxure inassouvie lui montaient au cerveau. — La passion bestiale remplaçait la colère dans cette âme de boue.

Mercuzza, indifférent et farouche devant cette fleur de beauté sublime, se préparait à commencer son œuvre de sang.

— Arrêtez! — dit l'armateur d'une voix frémissante. — Je fais grâce!...

Cora, prête pour la torture, ressentit une immense épouvante en entendant ces mots.

— Non!... — s'écria-t-elle en délire, — non, pas de grâce!... je n'en veux pas!... — Je t'ai insulté, misérable!... — Je t'ai dit que tu étais un voleur et un assassin!... — Je t'ai craché au visage!... — Souviens-toi!... — Venge-toi!... — Pas de grâce!...

— Je fais grâce! — répéta Martial. — Qu'on remette à cette esclave ses vêtements, qu'on lui délie les mains, qu'on la conduise dans son appartement, et qu'elle y soit gardée à vue. — Sénor Mercuzza, vous me répondez d'elle...

— Oui, sénor, — répondit le commandeur en souriant.

Il commençait à comprendre les projets du maître, et il se sentait réjoui.

Deux Espagnols dont il était sûr furent chargés par lui d'emmener de force la jeune fille et de veiller sur elle.

Quelques nègres, obéissant à Jocelyn, apportèrent des brancards sur lesquels on plaça Noëmi, Carmen et Marie sans connaissance, et on transporta la mère et les filles à l'infirmerie.

Avant de les suivre, le docteur noir s'approcha de Jean Renaud et lui dit tout bas :

— Quoi qu'il arrive, il ne faut pas quitter l'habitation ou ses alentours... — Nous devons tous deux veiller sur Cora. — En ce moment elle est plus en péril qu'elle ne l'a jamais été...

— Je le sais bien, — répliqua Jean Renaud, — et vous pouvez compter sur moi...

Tout était fini.

La foule des esclaves s'écoula silencieusement, le regard sombre, la haine et la colère au cœur.

Les ouvriers libres espagnols ne cachaient point leur allégresse; — ils applaudissaient tout haut la sévérité du syndic des noirs et l'énergie du nouveau maître.

Le sénor Reymundez quitta l'habitation, fort enchanté du début de ses relations avec Martial Dereyne.

Il emportait une agréable somme de deux cent cinquante louis, offerte par l'héritier de Richard Bernier.

Tout en reprenant, sur son grand cheval efflanqué, le chemin de Guayanila, il pensait :

— Pour peu que ce digne Français ait souvent besoin de moi, ma fortune est faite!... — Béni soit l'heureux accident qui nous a si fort à propos débarrassés de l'oncle... — Il m'est un peu suspect, cet accident, mais, dit *la sagesse des nations : — Qui veut la fin veut les moyens!*... or, pour hériter, il fallait que la succession fût ouverte, et Martial Dereyne s'est chargé de l'ouvrir à son profit!

Mercuzza de son côté murmurait avec une joie farouche, tandis que ses Espagnols emmenaient Cora :

— Esclave et fille d'esclave, quand tu te croyais maîtresse ici pour toujours, tu me mettais dans ton estime au-dessous des nègres! Tu me prodiguais les humiliations et les mépris! — Ma vengeance marche bon train, et le sénor Martial Dereyne, mon digne associé, se chargera bientôt de la rendre plus complète encore! — Il m'a promis une fortune, le sénor Dereyne, et je le mets au défi de me manquer de parole, car je le tiens et il le sait!

Une heure après les scènes hideuses auxquelles nous venons d'assister, l'armateur, seul dans la pièce qui avait été le cabinet de travail de son oncle, songeait aux événements accomplis depuis quelques jours. — Le sourire du triomphe, écartant ses lèvres minces, découvrait ses dents blanches et pointues comme celles d'un loup.

Tout lui réussissait.

Il était désormais le seul maître de richesses si colossales que toute une existence de prodigalités folles ne parviendrait point à les amoindrir, et Cora, la dédaigneuse fille dont la beauté le rendait fou, allait devenir sa proie.

La porte du cabinet, s'ouvrant brusquement, interrompit ce radieux mirage.

Mercuzza franchit le seuil.

La physionomie patibulaire du misérable exprimait un certain trouble.

— Qu'y a-t-il, commandeur? — demanda Dereyne.

— Sénor, — répondit Mercuzza, — j'arrive de l'infirmerie...

— Eh bien?

— Eh bien! j'apporte une fâcheuse nouvelle... — J'ai eu, paraît-il, la main un peu lourde... Oh! sans le vouloir, car au fond je suis plein d'humanité... Bref, Noëmi vient de mourir...

— N'est-ce que cela? — répliqua Martial avec insouciance. — C'est une esclave de moins, voilà tout, et une esclave sans valeur... — Qu'on l'enterre et qu'on n'en parle plus.

— Il faut en parler, sénor, au contraire; les conséquences de ce fait peuvent être graves si la justice en est avisée par la plainte de quelque nègre, et si le tribunal de Porto-Rico s'avise d'évoquer l'affaire.

— N'ai-je donc pas droit de vie et de mort sur mes esclaves? — s'écria l'armateur.

— C'est un droit contesté, sénor... — Le tribunal admet volontiers qu'on châtie les nègres, mais non qu'on les fasse périr sous le fouet... Vous pouvez être condamné à une grosse amende, peut-être même à de la prison...

— N'est-il aucun moyen d'éviter ces ennuis?

— Je n'en vois qu'un seul : — Rédiger un procès-verbal de l'exécution et le faire signer au syndic des noirs qui attestera, comme témoin, que la peine a été appliquée avec une modération digne d'éloges...

— Rédigez vous-même cet acte... montez à cheval et courez à Guayanila chez le syndic... — Vous lui remettrez ces cent louis en échange de sa signature.

— Sénor, regardez la chose comme faite...

— A votre retour venez me trouver sur-le-champ... — Nous avons à causer.

— Bien, sénor... — Je ne perdrai pas une minute...

Et Mercuzza quitta le cabinet.

XXXVIII

Noëmi, — ainsi que Mercuzza venait de l'apprendre à Dereyne, — avait rendu le dernier soupir presqu'en arrivant à l'infirmerie.

Le corps déchiré par le fouet du commandeur, l'âme brisée par le désespoir, la malheureuse femme était morte sans avoir repris connaissance.

Carmen et Marie, plus jeunes, plus vigoureuses, et moins profondément atteintes, éprouvaient de cruelles souffrances, mais leur vie ne se trouvait point en péril.

Un petit nombre de jours devait suffire pour amener leurs blessures en pleine voie de guérison.

Le docteur Jocelyn, quoiqu'il eût la certitude d'arriver promptement à ce résultat, se promettait de prolonger leur convalescence afin de les soustraire le plus longtemps possible au travail que Martial Dereyne ne manquerait pas de leur imposer.

Jean Renaud, sachant par le médecin noir que

Noëmi avait cessé de vivre, voulut voir une dernière fois le visage de la pauvre femme lâchement assassinée.

En présence de ce cadavre sanglant, l'évadé de *la Dorade* pleura comme il aurait pleuré devant le corps de sa mère.

— Si Dieu est juste, — murmura-t-il d'une voix sourde, — tant de crimes ne resteront pas impunis !... Le jour de la vengeance arrivera tôt ou tard !...

— Hélas ! mon ami, — répondit le docteur Jocelyn, — avant de demander à Dieu la vengeance pour les morts, demandons-lui le salut des vivants... — Supplions-le d'arracher les trois sœurs à la haine de leur infâme cousin... — Ce misérable va continuer son œuvre de démon ! — La soudaine pitié dont il a semblé pris pour la fille aînée de Richard Bernier m'épouvante... — Que prépare-t-il contre elle ?

— Il l'aime d'un amour de fauve, — répliqua Jean Renaud, — ou plutôt il la désire brutalement, car il est incapable d'aimer.

— Espère-t-il la vaincre par la douleur ? — reprit le médecin noir.

— Il l'espérerait en vain... — L'âme de Cora est d'un métal pur et solide... elle ne peut faillir... et les faits accomplis viennent de la tremper plus fortement encore pour la résistance et pour la lutte.

— A coup sûr Martial Dereyne médite un nouveau crime.

— Je le crois comme vous. — Quel parti prendre ?

— Il faudrait voir Cora et lui conseiller de se tenir jour et nuit sur ses gardes...

— Laissera-t-on l'un de nous arriver jusqu'à elle ?

— Non, certes... — Mais on peut trouver peut-être un moyen de déjouer la surveillance, et ce moyen nous allons le chercher...

* * *

Nous avons vu les Espagnols de Mercuzza entraîner la jeune fille malgré l'énergie de ses efforts.

La pauvre enfant ne voulait pas se séparer de sa mère mourante et de ses sœurs évanouies, mais elle avait dû céder à la violence et regagner son appartement.

A peine dans sa chambre, une réaction prévue et inévitable se produisit.

A l'exaspération nerveuse une prostration complète, un abattement absolu, succédèrent sans transition.

Les nerfs surexcités se détendirent.

La force morale fit défaut, en même temps que s'anéantissait la force physique.

Cora perdit connaissance.

Heureusement elle ne se trouvait pas livrée tout à fait seule aux affidés du commandeur.

Dolorès était là. — Elle enleva les vêtements de sa cousine, la coucha et veilla près d'elle.

Rejoignons Martial Dereyne.

Deux heures suffirent à Mercuzza pour aller s'entendre avec le syndic des noirs et revenir à l'habitation.

— Sénor, — dit-il àl 'armateur en lui remettant le procès-verbal bien et dûment approuvé et signé par Reymundez, — le sénor syndic est touché de votre gracieux envoi, il vous présente ses plus humbles respects et vous prie de disposer de lui en toute occasion...

— Au même prix? — demanda Martial en riant.

— Bien entendu! — fit Mercuzza. — Le dévouement ne se paye jamais trop cher!... Sénor, — ajouta-t-il, — vous m'avez dit, au moment de mon départ, que nous aurions à causer à mon retour.

— Oui... — Je veux vous parler de Cora...

Le commandeur devint particulièrement attentif.

— Vous connaissez aussi bien que moi le caractère résolu et l'indomptable énergie de cette fille rebelle... — poursuivit Dereyne. — Êtes-vous certain qu'aucune tentative d'évasion n'est à craindre de sa part?

— Absolument, sénor.

— Quelles précautions avez-vous jugé convenable de prendre ?

— Deux hommes sûrs sont installés dans le petit salon qui précède sa chambre. — Deux autres, non moins sûrs, montent la garde dans le jardin, sous sa fenêtre... — Pour s'échapper il lui faudrait des ailes.

— Qui lui portera sa nourriture ?

— La femme d'un de mes Espagnols... une petite brune accorte et gentille pour qui j'ai des bontés et dont je puis répondre...

— Faites en sorte que personne, et sous quelque prétexte que ce soit, ne communique avec la prisonnière...

— Pas même la cousine Dolorès ?

— Je n'admets aucune exception...

— Mais si l'esclave Cora, se prétendant malade, demandait à voir le docteur Jocelyn ?

— On lui répondrait que le docteur Jocelyn n'est plus à l'habitation...

— Si cependant le mal était sérieux ?

— Vous iriez vous-même chercher un médecin à Guayanila.

— Sénor, c'est entendu.

Un instant de silence suivit ces derniers mots, puis Dereyne reprit, mais d'une voix plus basse, en se penchant vers le commandeur :

— Maintenant, autre chose.

— A vos ordres, sénor.

— Vous habitez l'île depuis longtemps?

— Depuis plusieurs années.

— Le climat des Antilles est fécond, m'a-t-on dit, en plantes vénéneuses... — Les unes donnent la mort... les autres donnent le sommeil... — Connaissez-vous ces plantes?

— Je ne les connais pas, mais je sais qu'elles existent...

— Peut-on les trouver sur mes domaines?

— Sans doute... — Certains nègres ont fait une étude spéciale de ce que les savants appellent la toxicologie végétale... — Ils vous apporteront, si vous le voulez, la collection complète des plantes en question...

— Il ne m'en faudrait qu'une... — murmura Martial.

— Renfermant un poison subtil? — demanda le commandeur.

— Non, mais un puissant narcotique, sans péril pour la vie et produisant pendant quelques heures un sommeil semblable à la mort... — Je payerais ce narcotique deux cents louis...

— Il suffit, sénor, vous aurez cette plante avant peu, je vous le promets...

— Assurez-vous que la dose ne peut être mortelle...

— Soyez tranquille, sénor, les jours de l'esclave Cora ne seront point en danger...

— Ah! vous avez compris...

— Oui, par Saint-Jacques de Compostelle, j'ai compris et j'approuve!... et j'aimerais à voir le lendemain, au moment du réveil, le visage de l'orgueilleuse fille!.. Ce serait ma vengeance à moi... mais la vôtre est meilleure et, caramba! je vous l'envie, car l'esclave est bien belle...

Les deux complices échangèrent un sourire cynique et se séparèrent enchantés l'un de l'autre.

Lorsque Cora revint à elle-même après un long évanouissement, elle se souleva à demi, promena sur les objets familiers qui l'entouraient un regard vague, presque égaré, puis elle passa les mains sur son front avec ce geste qu'au théâtre on prête à la folie naissante...

Un grand travail se faisait dans son esprit; — elle s'efforçait de dégager sa mémoire des nuages épaissis autour d'elle; — elle interrogeait ses souvenirs et les interrogeait en vain.

Peu à peu cependant une lueur faible d'abord, puis plus vive, brilla dans les ténèbres...

Alors ses prunelles s'assombrirent; — un long sanglot monta de son cœur à ses lèvres qui murmurèrent ces deux mots :

— Ma mère...

Puis la jeune fille laissa retomber sa tête sur l'oreiller, et ses larmes coulèrent comme une pluie d'orage.

Dolorès lui prit la main et sentit une pression légère répondre à la sienne, mais Cora ne prononça pas une parole, ne fit pas un mouvement, et ses larmes demeurèrent intarissables.

Deux heures environ s'écoulèrent ainsi. — Dolorès, silencieuse, était assise auprès du lit.

La porte s'ouvrit tout à coup.

Le commandeur entra brutalement.

Dolorès, tremblante, quitta son siège.

— Que voulez-vous, sénor? — demanda-t-elle avec inquiétude, car la physionomie du nouveau venu n'annonçait rien de bon.

— Je viens vous relever de votre service... — répondit Mercuzza.

— Ce n'est pas un service que je fais ici... — murmura la jeune fille... — Je ne suis point une servante... — Je veille auprès de ma cousine par affection et par dévouement...

— C'est fort bien, mais il faut partir...

— Partir! — répéta Dolorès.

— Tout de suite et sans répliquer...

— Pourquoi ?

— Personne ne doit rester dans cette chambre...

— Vous voyez bien que ma cousine est malade... Il est impossible de la laisser seule.

— Si elle a besoin de quelqu'un ou de quelque chose, il lui suffira d'appeler... — On veille dans la chambre voisine... on s'empressera de la servir...

— Ne pourrais-je au moins la visiter de temps en temps ?

— C'est interdit par la consigne...

— Oh! ma pauvre Cora, que vas-tu devenir?... — balbutia Dolorès, dont les pleurs inondaient le visage.

Et elle sortit en jetant un regard d'adieu sur la jeune fille qui ne semblait point avoir entendu les paroles échangées devant elle.

Cependant elle ne dormait pas, mais une sorte de lourde torpeur paralysait son intelligence.

Les mots arrivaient à son oreille comme un bruit et n'offraient à son esprit aucun sens...

En traversant le petit salon Dolorès aperçut deux hommes de mauvaise mine étendus dans des fauteuils à bascule, buvant force tafia et fumant force cigarettes.

C'étaient les Espagnols de Mercuzza.

Ce dernier leur dit, en désignant la porte de Cora :

— Fermez cette chambre à clef, vous autres!... — N'oubliez pas que personne n'y doit entrer, et surtout que personne ne doit en sortir!.. — La gratification promise est à ce prix!..

— Sénor, soyez sans crainte... — répliqua l'un des drôles. — Une souris essayerait en vain de tromper notre vigilance...

En entendant les recommandations du commandeur, Dolorès frissonna.

Elle ne pouvait plus en douter, Cora était prisonnière!

Quelle effrayante destinée allait être la sienne, seule au pouvoir de ces bandits?

Et Dolorès, tremblant pour elle-même, courut s'enfermer dans sa chambre.

Mercuzza descendit au jardin où il s'assura que deux hommes, sentinelles toujours en éveil, faisaient faction sous les fenêtres de Cora.

Il leur rappela brièvement la consigne et s'éloigna pour rejoindre Martial Dereyne.

XXXIX

A l'engourdissement physique et moral dont nous avons parlé succéda un sommeil lourd et profond, pareil à la catalepsie et qui se prolongea presque jusqu'au soir.

Ce sommeil fut réparateur.

En se réveillant Cora continuait, il est vrai, à éprouver une extrême lassitude ; ses membres restaient endoloris; mais la torpeur de son cerveau se dissipait ; sa pensée redevenait lucide ; l'épouvantable drame dont sa mère et ses sœurs avaient été victimes se déroulait de nouveau devant elle avec un terrible cachet de réalité.

Il lui semblait revoir Noëmi tombant sanglante sous les lanières du fouet qui tailladait sa chair... — Elle croyait entendre les cris déchirants de Carmen... — Elle se retrouvait demi-nue en face de cette foule effarée dont les regards s'attachaient sur elle.

Elle devint pourpre de honte et de colère... —

Des lueurs fauves s'allumèrent dans ses prunelles.

La vision rétrospective continuait, lui montrant Mercuzza prêt à frapper et Martial Dereyne s'écriant : — *Arrêtez, je fais grâce !*

— Pourquoi donc ce misérable m'a-t-il épargnée ? — se demanda Cora.

Elle s'élança hors de son lit et s'habilla rapidement.

— Je veux savoir ce que ma mère et mes sœurs sont devenues... — murmurait-elle. — Je veux savoir ce que cet homme a décidé de moi...

Aussitôt vêtue, elle se dirigea vers la porte de sa chambre et tenta de l'ouvrir.

Ce fut en vain.

— Enfermée !... — se dit-elle. — Que signifie cela ?...

Et elle heurta de ses poings délicats les panneaux de bois d'érable.

— Que voulez-vous ? — demanda la voix rude de l'un des Espagnols montant la garde dans le petit salon.

— Je veux sortir...

— Impossible.

— Suis-je donc prisonnière ?

— Comme un oiseau en cage, oui, la belle...

— Par quel ordre ?

— Par l'ordre du maître.

Cora frissonna.

La voix reprit :

— Mais si vous avez besoin de n'importe quoi, vous n'avez qu'à le dire... on vous apportera ce que vous voudrez... — A votre place je demanderais du rhum...

La jeune fille, sans répondre, courut à la fenêtre et l'ouvrit.

Les deux hommes qui veillaient au dehors levèrent la tête, et l'un d'eux cria :

— Fermez la fenêtre, c'est la consigne... et dépêchez-vous, nous avons des ordres...

En même temps il faisait le geste d'épauler sa carabine.

Cora revint à la porte et l'ébranla de nouveau.

— Qu'y a-t-il encore? — reprit l'Espagnol d'un ton de mauvaise humeur manifeste.

— Je veux parler au maître...

— Impossible... le maître est absent.

La jeune fille se tordit les bras.

— Mon Dieu, — balbutia-t-elle avec désespoir, — cet homme ne m'a-t-il épargnée que pour m'imposer des angoisses pires que la mort!... — Personne ne prendra donc pitié de moi?... Personne ne me viendra donc en aide? — Mon Dieu... Dieu tout-puissant, Dieu de bonté, Dieu de justice, vous voyez que ma souffrance est au-dessus de mes forces... Protégez-moi, mon Dieu... Secourez-moi, car je succombe...

Tandis que cette prière ardente s'exhalait de

son âme, Cora s'était prosternée aux pieds d'un Christ d'ivoire suspendu dans un cadre de velours rouge à la tenture de sa chambre.

Elle plongea sa tête dans ses mains et pleura pendant quelques minutes avec une indicible amertume.

Ses lèvres remuaient encore, mais n'articulaient plus aucun son.

Tout à coup elle se releva, et d'un mouvement brusque essuya son visage baigné de larmes.

Elle s'était retrempée dans la prière. — Une énergie nouvelle succédait à son découragement passager.

— Du calme et du sang-froid !... — se dit-elle. — Assez d'inutiles sanglots ! — Rien ne me prouve que la situation soit désespérée... — Il est impossible qu'on prétende me garder indéfiniment prisonnière... — Le docteur Jocelyn est auprès de ma mère, de Carmen et de Marie... il leur prodigue ses soins... il m'apportera de leurs nouvelles... — Dans ses mystérieux desseins, Dieu permet au méchant l'apparence du triomphe, mais il ne laisse jamais le crime impuni... — Dieu me rendra ma mère et mes sœurs, martyrisées par un misérable... — L'heure de la justice et de la vengeance sonnera... Je veux être forte pour l'attendre...

En ce moment Cora entendit grincer la clef dans la serrure de sa chambre.

Le cœur de la jeune fille cessa de battre.

— Est-ce LUI qui vient? — se demanda-t-elle. — Lui, l'infâme?

Et, la tête haute, les yeux étincelants, elle attendit.

La porte s'ouvrit.

La personne qui franchit le seuil n'était point Martial Dercyne mais une femme de vingt-cinq à trente ans, très brune, assez jolie sous son costume espagnol, et dont la physionomie exprimait un mélange bizarre d'effronterie et d'embarras.

Cora la connaissait de vue.

C'était la femme d'un ouvrier libre.

Elle portait un grand plateau chargé de mets et de tous les accessoires d'un repas.

— Le dîner de la sénora... — dit-elle en posant ce plateau sur une table.

— Qui vous a donné l'ordre de me servir? — demanda la jeune fille.

— Le maître... — répliqua l'Espagnole.

Puis, sans attendre une autre question, elle sortit de la chambre dont la porte se referma derrière elle, et la clef grinça de nouveau dans la serrure.

Le crépuscule succédait au jour.

Cora alluma une bougie et s'approcha de la table.

Elle n'avait pas faim mais, comprenant la nécessité de soutenir ses forces, elle prit quelques cuillerées de bouillon, un peu de pain, un fruit, et but une gorgée de vin de Xérès.

Ensuite elle éleva son âme à Dieu, se jeta sur son lit puis, brisée de fatigue, s'endormit d'un lourd sommeil qui se prolongea jusqu'au matin.

Un rayon de soleil l'éveilla.

Elle courut à la fenêtre, écarta les rideaux et regarda au dehors.

Deux hommes continuaient à monter la garde dans l'allée du parc. — Donc la jeune fille était toujours prisonnière.

Vers neuf heures, la porte s'ouvrit.

La femme espagnole venait chercher les restes du repas de la veille et apportait le déjeuner.

— J'attends les ordres de la sénora... — dit-elle.

— Je n'en ai pas à vous donner, — fit Cora, — mais je désire savoir comment vont aujourd'hui ma mère et mes sœurs.

— Je l'ignore, — répliqua l'Espagnole, — et si je le savais je ne pourrais vous l'apprendre... — il m'est défendu de répondre à vos questions.

— Pourquoi ?

— Je ne sais pas...

— Je voudrais voir M. Dereyne.

— Le maître est absent.

— Je voudrais parler au docteur Jocelyn.

— Le docteur a quitté l'habitation.

— Pour longtemps ?

— Pour toujours.

— Vous en êtes sûre?

— Oui, sénora...

Cette nouvelle fut un coup terrible pour la jeune fille.

Le docteur noir était parti pour ne plus revenir...

Qui donc alors donnerait à Noëmi, à Carmen, à Marie, les soins que nécessitaient leurs blessures? — Qui donc empêcherait leurs plaies saignantes de s'envenimer?...

Cora se laissa tomber sur un siège, le cœur gonflé d'amertume et de rage impuissante.

L'Espagnole se retira, en souriant à la dérobée.

Mille pensées confuses se heurtaient dans le cerveau de la prisonnière.

— Il me semble que je vais devenir folle... — se disait-elle par instants, — et peut-être que la folie serait un bonheur pour moi!

Au bout d'une heure elle se leva machinalement, se dirigea vers la fenêtre et l'ouvrit.

Les sentinelles lui crièrent, comme la veille, de la refermer.

Elle ne leur obéit pas cette fois et, sans s'inquiéter des carabines qui la menaçaient, mais dont les Espagnols avaient en réalité l'ordre de ne point faire usage, elle laissa ses regards errer sur les pelouses gazonnées, sur les massifs d'arbustes et de fleurs qui entouraient l'habitation et s'étendaient jusqu'aux verdoyantes futaies du parc.

Cora ne voyait rien de tout cela, ou plutôt ne regardait rien... — Elle rêvait aux jours d'autrefois... au passé si proche encore dont elle se trouvait séparée par un abîme... et, sans qu'elle en eût conscience, de grosses larmes coulant une à une de ses yeux roulaient sur ses joues où elle ne les essuyait pas.

Un glas funèbre l'arracha soudain aux rêveries sombres dont nous venons d'indiquer la nature...

Elle écouta...

La brise de mer apportait à ses oreilles attentives les sons brisés et mélancoliques d'un glas de mort.

La cloche de la petite église du hameau de Guayanila tintait, sinistre et monotone.

Bientôt à cette voix de bronze se mêlèrent des voix humaines affaiblies par la distance et psalmodiant les versets du *De profundis*.

La jeune fille, le cœur serré, interrogeait l'horizon.

Au loin, sous les grands arbres et comme dans un songe, elle vit passer un humble cortège.

Le vénérable curé de Guayanila, un crucifix d'ébène à la main, marchait en tête.

A sa suite venaient des nègres portant sur une civière un cercueil recouvert d'un drap noir.

Et enfin, derrière ce cercueil, Cora reconnut Michel Servan et le docteur Jocelyn, la tête basse, entourés d'esclaves en larmes.

Que signifiait cela? — Pourquoi donc l'Espagnole venait-elle d'affirmer que le docteur avait quitté l'habitation pour toujours?

La jeune fille sentit son sang se glacer dans ses veines.

Elle pensa à sa mère, à Carmen, à Marie, mais elle s'efforça d'éloigner de son esprit cette terreur instinctive.

— Non, — se dit-elle, — ce ne peut pas être un des miens qu'on emporte au champ du repos. — Dieu n'infligerait pas cette torture nouvelle à mon pauvre cœur déchiré!... — Oh! ma mère, ma mère, ce n'est pas toi qui passe couchée dans ce cercueil! — Ce n'est pas toi, Carmen... ce n'est pas toi, Marie! — Toutes trois vous êtes vivantes, et je pourrai vous embrasser encore.

En murmurant ce qui précède Cora se penchait au dehors.

— Retirez-vous et fermez cette fenêtre! — cria l'une des sentinelles avec un juron.

La jeune fille obéit. — Le cortège funèbre venait de disparaître; rien n'attirait plus son attention au dehors.

Elle se précipita sur la porte dont elle ébranla les panneaux.

La clef tourna dans la serrure. — La femme

espagnole chargée d'apporter les repas de la prisonnière parut et demanda :

— Pourquoi tout ce bruit, sénora? Qué voulez-vous?

— Quelqu'un est mort dans les dépendances de l'habitation? — fit Cora haletante.

— Oui, sénora...

— Qui donc?

— Une esclave...

— Son nom... — Dites-moi son nom...

— Je l'ignore...

Puis, sans attendre une nouvelle question, l'Espagnole se retira en refermant la porte derrière elle.

XL

Une esclave était morte; une esclave dont l'Espagnole prétendait ignorer le nom.

Le fait n'avait rien d'anormal et la réponse rien de particulièrement alarmant, mais elle laissait subsister l'incertitude et, dans la disposition morale où se trouvait Cora, l'incertitude était le pire des supplices.

La pauvre enfant ne put prendre aucune nourriture. — Assise, inerte et sombre, les bras pendants, la tête inclinée, elle ne pleurait pas, mais la fixité de son regard et l'expression de son visage disaient son désespoir.

Ce qu'elle souffrit pendant de longues heures, on peut le deviner, aucune plume ne saurait le décrire.

En vain elle faisait appel à tout le courage, à toute l'énergie de sa vaillante nature; l'angoisse dominait son âme et paralysait sa volonté. — Elle se sentait vaincue.

Jean Renaud et le docteur Jocelyn éprouvaient de leur côté un découragement sans bornes.

Leurs tentatives pour se mettre en rapport avec la prisonnière échouaient successivement.

Ils avaient compté sur Dolorès, et nous savons que la jeune fille ne pouvait plus franchir le seuil de la chambre de sa cousine.

Déjouer la surveillance des affidés de Mercuzza était impossible.

Bref ces deux dévouements, réduits à l'impuissance, se voyaient désormais contraints à ne compter que sur le hasard...

Carmen et Marie éprouvaient un mieux sensible, grâce aux soins habiles du docteur à qui Martial Dereyne, malgré ses menaces, n'avait pas osé interdire l'entrée de l'infirmerie, mais il fallait au moins une semaine pour compléter la cicatrisation des blessures des deux jeunes filles.

La journée s'écoula tout entière sans que Cora sortît de la torpeur douloureuse où l'avait plongée la vue du convoi funèbre passant au loin sous les arbres du parc.

L'Espagnole vint, plus tard que de coutume, apporter le repas du soir.

Sur le plateau se trouvait, entre le vin de Xérès et l'eau pure, une carafe de limonade glacée.

Cora n'avait aucun appétit, quoi qu'elle n'eût rien mangé le matin, mais la fièvre qui brûlait ses veines lui donnait une soif ardente.

Elle but avidement plusieurs verres de la boisson froide puis, un peu soulagée, elle s'approcha de la fenêtre.

La nuit succédait au crépuscule.

A l'horizon la lune se levait, baignant de sa lueur argentée les cimes des vieux arbres et donnant à l'ensemble du paysage un aspect à la fois doux et mélancolique.

Un grand silence régnait autour de l'habitation, coupé seulement à temps égaux par les pas des deux hommes montant la garde sous la croisée.

Cora se sentait la tête pesante et les yeux pleins de sable.

Il lui semblait que ses jambes n'avaient plus la force de supporter le poids de son corps. — Elle voyait, ainsi que dans un rêve, les objets inanimés se mouvoir en prenant des formes bizarres.

Elle quitta la fenêtre, se déshabilla lentement, revint auprès de la petite table et, comme elle avait soif encore, voulut achever le contenu de la carafe.

Une soudaine défaillance s'empara de tout son être.

Le verre qu'elle venait de porter à ses lèvres lui échappa encore à demi plein, et se brisa dans sa chute.

Elle n'eut que le temps de se traîner jusqu'à son lit, sur lequel elle s'abattit terrassée par le sommeil.

Alors une chose étrange se passa...

La jeune fille entendit ou crut entendre la porte s'ouvrir et se refermer ; un pas furtif foula le tapis ; puis elle sentit s'abattre sur elle le plus hideux des cauchemars.

Un fantôme de la nuit, un démon à visage d'homme, se glissait près d'elle et l'enveloppait de ses bras.

Elle voulait se dégâger... — Une puissance mystérieuse paralysait ses efforts.

Elle voulait crier d'horreur, appeler à son aide... — Elle ne pouvait pas...

Cela dura longtemps, puis la torpeur cataleptique reprit le dessus, l'engourdissement redevint complet. — Cora cessa de souffrir !

Quand elle rouvrit les yeux, la clarté grise de l'aube naissante remplaçait les ténèbres de la nuit.

Sa pensée flottait confuse dans sa tête endolorie. — Elle n'était pas sûre encore de ne plus dormir et de ne plus rêver, tant le souvenir du monstrueux cauchemar demeurait distinct et pour ainsi dire palpable...

La jeune fille fit un mouvement pour se soulever...

Un frisson d'agonie la secoua de la nuque aux talons... — Sa main étendue venait de toucher le corps d'un homme...

Cet homme, ce monstre, cet infâme, était Martial Dereyne endormi...

L'assassin de Richard Bernier, le meurtrier de Noëmi, n'avait point reculé devant un crime sans nom !!

Une lueur horrible traversa comme un éclair l'esprit de Cora qui comprit tout.

Elle poussa un cri de rage, s'élança hors du lit, bondit jusqu'à la petite table où, près des mets intacts du repas de la veille, se trouvait un couteau, saisit ce couteau, revint sur ses pas, et trois fois de suite frappa l'armateur qui se debattait en hurlant d'effroi.

Le sang jaillit.

Cora voulait frapper encore, mais elle était brisée; ses forces la trahirent; elle tourna sur elle-même sans lâcher l'arme vengeresse, et s'abattit privée de connaissance, tandis que Martial s'enfuyait, laissant une traînée rouge derrière lui et criant d'une voix rauque :

— L'esclave a voulu tuer son maître ! — L'esclave, avant ce soir, mourra sous le fouet du bourreau !...

Et il se réfugia dans son appartement où Mercuzza, aussitôt prévenu, vint panser ses blessures qui n'offraient par malheur aucune gravité.

La lame arrondie, flexible et médiocrement tranchante du couteau de table dont s'était servie Cora, n'avait pu qu'entamer les chairs sur une longueur de quelques centimètres.

Les coupures peu profondes n'atteignaient ni un muscle, ni un nerf. — Quelques bandes de diachylon devaient amener promptement leur guérison complète.

Le misérable en était quitte pour la peur, mais la tentative de meurtre n'en existait pas moins et, cette tentative, il jurait que Cora la payerait de sa vie.

Mercuzza faisait chorus avec lui.

— L'esclave Cora, — dit-il, — mérite assurément la mort, ne fût-ce que pour avoir apprécié si mal le très grand honneur que son maître daignait lui faire ! — Qu'avez-vous décidé ?

— A midi, — répliqua Martial, — les nègres de l'habitation, tenus en respect par les travailleurs libres le revolver au poing, se rassembleront dans la grande cour... C'est là que le supplice aura lieu...

— A merveille, — reprit Mercuzza, — je vais envoyer un exprès au syndic des noirs pour l'inviter à se rendre ici sans perdre une minute... — La tentative d'assassinat étant indiscutable, il prononcera lui-même la condamnation, il assistera à l'exécution, et tout se passera selon les règles.

Tandis que se disaient ces choses dans la chambre à coucher de Martial Dereyne, un cavalier monté sur un cheval de race et parti dès le point du jour de Porto-Rico, suivait au plus rapied galop la route sinueuse et mal entretenue conduisant à Guayanila.

Ce cavalier, dont les bords rabattus d'un large chapeau de paille de Manille cachaient le visage, semblait vouloir donner des ailes à sa monture.

Quoique le train du vaillant animal fût presque fantastique, il ne cessait de l'exciter de la voix, il lui labourait le ventre de coups d'éperons, il lui cerclait les flancs de coups de cravache.

Arriver au but de sa course dans le plus bref délai paraissait être pour lui une question de vie ou de mort.

. . . .

L'évanouissement de Cora dura plus d'une heure.

Quand la jeune fille revint à elle-même, sa main serrait toujours le couteau dont la lame émoussée avait trahi sa soif de vengeance.

Elle se leva lentement, promena ses yeux hagards sur les objets qui l'entouraient, regarda l'arme tachée de sang et vit sur le tapis une longue traînée rouge qui se continuait jusqu'à la porte.

Le souvenir du terrible drame lui revint aussitôt. — Un éclair fauve jaillit de ses prunelles. — Une sorte de rictus souleva ses lèvres blanches.

— Ai-je tué ce misérable ?... — murmura-t-elle. — S'il est mort, je veux bien mourir !...

S'il est vivant, il faut que justice se fasse et que j'achève ce que j'ai commencé !...

Elle rattacha sur sa tête les masses de sa chevelure en désordre, se couvrit des premiers vêtements qui lui tombèrent sous la main, saisit son arme, se dirigea vers la porte, voulut l'ouvrir et la trouva fermée.

— Cela devait être... — reprit-elle. — J'attendrai. — Un peu plus tôt ou un peu plus tard, il faudra bien qu'on vienne; et malheur à qui voudra m'empêcher de passer !... Malheur à qui se placera entre ce lâche et moi !

Puis elle s'assit, ramassée sur elle-même comme une panthère qui va bondir.

Onze heures du matin sonnaient à l'horloge de l'habitation.

Martial Dereyne, très pâle car il avait perdu beaucoup de sang, mais réconforté par un déjeuner copieux et par une bouteille de vieux vin de Madère, causait avec Mercuzza dans le cabinet de travail de feu son oncle, et l'un de ses coudes appuyé sur un bureau chargé de papiers.

Les deux misérables prenaient un plaisir de tigres à régler les détails de l'exécution qui devait avoir lieu plus tard.

Le bruit du galop d'un cheval, galop impétueux mais irrégulier comme si ce cheval était épuisé de fatigue, vint frapper leurs oreilles et arrêter les paroles sur leurs lèvres.

— Serait-ce déjà le syndic des noirs?... — dit Mercuzza en quittant son siège et en s'approchant de l'une des fenêtres.

Il vit un cavalier — qui n'était pas le syndic des noirs — arrêter net devant les marches du perron sa monture haletante, baignée de sueur, les flancs coupés, les naseaux frémissants.

Ce cavalier, poudreux comme on l'est après une longue course à fond de train, mit pied à terre, jeta ses rênes à un nègre et souleva les bords du chapeau de paille de Manille qui protégeait sa figure contre les rayons du soleil.

Le commandeur devint livide et recula terrifié.

— Qu'avez-vous? — lui demanda vivement Martial surpris et déjà inquiet. — D'où vient votre trouble?... — Qui donc est là?...

Les dents de Mercuzza claquaient.

— Qui donc est là? — répéta Dereyne.

— Sigismond Leroy... — balbutia l'Espagnol.

— Le notaire! — s'écria Martial frissonnant à son tour.

— En personne...

— On le disait mort!

— Il ne l'était pas, puisque le voilà, et sa visite ne présage rien de bon.

— Si Diego Silva vous avait trompé... — reprit l'armateur d'une voix à peine distincte, — s'il existait un testament de mon oncle...

— De par tous les diables de l'enfer, — répondit Mercuzza — notre situation serait mauvaise...

— Que faire ?

— Ne pas attendre que l'orage éclate, si nous entendons le tonnerre gronder à l'horizon... — A tout hasard je vais préparer la fuite... — S'il vous paraît indispensable de disparaître, venez me rejoindre aux écuries... — Vous m'y trouverez avec deux chevaux sellés et bridés. — Avant qu'on songe à nous poursuivre, nous serons loin... — N'oubliez pas d'avoir de l'argent dans vos poches...

On frappait à l'une des portes du cabinet de travail.

Mercuzza sortit vivement par une autre issue.

— Entrez... — dit Martial Dereyne en s'efforçant de reprendre son sang-froid.

XLI

Le nègre Robinson ouvrit la porte et s'effaça pour laisser entrer le visiteur.

Ce visiteur était en effet Sigismond Leroy que Martial, nous le savons, voyait pour la première fois.

Le notaire s'inclina.

— C'est à M. Dereyne, je suppose, que j'ai l'honneur de parler ?... — dit-il.

L'armateur, redevenu maître de lui-même, avait résolu de faire bonne contenance jusqu'au bout, aussi répliqua-t-il d'un ton presque calme :

— Oui, monsieur, je suis Martial Dereyne.

Et il salua à son tour le nouveau venu.

Ce dernier reprit :

— Mon nom vous est connu certainement, monsieur, — je m'appelle Sigismond Leroy.

Martial fit un geste de surprise d'un naturel parfait, en s'écriant :

— Le notaire de Porto-Rico !

— Lui-même... et je vois bien que ma présence vous étonne.

— Énormément, je l'avoue... — Les journaux de Philadelphie avaient annoncé votre mort dans un naufrage, et l'authenticité de cette nouvelle semblait indiscutable...

— Je comprends qu'un tel bruit se soit accrédité. — J'ai failli périr en effet, mais j'ai été sauvé contre toute espérance...

— Je vous en félicite sincèrement... — interrompit Martial.

Sigismond Leroy salua et poursuivit :

— Forcé par ce naufrage de remettre mon voyage en France à une autre époque, je suis arrivé hier au soir à Porto-Rico, où le bruit de ma résurrection ne m'avait point devancé et où tout le monde me regardait comme un revenant.

Un plus long échange de banalités devenait impossible et Martial Dereyne fut contraint d'aborder la question brûlante.

— Vous avez appris sans doute la perte douloureuse que nous avons subie... — reprit-il en donnant à son visage une expression mélancolique.

— Oui, monsieur, et j'ai pleuré la mort déplorable du vieil ami dont je possédais toute la confiance, mais en même temps j'ai béni la Providence qui, faisant un miracle pour mon salut, me permettait d'apporter à la compagne et aux filles de Richard Bernier la fortune et la liberté...

Ces mots tombèrent comme un coup de massue sur le crâne de Martial.

— Mon oncle a laissé un testament?... — balbutia-t-il d'une voix sourde, tandis que sa pâleur augmentait.

— Oui, monsieur, et ce testament olographe, écrit sous ma dictée, contient un acte de reconnaissance et d'affranchissement. — Mesdemoiselles Bernier héritent donc, sans contestation possible, des biens immenses de leur père...

— Ce testament, — demanda Martial, — vous l'avez apporté?

— Oui, monsieur...

L'armateur jeta furtivement les yeux autour de lui.

Il était seul avec Sigismond Leroy dans la vaste pièce.

La pensée de se débarrasser à la fois du notaire et du testament lui traversa l'esprit.

Il ouvrit l'un des tiroirs du bureau sur lequel il était accoudé et saisit un petit revolver à crosse d'ivoire.

Certes, en ce moment, la vie de Sigismond Leroy ne tenait qu'à un fil...

Mais la porte tourna sur ses gonds et le nègre Robinson parut, apportant un plateau chargé de rafraîchissements pour le notaire.

L'occasion était manquée. — Martial referma le tiroir.

Sigismond but une gorgée d'orangeade.

— Vous aviez mis peut-être un peu trop de hâte, monsieur, à prendre possession de l'héritage de votre oncle.... — dit-il ensuite.

— Vous vous trompez! — répliqua Dereyne. — J'avais le droit et le devoir, aucun testament n'étant produit, d'administrer provisoirement la fortune, en ma double qualité d'héritier légitime et de gardien des scellés.

— Quoi qu'il en soit, — poursuivit le notaire — j'arrive à temps pour empêcher une grande injustice, et vous devez, monsieur, vous en féliciter comme moi.

— Certes, monsieur, j'en suis très heureux...

— Veuillez, je vous prie, faire prévenir mesdemoiselles Bernier et leur mère que je suis ici, et que j'ai le plus vif désir de leur présenter mes hommages...

Malgré son empire sur lui-même Martial tremblait de tout son corps.

— Ignorez-vous donc, — murmura-t-il, — que Noëmi est morte?...

— Elle aussi!! — s'écria douloureusement Sigismond. — Pauvre femme!! — Elle n'a pu survivre à celui qu'elle avait tant aimé!!

Après un silence il ajouta :

— Mais ses filles sont vivantes, et je voudrais les voir.

A cette minute précise une rumeur sourde se fit entendre au dehors.

Martial quitta son siège, s'approcha d'une fenêtre et vit une troupe de nègres se dirigeant vers l'habitation.

A leur tête se trouvaient Jean Renaud, le docteur Jocelyn et Jupiter.

Instruits par Robinson de l'arrivée du notaire qu'on croyait mort, les trois hommes avaient deviné qu'un grand revirement allait s'accomplir.

— Tout est perdu... — pensa Martial Dereyne, et il reprit à haute voix : — Je vais chercher moi-même mesdemoiselles Bernier... — Je veux être le premier à leur annoncer la bonne nouvelle...

Puis il sortit en toute hâte, comme était sorti Mercuzza.

Sigismond Leroy ne fut pas longtemps seul.

La porte du cabinet s'ouvrit violemment.

Jean Renaud, Jocelyn et Jupiter parurent.

Derrière eux se pressaient les nègres.

— Ah ! çà, docteur, — demanda le notaire, — que se passe-t-il donc ?

— Au nom du ciel, monsieur, répondez-moi d'abord... — s'écria Jocelyn. — Richard Bernier, notre bien-aimé patron, avait-il fait un testament ?

— Oui, docteur.

— Avait-il affranchi Noëmi et ses filles ?

— Oui, docteur...

Jocelyn se frappa la poitrine.

— Justice de Dieu ! — fit-il. — Vous arrivez trop tard !...

— Trop tard ! — répéta Sigismond. — Pourquoi trop tard ?...

— Parce que Noëmi est morte assassinée, comme avant elle Richard Bernier ! Carmen et Marie, après leur mère, ont été flagellées, et Cora...

Jocelyn ne put achever.

Celle dont il venait de prononcer le nom franchissait le seuil, livide et les mains rouges de sang.

Robinson, accompagné de cinq ou six nègres, venait de la délivrer en brisant la porte de la chambre.

— Cora, — dit-elle d'un ton sinistre, — Cora ne vivra plus, désormais, que pour la vengeance...

Puis elle se laissa tomber dans les bras de Sigismond Leroy, où elle éclata en sanglots.

— Cet homme, ce misérable, cet infâme, où est-il ? — cria Jean Renaud. — Qu'on le cherche, qu'on l'arrête et qu'on l'amène ici...

Un employé de l'habitation se fraya un passage à travers la foule des nègres.

— Est-ce de Martial Dereyne que vous parlez ? — fit-il.

— Oui.

— Eh bien ! il vient de partir avec le commandeur Mercuzza, montés tous deux sur les plus rapides étalons des écuries d'élevage...

— A cheval aussi, nous ! — reprit Jean Renaud. — Il faut les poursuivre et les rejoindre.

Cora, dont les sanglots venaient de s'éteindre, fit un geste impérieux.

— Laissez-le fuir !... — commanda-t-elle.

— Fuir ! — répéta Jean Renaud stupéfait.

— Je le veux ainsi...

— Mais cet homme est le bourreau de vos sœurs le vôtre...

— Je le sais...

— Il est l'assassin de votre père!... Depuis longmps j'en ai la certitude...

— Je sais aussi cela...

— Il a tué votre mère...

— Ma mère... — balbutia la jeune fille suffoquée de nouveau par les larmes. — Ai-je bien entendu? ai-je bien compris? Ma mère est morte?

— Des suites de ses blessures... oui.

Cora poussa un cri de fureur.

— Morte, ma mère ! — fit-elle ensuite. — Morte, assassinée par lui, comme mon père !

— Il faut le poursuivre, n'est-ce pas ?

— Non ! cent fois non !... il faut le laisser fuir...

— Mais la vengeance...

— C'est à la vengeance que je songe ! — interrompit Cora. — Elle serait incomplète ici, car ce n'est pas lui seul qui doit être frappé ! — Pour payer l'effroyable dette, il faut plus que du sang !

La jeune fille se tourna vers le notaire, et brusquement lui dit :

— Nous sommes affranchies, n'est-ce pas ?

— Oui, mademoiselle, affranchies et riches...— Votre père avait fait un testament et sa fortune vous appartient...

— Eh bien, fortune et liberté, j'en fais serment devant Dieu, ne me serviront qu'à marcher droit à mon but. — J'ai pleuré... supplié... mes larmes sont taries.... — Je ne suis plus une jeune fille, je ne suis plus une femme, je suis la Vengeance !

Cora, en prononçant ces mots, était terrible, presqu'effrayante.

Ceux qui l'entouraient sentirent un frisson courir sur leur chair en la regardant, en l'écoutant.

— Du calme, mademoiselle, du calme, je vous en supplie... — murmura Sigismond Leroy.

— J'en aurai, mon ami, et du courage aussi ! — répliqua la jeune fille. — Docteur, — ajouta-t-elle en s'adressant à Jocelyn, — où sont mes sœurs ?

— A l'infirmerie, mademoiselle.

— En danger?

— Non, grâce au ciel, et même en pleine voie de guérison...

— Conduisez-moi près d'elle... Je veux les voir

et les embrasser... — Vous me mènerez ensuite à la tombe de ma mère...

Le petit groupe, auquel Dolorès était venue se joindre, sortit du cabinet pour aller à l'infirmerie, et de là au cimetière où Noëmi dormait son dernier sommeil.

Martial et Mercuzza étaient déjà bien loin sur la route de Porto-Rico.

Avant de se rendre aux écuries où l'Espagnol sellait deux chevaux choisis parmi les plus rapides, Dereyne avait eu soin de passer par les bureaux, d'ouvrir la caisse dont il possédait une double clef, et d'entasser dans ses poches autant d'or et de billets de banque qu'elles en pouvaient contenir.

Ainsi lesté, l'armateur rejoignit Mercuzza.

— Votre présence, sénor, m'annonce que tout va mal, — murmura ce dernier.

— Tout va si mal qu'il ne nous reste qu'à partir au plus vite. — Il est prudent d'avoir une très forte avance, car on nous poursuivra certainement dès qu'on saura notre départ...

— En selle, alors !... — s'écria le commandeur.

— En selle... — répéta Martial.

— Avez-vous de l'argent, sénor ?

— Je viens de faire un emprunt à la caisse...

— La somme est-elle ronde ?

— J'ai puisé sans compter...

— Tout ira bien ! — En route !

Les deux hommes éperonnèrent leurs montures

et filèrent comme des boulets, en ayant soin de suivre des sentiers couverts pour gagner la grande route de Guayanila à Porto-Rico.

Ils avaient soulevé autour d'eux un tel ouragan de haines qu'ils redoutaient la vengeance des nègres presqu'autant que celle de Cora.

XLII

Le soir de ce même jour Cora et Dolorès, Sigismond Leroy, Jean Renaud et le docteur noir étaient réunis auprès des lits jumeaux où reposaient Carmen et Marie.

Les deux jeunes filles, malgré leurs souffrances encore cuisantes, avaient voulu quitter l'infirmerie et reprendre possession de leur appartement.

— Comment se fait-il, — demanda Cora au notaire, — que les employés de votre étude aient affirmé au docteur Jocelyn et à M. Michel Servan qu'il n'existait, à leur connaissance, aucun testament de mon pauvre père?...

— Hélas, mademoiselle... — répliqua Sigismond Leroy avec une profonde humilité, — c'est ma faute... c'est ma très grande faute!... — Une distraction que mon âge et ma profession rendent doublement inexcusable, et que je me reprocherai sans cesse, a causé tout le mal. — En arrivant chez moi, à une heure très avancée de la nuit, la veille de mon départ, j'ai serré mon portefeuille dans ma caisse, et je suis parti le lendemain au point du jour en oubliant d'apprendre à Diego Silva, mon maître-clerc, qu'une case secrète de ce portefeuille renfermait le testament écrit sous ma dictée et rapporté par moi de Guayanila... — Pardonnez-moi, mademoiselle... Pardonnez-moi, je vous en supplie, car moi je ne me pardonnerai pas !...

Pour toute réponse Cora prit les mains du notaire et les pressa entre les siennes d'une façon affectueuse et cordiale.

— Heureusement encore, — poursuivit Sigismond, — que j'ai eu le malheur, ou plutôt le bonheur, d'être arrêté en route par un événement funeste.

— Le naufrage dans lequel, disait-on, vous aviez péri ? — fit la jeune fille.

— Oui, mademoiselle, mais ce n'était pas, à proprement parler, un naufrage... — Le navire qui de Cuba me transportait en France fut abordé et presque coupé en deux, en vue de Philadelphie, par un steamer américain dont le pilote était ivre... — Il coula sur-le-champ... — Des bateaux pêcheurs sauvèrent un petit nombre de passagers... — Je fus recueilli, moi, par la chaloupe d'un aviso français et, comme j'étais séparé de mes compagnons d'infortune, on inscrivit mon nom, par erreur, sur la liste des morts... — La catastrophe me semblait de fâcheux augure... — D'ailleurs, mes malles se trouvant au fond de la mer, il ne me restait ni argent ni vêtements pour continuer mon voyage... — Je pris passage à bord d'un paquebot espagnol; j'arrivai hier au soir à Porto-Rico; j'appris la fin désolante de votre père et la démarche faite à mon étude... Aussi, dès ce matin, je montai à cheval pour venir ici, le cœur désolé, l'âme assaillie de sombres pressentiments... — Hélas ! ces pressentiments n'étaient que trop fondés !...

Après un silence, Cora reprit :

— C'est un *aviso* français, disiez-vous, qui vous a recueilli ?...

— Oui, mademoiselle... — Un aviso qui, après avoir stationné dans la baie de Guayanila pendant trois mois, avait reçu l'ordre d'appareiller pour se rendre à Brest et, arrêté en route par un contre-ordre, venait attendre en vue de Philadelphie des instructions nouvelles...

— Et, — demanda la jeune fille dont la physionomie exprimait une émotion profonde, — comment se nomme cet aviso ?

— *L'Éclair*... — répondit Sigismond Leroy. — J'ai retrouvé à son bord un jeune officier avec lequel j'avais eu le plaisir de me rencontrer ici lors de ma dernière visite à votre pauvre père...

— Armand Dorsay... — murmura Cora devenue livide et dont les lèvres tremblèrent.

— Oui, mademoiselle, c'est bien cela.

La jeune fille baissa la tête.

Son front se plissa; — ses narines se contractèrent; — elle ferma les yeux comme pour ne pas voir quelque tableau hideux ou effrayant qui se présentait à son esprit.

L'image exécrée de Martial Dereyne se plaçait entre elle et le souvenir du lieutenant.

Elle s'efforçait de chasser cette image et n'y parvenait point.

Cependant, au bout de huit ou dix secondes, elle dompta son émotion et reprit :

— M. Dorsay vous a-t-il parlé de nous?

— Oui, mademoiselle, — répliqua Sigismond, — et en des termes qui prouvaient toute sa reconnaissance de l'accueil bienveillant qu'il recevait ici... — J'éprouve pour ce jeune enseigne beaucoup d'estime et la plus vive sympathie...

— Les officiers de *l'Éclair* font-ils des conjectures relativement à leur destination future?...

— Sans doute, mademoiselle...

— Et lesquelles?

— Ils s'attendent à recevoir l'ordre d'aller surveiller les côtes de la Guyane française, où doivent être expédiés plusieurs convois de condamnés politiques.

Cora en savait assez. — Elle ne questionna plus.

Il se faisait tard. — Carmen et Marie avaient

besoin de calme et de repos ; — Cora n'était pas moins épuisée que ses sœurs ; — Sigismond Leroy devait repartir pour Porto-Rico le lendemain de grand matin, afin de s'occuper des affaires de la succession.

On se sépara.

Sur le seuil de l'habitation Jean Renaud et Jocelyn trouvèrent Jupiter qui les attendait.

— Monsieur le docteur, — fit-il, — il y a là un esclave qui demande à vous parler, à vous et à M. Servan...

— Que nous veut-il?

— Il prétend avoir quelque chose à vous apprendre...

— Quoi?

— Il ne veut le dire qu'à vous...

— Quel est cet esclave?...

— Adonis...

— Qu'il vienne... Nous l'écouterons...

Jupiter approcha deux doigts de sa bouche et fit entendre une sorte de sifflement modulé d'une façon bizarre.

Presqu'aussitôt une figure noire se dessina dans l'obscurité et vint s'incliner devant Jean Renaud et Jocelyn.

Ce dernier lui demanda :

— Es-tu malade, Adonis ?

— Non, maître...

— As-tu commis quelque faute et crains-tu d'être puni ?...

— Non, maître...

— Viens-tu nous faire une confidence?

— Oui, maître...

— Eh bien, parle...

— Je parlerai, maître... mais d'abord je voudrais savoir si c'est bien vrai que le sénor Dereyne et le sénor Mercuzza sont partis de l'habitation...

— C'est bien vrai, ils sont partis...

— Ils ne reviendront pas ?...

— Jamais.

— Et les filles du maître que nous aimons et qui nous aiment sont les maîtresses ici ?...

— Maîtresses comme l'était leur père...

— Alors, je puis tout dire !... — s'écria le nègre Adonis d'un ton presque joyeux.

— Tu le peux et je t'y engage... — De quoi s'agit-il ?

— De la mort du maître...

— Tu sais quelque chose ?... — demanda Jean Renaud vivement.

— Je sais beaucoup... — J'étais au Morne-Rouge avec les tireurs le soir de la chasse aux mélas... — Le maître n'est pas mort victime d'un accident... — Il a été assassiné...

— J'en étais sûr... — murmura Jocelyn.

— Assassiné... — reprit Jean Renaud. — Par qui ?

— Par son neveu, le sénor Dereyne...

— Comment le sais-tu?

— J'étais à dix pas du sénor Dereyne quand il a épaulé son rifle... Je l'ai vu viser avec soin et presser la détente... J'ai vu le patron tomber...

— Es-tu certain qu'il est tombé sous le feu de son neveu?

— J'en ai la preuve...

— Donne-la vite!...

— Le sénor Mercuzza s'est approché du sénor Dereyne, lui a mis la main sur l'épaule, et j'ai entendu ces mots : — *Mes compliments, sénor... Voilà une balle qui vaut quarante millions...*

— Ah! — s'écria Jocelyn. — La preuve est indiscutable en effet!... — Pourquoi n'as-tu pas dit cela plus tôt?...

— J'avais peur... — balbutia le nègre Adonis.

— De quoi?

— Du commandeur et du sénor Dereyne... — Ils étaient les maîtres ici... les seuls maîtres... Ils faisaient fouetter la femme et les filles du défunt patron... Qu'auraient-ils fait à un pauvre esclave, si le pauvre esclave avait parlé!...

— C'est juste... — Va, mon ami, et vis en paix; tu n'as plus rien à craindre...

Jocelyn mit quelque monnaie dans la main d'Adonis qui s'éloigna rassuré et satisfait.

— Eh bien! docteur, — demanda Jean Renaud, — avais-je raison d'accuser Martial Dereyne et d'affirmer que, tôt ou tard, j'aurais la preuve de son crime ?

— Vous aviez raison, la preuve est venue trop tard, par malheur ! Et cependant, sans l'obstination insensée de mademoiselle Cora, il serait temps encore peut-être d'arrêter à Porto-Rico Dereyne et Mercuzza avant qu'ils aient trouvé moyen de quitter l'île...

— Docteur, ne souhaitez point cela ! — répliqua l'évadé de *la Dorade*.

— Pourquoi ? — Voulez-vous donc l'impunité pour ces misérables ?...

— Je veux le châtiment, docteur, mais un châtiment digne des crimes, et tel que la justice humaine n'en a point inscrit dans ses Codes...

— Je ne vous comprends pas...

— Avez-vous entendu Cora s'écrier : — « *J'ai pleuré, supplié... Je n'ai rien obtenu!... — Mes larmes sont taries... Je ne suis plus une jeune fille, je ne suis plus une femme, je suis la Vengeance !* »

— Oui, j'ai entendu, et j'ai frissonné comme vous.

— Ce n'étaient pas de vaines paroles, croyez-le bien, docteur !... — Ce que je rêve, vous le savez maintenant, ce n'est point la justice légale, c'est la vengeance de Cora Bernier !...

Un mois presque jour pour jour après le retour

imprévu et providentiel de Sigismond Leroy, les orphelines furent envoyées en possession de l'héritage de leur père.

Les frais de succession payés au fisc, la fortune des trois sœurs atteignit la somme colossale de cinquante et un millions cinq cent mille francs.

Carmen et Marie étaient guéries complètement, mais l'épiderme satiné de leurs épaules gardait encore de longues traces d'un rose vif qui pâlissait et s'effaçait peu à peu.

C'étaient les cicatrices des blessures faites par le fouet du commandeur.

Les travaux habituels se continuaient dans la plantation avec le zèle accoutumé.

Cora, prise d'une fièvre de mouvement, se multipliait. — Elle était partout à la fois, ordonnant tout, surveillant tout.

L'adoration que les nègres n'avaient jamais cessé de manifester pour elle redoublait.

Jean Renaud, son principal auxiliaire, recueillait, lui aussi, une large part de la sympathie générale.

L'aînée des trois sœurs paraissait la même qu'autrefois ; — elle était cependant bien changée, au physique comme au moral.

Malgré son sang-froid de commande, malgré son calme auquel un indifférent pouvait se laisser prendre, ses prunelles brillaient sans cesse du feu sombre qu'allume la fièvre... — Son admirable visage avait pris des lignes rigides... — Elle ne souriait jamais... — L'expression de sa physionomie offrait quelque chose de tragique...

C'est qu'une pensée unique, incessante, hantait jour et nuit l'esprit de l'orpheline.

Au milieu des mille occupations qui semblaient l'absorber, elle ne songeait qu'à sa vengeance.

Mais le moment de se mettre à l'œuvre n'était pas encore venu...

Disons en passant que Martial Dereyne et le commandeur Mercuzza, favorisés par le hasard, avaient pris passage dès leur arrivée à Porto-Rico sur un clipper américain dont la machine chauffait et qui, deux heures plus tard, les emportait vers l'Angleterre...

XLIII

Les jours succédaient aux jours, et jamais une parole ayant trait au passé ne s'échappait des lèvres de Cora.

Jean Renaud et le docteur Jocelyn commençaient à trouver étranges son inaction et son silence.

— Il est impossible qu'elle ait oublié! — se disaient-ils. — Que prépare-t-elle donc?...

Trois mois environ après les événements terribles accomplis à l'habitation de Guayanila, la jeune fille reçut une lettre timbrée du Havre et dont l'enveloppe portait cette mention : *Personnelle*.

Cette lettre était signée par un honorable banquier d'Ingouville, qui avait été pendant de longues années le correspondant de Richard Bernier.

Elle contenait les lignes suivantes :

« Mademoiselle,

« J'ai pris une part immense au malheur inattendu qui vous frappe, et j'ai versé des larmes sincères sur la catastrophe qui vous prive d'un père, et moi d'un vieil ami...

— Toutes mes sympathies vous sont acquises ; j'espère que vous n'en doutez pas...

« Je m'empresse de vous donner les renseignements que vous m'avez fait l'honneur de me demander.

« L'armateur Martial Dereyne, dont certains bruits fâcheux avaient ébranlé le crédit, s'était éloigné de notre ville. — Le but de son voyage étant inconnu, beaucoup de gens considéraient son départ comme une fuite.

« Il n'en était rien. — Monsieur Dereyne a reparu au Havre, et sa situation de fortune paraît avantageusement modifiée, grâce à son association récente avec un Espagnol fort riche, ou qui du moins passe pour tel.

« Cet Espagnol se nomme Juan de Funcal.

« En ce moment il dirige seul la maison, car Martial Dereyne vient d'aller se fixer à Paris où l'attirent ses habitudes de plaisir et ses goûts de luxe, et où d'ailleurs se trouvent ses enfants.

« Des sommes assez importantes étaient dues par monsieur Dereyne aux constructeurs de notre ville.

« Ces sommes ont été payées et de nouveaux navires sont en construction sur les chantiers, pour le compte de la nouvelle raison sociale : *Dereyne et de Funcal.*

« Quatre navires appartenant aux deux associés, et chargés de marchandises d'une valeur considérable, viennent de partir pour les destinations suivantes :

« *Le petit Havre. — Haïti.*

« *Le Tancarville. — La Trinité.*

« *Le François Ier. — Philadelphie.*

« *Le Morlaisien. — La Guyane française.*

« Si les traversées de ces navires sont heureuses, la fortune des associés prendra certainement un rapide essor.

« Quant à la vie privée de Martial Dereyne, elle a toujours été et elle est encore entourée d'un tel mystère qu'il m'est impossible de répondre aux questions que vous m'adressez à ce sujet.

« Croyez, Mademoiselle, que je serai très heureux de me mettre à vos ordres en toute occasion, et veuillez agréer l'assurance de mon profond respect et de mon entier dévouement. »

Cora relut deux fois cette lettre.

— Il est à Paris... — murmura-t-elle ensuite. — C'est à Paris qu'il faut aller chercher ce misérable... — Eh bien ! soit !

Au bout d'une seconde, elle ajouta :

— Quel est cet associé, ce Juan de Funcal?... Où a-t-il rencontré cet homme, son prête-nom sans doute?... — Nous le saurons au Havre... — Quatre navires en route, chargés de marchandises précieuses... Toute sa fortune peut-être... — C'est bien...

Après ce court monologue, la jeune fille frappa sur un timbre.

Robinson parut.

— Maîtresse m'appelle ? — demanda-t-il.

— Va me chercher Jupiter, et qu'il vienne me parler sur-le-champ...— S'il est aux embarcations, envoie Toby le prévenir...

— Oui, maîtresse...

Robinson sortit, et une demi-heure plus tard vint annoncer que Jupiter était là, attendant ses ordres.

— Qu'il entre.

Le nègre franchit le seuil et s'inclina devant la jeune fille.

— Jupiter, — lui dit-elle, — j'ai besoin de ton dévouement et de ta discrétion...

— Maîtresse, tout mon sang est à vous... Vous n'en doutez pas...

— Je n'en doute pas, et je compte absolument sur toi... — Tu as navigué, je le sais, et tu connais la mer et la manœuvre...

— Comme un marin de profession, oui, maîtresse.

— Saurais-tu diriger un navire et commander à un équipage pour un voyage de long cours ?

— Maîtresse, j'en réponds...

— Quelles sont les embarcations les plus maniables et les plus rapides ?

— Les petits vapeurs américains, établis sur le modèle des grands clippers transatlantiques... — Légers, solides, et d'un faible tirant d'eau, ils tiennent bien la mer, filent comme des mouettes, et dans les gros temps se comportent mieux qu'un lourd paquebot.

— Peut-on trouver à acquérir un de ces vapeurs sans aller jusqu'en Amérique ?

— On le peut, maîtresse.

— Où ?

— A Cuba.

— Tu en es sûr ?

— Oui, maîtresse..,

— Aujourd'hui même tu partiras avec le yacht pour Cuba. — Choisis ton équipage parmi les nègres dont les aptitudes te sont connues...

— Oui, maîtresse.

La jeune fille prit un livre de chèques, en détacha une feuille, traça sur cette feuille un chiffre et quelques lignes, signa et mit sous une enveloppe portant cette adresse :

« *Messieurs Lopez et Ramon,*
« *banquiers,*
« *à Cuba.* »

— Voici un chèque de trois cent mille francs. — dit-elle en tendant l'enveloppe à Jupiter. — Tu n'auras qu'à te présenter chez nos banquiers, et on tiendra la somme à ta disposition.

— Bien, maîtresse...

Le nègre, qui ne semblait nullement surpris de la confiance de Cora, mit le chèque dans sa poche et poursuivit :

— Je serai parti dans deux heures...

— Je t'attends ici dans quinze jours...

— Il ne m'en faudra pas plus de dix...

— Le but de ton voyage doit être un secret pour tout le monde...

— Maîtresse, je serai muet...

— Va, maintenant, et que Dieu te conduise et te ramène...

Jupiter alla tout préparer pour son départ immédiat, et Cora écrivit une longue lettre à Sigismond Leroy et fit remettre cette lettre au courrier de Porto-Rico.

Le nègre tint parole.

— « *Il ne me faudra pas plus de dix jours...* » — avait-il dit.

En effet, dans la soirée du dixième jour, le yacht rentrait dans la baie de Guayanila, remorqué par un joli sloop à vapeur peint en noir et blanc et fendant les vagues avec une rapidité vertigineuse.

Jean Renaud et Jocelyn échangèrent un regard significatif.

Ils ne doutaient point que le sloop ramené par Jupiter ne dût jouer un rôle dans les événements futurs.

Cora paya un juste tribut d'admiration au charmant navire, mais continua à garder le silence sur ses projets.

Le lendemain, un exprès apporta de Porto-Rico un paquet cacheté envoyé par Sigismond Leroy.

Ce paquet contenait des lettres de crédit sur plusieurs maisons de banque de Paris, d'Angleterre, d'Amérique, d'Espagne, etc.

Ces crédits représentaient des sommes énormes.

Aux lettres se trouvaient joints des passeports dont aucun, — chose singulière, — n'était fait au nom de mademoiselle Bernier.

La jeune fille étudia tout cela et, pour la première fois depuis le drame effroyable dont l'assassinat de Richard Bernier au Morne-Rouge avait été le premier acte, son visage prit une expression de joie étrange.

Jean Renaud s'en aperçut et dit tout bas au docteur noir, en lui serrant la main :

— Regardez les yeux de Cora... — Je savais bien qu'elle n'oubliait point... — L'heure de la vengeance approche...

Le lendemain matin, les deux hommes se promenaient ensemble sur les falaises basses dominant l'embouchure de la petite rivière où le yacht, le sloop à vapeur et les autres embarcations étaient amarrés.

Un coup de canon tiré au large les fit tressaillir.

Leurs regards interrogèrent l'horizon et ils virent un navire immobile à une lieue et demie de la côte, juste à l'endroit ou quelques mois auparavant l'aviso *l'Éclair* se trouvait stationnaire.

Ni le docteur, ni Jean Renaud n'avaient de lunette d'approche, et leur vue ne portait pas assez loin pour leur permettre de distinguer ce qui se passait à bord de ce navire, mais son immobilité complète leur fit supposer qu'il venait de jeter l'ancre et de prendre un poste d'observation en vue de l'île de Porto-Rico.

L'évadé de *la Dorade* et son compagnon échafaudaient à ce sujet des conjectures dont aucune n'approchait de la vérité, quand Robinson vint les rejoindre et leur dit que mademoiselle Cora les attendait dans le cabinet de son père.

Ils ne perdirent pas une minute pour aller la rejoindre.

Cora se trouvait en compagnie de ses sœurs, de Dolorès et de Jupiter. — Elle accueillit d'un geste affectueux les nouveaux venus et donna l'ordre à Robinson d'entrer avec eux et de refermer la porte derrière lui.

Pendant une ou deux secondes la jeune fille, les yeux baissés, parut se recueillir, puis relevant la tête et promenant son regard sur ceux qui l'entouraient, elle dit d'une voix lente et grave :

— Depuis trois mois, mes amis, vous vous êtes demandé plus d'une fois si j'avais oublié mon serment et si les crimes commis dans cette demeure resteraient impunis!... — Oh! ne niez pas!... je lisais dans vos âmes... vous doutiez, et en face de mon silence et de mon inaction ce doute était permis... — Je n'oubliais pas, cependant, je ne pardonnais pas, je n'hésitais pas... j'attendais... — Pour frapper sûrement il me fallait des armes qui sont à présent dans mes mains... — L'heure de la vengeance, ou plutôt l'heure de la justice est enfin venue...

Ces derniers mots furent prononcés avec une telle ardeur de haine qu'un frisson passa sur la chair des auditeurs de Cora.

La jeune fille poursuivit :

— J'irai droit au but que vous connaissez. — Aucun obstacle ne pourra ni m'arrêter, ni me ralentir, mais j'ai besoin de sentir autour de moi d'absolus dévouements qui se fassent les exécuteurs muets et dociles de mes volontés... — En comptant sur vous tous, ai-je eu tort?... — Êtes-vous prêts à me suivre jusqu'au bout dans mon œuvre sainte et terrible ?...

— Nous vous suivrons ! — répondirent à la fois Jean Renaud, Jocelyn, Jupiter et Robinson.

— Je suis à vous ! — reprit Jocelyn. — J'ai vu votre père assassiné, votre mère morte sous le fouet qui devait ensuite déchirer vos sœurs !... — Je veux ma part de votre vengeance !

— Vous avez fait de moi un homme nouveau ! — dit Jean Renaud à son tour. — C'est bien le moins que celui qui vous doit tout risque sa vie pour votre service. — Je suis à vous !

Jupiter et Robinson étaient tombés aux genoux de Cora.

Ils avaient pris ses deux mains et les baisaient en balbutiant :

— Nous sommes à vous, maîtresse ! à vous, jusqu'à la mort !

XLIV

— Relevez-vous, mes amis... — dit Cora d'une voix émue. — Du haut du ciel les martyrs que nous pleurons ont entendu votre réponse... — En leur nom je vous remercie!...

Elle essuya ses yeux humides et reprit au bout d'une seconde :

— Dans trois jours nous partirons pour combattre le bon combat...

— Quel sera le théâtre de la lutte? — demanda Jocelyn.

— La France, puisque c'est en France que se trouvent Dereyne et sa famille.

— La France!... — s'écria Jean Renaud. — Le Havre!... Paris!... — Mais alors je ne puis vous accompagner, mademoiselle, non que je ne sois prêt à faire à votre cause le sacrifice de ma liberté et celui de mon existence, mais ma présence à vos côtés serait un péril pour vous...

— Vous connaissez à fond la vie de Paris, —

répondit Cora, — et c'est sur vous que je compte le plus...

— Oubliez-vous la condamnation que j'ai subie?... — Oubliez-vous que je suis un évadé?... — Je serais reconnu, arrêté, il faudrait expliquer mon rôle auprès de vous... — Comment le faire sans compromettre le succès de vos projets?... sans vous compromettre vous-même?...

— Rassurez-vous... — répliqua la jeune fille. — Je prévoyais votre objection et je vais y répondre : — Grâce à la science du docteur, le danger que vous signalez n'existera pas...

Jean Renaud, stupéfait, regarda Jocelyn.

— Je me charge en effet de vous rendre méconnaissable... — fit ce dernier en souriant...

— Méconnaissable!... — répéta l'ex-forçat...

— Oui... — poursuivit le docteur noir. — Par un procédé très simple, — (une poignée de certaines herbes de ce pays infusées dans un bain), — je changerai la nuance de votre épiderme et je ferai de vous un mulâtre... — En même temps je décolorerai votre chevelure, et j'affirme que votre meilleur ami, ou le plus retors des policiers, passerait à côté de vous sans vous reconnaître quand vous aurez un teint de bronze et des cheveux blancs comme la neige... — Soyez certain d'ailleurs que vous ne resterez pas toujours ainsi, car je possède le moyen de rendre en trois jours à votre peau sa couleur naturelle...

— Vous voyagerez avec nous sous le nom de *Doménico Séballa*, mulâtre archi-millionnaire... — reprit Cora. — L'un de nos passeports vous désigne ainsi...

— Je suis prêt, — dit Jean Renaud, — et je promets une obéissance aveugle.

— J'étais bien sûre de pouvoir compter sur vous.

— Ainsi nous allons quitter l'île? — demanda Carmen.

— Dans trois jours, je le répète.

— Mais, — continua la jeune fille, — Martial Dereyne n'est pas le seul coupable... Mercuzza, son âme damnée, et Reymundez, le syndic des noirs, ont été complices de l'assassinat de notre mère...

— Ah! sois tranquille! — répondit l'aînée des trois sœurs avec un sourire farouche. — Ni le commandeur, ni le syndic ne resteront impunis!... — Ils subiront aussi la peine du talion, mais c'est à Paris seulement que je combattrai face à face le grand criminel!...

— Cora! chère Cora! — murmura Dolorès, — tu vas risquer ta vie...

— Que m'importe la vie pourvu que justice soit faite!... — Je ne crains rien d'ailleurs, nous sommes protégées par nos talismans...

— De quels talismans parles-tu?

— Des anneaux oxidés trouvés dans les fouilles

de la Seine et passés à nos doigts par les officiers de *l'Éclair,* le jour de leur départ... — Ils nous l'ont dit, ces anneaux portent bonheur à quiconque, pour la première fois, foule le sol parisien...

— Je n'ai pas d'anneau d'argent, moi, — fit Dolorès, — il m'arrivera malheur à Paris...

— Tais-toi, chérie!... — dit vivement Cora en embrassant sa cousine. — Tout ceci n'est que superstition pure... — Chasse bien vite ces idées folles, ou tu me ferais regretter d'avoir accueilli ton dévouement...

— Je ne regrette pas de te l'avoir offert, et tu comprends mal ma pensée,— répliqua Dolorès. — Mon sang et ma vie sont à toi, mais j'ai peur de mourir avant que ton œuvre ne soit accomplie...

— Rassure-toi, mignonne, tu verras la vengeance, je te le promets...

— Dieu le veuille...

— Demain, — reprit Cora, — Sigismond Leroy nous enverra un homme intelligent et sûr, dont il répond comme de lui-même et qui se chargera de gérer les propriétés pendant notre absence... — M. Michel Servan et moi nous le mettrons au fait en une demi-journée... — Tout marche ici par la force d'impulsion acquise, et la machine fonctionnerait seule longtemps encore sans secousses et sans arrêt brusque... — Docteur, je vous donnerai tantôt des instructions particulières... — Robinson, ce soir, tu viendras chercher mes ordres... — Jupiter, demain, tu prendras la mer... — Après-demain nous gagnerons Porto-Rico où nous passerons vingt-quatre heures; j'ai à conférer longuement avec Sigismond Leroy... — Le jour suivant nous nous embarquerons, et Dieu nous conduira...

Ces paroles terminèrent l'entretien.

Carmen, Marie et Dolorès regagnèrent leur appartement. — Les hommes se rendirent aux occupations quotidiennes qui les réclamaient, et Cora restée seule dans le cabinet s'agenouilla devant le portrait de son père.

Elle priait depuis cinq minutes avec ardeur quand on frappa doucement à la porte.

— Entrez... — dit-elle en se levant.

La porte s'ouvrit.

Armand Dorsay était sur le seuil.

Cora ne poussa pas un cri, mais son visage devint livide et prit une expression d'angoisse effrayante.

— Armand... — balbutia-t-elle, — Armand... c'est vous!!! — Pourquoi êtes-vous venu? Quelle fatalité vous amène?

— Ce n'est pas la fatalité... — répondit le jeune homme. — Je vous aime plus que jamais... je vous sais orpheline... je viens partager votre deuil et vous offrir de vous appuyer sur un cœur qui vous appartient et sur un bras qui est à vous...

Armand marchait vers sa fiancée.

Elle recula avec un geste d'épouvante.

— N'avancez pas!... — répliqua-t-elle. — Fuyez-moi!... Fuyez cette demeure!...

— Fuir! — répéta l'enseigne, stupéfait d'un tel accueil. — Vous m'ordonnez de fuir!...

— Il le faut!

— Pourquoi le faut-il?

— Pourquoi? — reprit Cora avec une sorte de délire. — Parce que je ne suis plus la jeune fille que vous avez aimée!... parce que cette maison est celle du crime et de la honte!...

— Au nom du ciel, Cora, chère Cora, calmez-vous! — s'écria l'officier. — Votre exaltation me fait peur...

— Ce n'est pas de l'exaltation, c'est du désespoir...

— Que s'est-il donc passé?

— Des choses sans nom!...

— Ne puis-je les connaître?...

— Vous le pouvez et vous le devez, car l'infamie d'un monstre a creusé entre nous un abîme infranchissable...

— Ah! je ne vous crois pas!... — interrompit Armand. — Rien au monde ne peut nous séparer, et mon amour est plus fort que tout!...

— Attendez... Vous allez savoir... Mais en m'écoutant détournez les yeux... Ne me regardez pas rougir...

La jeune fille commença l'effroyable récit, et

sanglotant, haletante, s'interrompant quand la voix lui manquait, quand le courage lui faisait défaut, elle alla jusqu'au bout...

Armand, pleurant de rage et de douleur, l'écoutait. — Il lui semblait sentir sa tête s'égarer.

— Et cet homme vit encore ! ! ! — balbutia-t-il lorsque Cora eut dit le dernier mot.

— J'ai voulu le tuer... je n'ai pas pu... — J'ai frappé de toutes mes forces... Mon arme était trop faible...

— Ce que vous n'avez pu faire, je le ferai, moi, je le jure ! — s'écria l'officier. — Mon épée ne trahira pas ma main !

— Votre épée ! — répliqua l'orpheline en haussant les épaules. — Armand, vous êtes fou !... — Est-ce qu'on fait à un tel misérable l'honneur de se battre avec lui ! — Est-ce qu'on croise le fer avec un assassin ?

— Il vous faut une vengeance, cependant!!!

— Ah ! soyez tranquille, elle ne me manquera pas!!! — dit la jeune fille d'un ton farouche.

— Nous la trouverons ensemble...

— Non ! — répondit froidement Cora.

— Vous refusez mon aide ?

— Il le faut, et vous allez comprendre pourquoi... — Cet homme a tué mon père et fait mourir ma mère !... — Il a jeté Carmen et Marie sous le fouet de son bourreau !... — Il a flétri mes rêves d'amour en flétrissant mon honneur !... — Il m'a frappée dans ma tendresse filiale, dans ma tendresse de sœur, dans ma tendresse de fiancée, dans ma pudeur de vierge !... — C'est contre moi qu'il a fait cela !... c'est à moi seule qu'appartient la vengeance ! — Je la veux inouïe, autant que les forfaits accomplis !...— Autour de moi le misérable a tout brisé !!... — Autour de lui, j'entasserai les débris !... — Je le frapperai dans son honneur et dans l'honneur des siens, dans sa fortune, dans ses affections, dans sa famille, avant de le frapper dans sa vie !... — Quiconque, de près ou de loin, touche à Martial Dereyne est condamné d'avance. — Pour moi cette race est hors la loi !... Tout est permis contre elle et tout est légitime !...

La jeune fille avait prononcé ces paroles d'une voix faible d'abord mais qui, peu à peu, s'était animée jusqu'à devenir éclatante.

Armand ploya les genoux et tendit ses mains suppliantes à la tragique enfant.

— Cela est juste,—balbutia-t-il,— et vous avez cent fois raison ; mais songez que cet homme, en s'attaquant à vous, m'atteignait en plein cœur !... — Au nom de mon amour, plus vivant que jamais, laissez-moi ma part de vengeance !

Cora secoua la tête.

— Ne me demandez pas cela... — répliqua-t-elle.—Il m'en coûte d'accueillir par un refus votre requête généreuse, mais je dois, je veux agir seule!!! — Si légitime et si sainte que soit mon œuvre, les moyens employés pour arriver au but ressembleront souvent à des crimes... — Il ne faut pas que vous soyez complice!

— Cependant...

— J'ai dit : — *Non!...* — N'insistez plus!... C'est : — Non!!!

Armand comprit que la résolution de l'orpheline était inébranlable.

— Et vous allez partir?... — dit-il.

— Dans deux jours...

— Où irez-vous?

— En France...

— Pour longtemps?

— Dieu le sait... Moi je ne le sais pas...

— Vous reverrai-je, au moins?

— Quand je serai vengée...

Après un court silence, la jeune fille ajouta :

— Partez, maintenant... Partez, je vous en supplie... Votre présence ravive mes douleurs et j'ai besoin de tout mon courage...

Armand, sans répondre un mot, prit les mains de Cora, les appuya contre ses lèvres, les couvrit de baisers et de larmes, puis s'éloigna le cœur brisé et rejoignit le canot qui l'attendait à l'embouchure de la rivière pour le conduire à l'aviso, car le commandant de l'*Eclair* avait reçu l'ordre de stationner de nouveau dans la baie de Guayanila.

Le surlendemain, au moment où les trois sœurs, leur cousine Dolorès et leurs compagnons dévoués allaient partir pour Porto-Rico, Robinson s'approcha de Cora :

— Maîtresse, — lui dit-il, — le sénor Reymundez ne commettra plus d'injustices... — Un serpent corail, le reptile le plus dangereux de nos climats, s'est introduit dans sa chambre, on ne sait comment, et l'a piqué au bras cette nuit... — On a trouvé le syndic des noirs mort ce matin, et déjà tout bleu...

— Tu es un bon serviteur, Robinson ! — répondit la jeune fille.

Une étincelle fugitive s'alluma dans ses prunelles sombres.

— C'est le premier... — murmura-t-elle. — C'était le moins coupable... — Aux autres maintenant !...

XLV

Quelques semaines après les événements qui terminent le précédent chapitre, *le Neptune,* steamer français des Messageries impériales, venant des Antilles, arrivait en rade du Havre, faisait les signaux d'usage pour demander un pilote, passait à toute vapeur devant la fameuse tour de François Ier, si pittoresque et qui n'existe plus aujourd'hui et mettait à terre une soixantaine de passagers pris sur différents points du littoral de l'Atlantique.

Parmi ces voyageurs de nationalités multiples se trouvaient trois femmes vêtues de grand deuil, strictement voilées, et dont la tournure élégante attirait l'attention malgré la sévère simplicité de leurs costumes.

Ces trois femmes étaient accompagnées d'un jeune homme pâle et légèrement bronzé, portant des vêtements noirs sous un *twed* couleur gris de fer, et paraissant âgé de vingt-deux ou vingt-trois ans tout au plus.

Deux mulâtres venaient ensuite, se donnant le bras.

L'un pouvait avoir une trentaine d'années, l'autre soixante, à en juger du moins par sa chevelure blanche comme la neige ; mais sa taille haute et droite, ses larges épaules bien effacées, enfin l'élasticité de sa démarche prouvaient, qu'il n'avait rien perdu de sa vigueur.

Derrière ces deux groupes marchaient une dixaine de domestiques nègres en livrée de deuil, portant de menus colis.

Un autre nègre, en habit noir et en cravate blanche, — tenue correcte de valet de chambre de bonne maison, — était resté sur le pont du steamer, auprès des bagages qui devaient subir la visite de la douane.

Cinq minutes après avoir quitté le navire, les personnages dont nous venons de photographier l'aspect général entraient à l'*Hôtel de l'Amirauté* situé sur le grand quai.

Des ordres avaient été donnés d'avance.

Le maître d'hôtel attendait sous les armes et conduisit nos voyageurs au vaste appartement du premier étage, retenu pour eux et dont les fenêtres s'ouvraient sur les bassins, en face du quai d'embarquement des bateaux à destination de Southampton, de Caen, de Trouville, d'Honfleur et de Rouen.

Les dispositions prises d'avance permettaient

aux maîtres et aux domestiques de loger au même étage et rendaient les communications faciles.

Nos lecteurs ont déjà reconnu Cora sous son costume d'homme, et deviné Carmen, Marie et Dolorès, Jean Renaud et le docteur Jocelyn.

Le nègre surveillant les malles à bord du *Neptune* n'était autre que Robinson.

Les nouveaux venus s'établirent devant un déjeuner qui faisait honneur au cuisinier de l'hôtel.

Le majordome de l'établissement parut ensuite et sollicita respectueusement la remise des passeports afin d'inscrire les noms de ses hôtes sur les registres, ainsi que l'exigeaient les règlements de police.

Cette inscription fut faite de la manière suivante :

« LIONEL WARTON, *âgé de vingt-deux ans, sujet anglais, venant de Calcutta, voyageant avec ses trois cousines* LAURA, MARY, PERLY WARTON.

« LE DOCTEUR JOÉ SIMNEL, *trente ans, médecin de la famille Warton.*

« DOMÉNICO SÉBALLA, *cinquante-cinq ans, sujet espagnol, originaire de Cawpore.*

« ROBINSON, *valet de chambre, et les serviteurs nègres formant la suite de la famille Warton.* »

Il nous paraît à peu près superflu d'expliquer que le nom de *Laura* s'appliquait à Carmen, celui de *Mary* à Marie et celui de *Perly* à leur cousine Dolorès.

Cora, sous le pseudonyme de *Lionel Warton* et sous les habits de gentleman qu'elle portait avec une grâce exquise et une parfaite désinvolture, était absolument transformée et ne ressemblait pas du tout à une jolie femme travestie, mais à un charmant jeune homme.

Elle avait fait sans hésiter le sacrifice partiel d'un ornement dont elle pouvait jadis s'enorgueillir à bon droit.

Ses magnifiques cheveux, réduits aux proportions d'une chevelure masculine, couronnaient maintenant son front de boucles courtes aux reflets fauves.

Les lignes sérieuses et presque sévères du visage, la sveltesse des formes amaigries par les angoisses et les chagrins, éloignaient toute idée de déguisement.

Rien, absolument rien, ne trahissait son sexe. — Elle pouvait affronter sans inquiétude les regards de ses ennemis.

Jocelyn, devenu *Joé Simnel*, n'avait point entrepris de changer son apparence habituelle. Cependant sa barbe crêpue, qu'il laissait pousser, modifiait sa figure.

Quant à Jean Renaud — *Doménico Séballa* — la métamorphose était absolue. — Son teint de mulâtre presque nègre et ses cheveux d'une blancheur d'argent faisaient de lui un personnage entièrement nouveau qui ne rappelait par aucun point l'évadé de *la Dorade.* — En se regardant dans une glace il ne se reconnaissait pas lui-même.

Le voyage avait été pénible.

Cora et Jean Renaud remirent au jour suivant les démarches qu'ils se proposaient de faire au Havre, avant de se diriger vers Paris, et chacun regagna sa chambre afin d'y prendre quelques heures d'un repos nécessaire.

Le lendemain dès onze heures du matin Jean Renaud, après avoir donné des soins minutieux à sa toilette — toilette de gentleman quelque peu excentrique — prit les instructions de Cora et sortit de l'hôtel.

Une fois dans la rue il s'adressa à un ouvrier du port et le pria de lui indiquer la maison de l'armateur Martial Dereyne.

— Sur le quai d'Orléans, au n° *** — répondit l'ouvrier. — Monsieur Dereyne occupe la maison toute entière ; les bureaux et les magasins sont au rez-de-chaussée...

Jean Renaud — que nous continuerons à nommer de cette façon pour la plus grande clarté de notre récit — prit la direction indiquée et atteignit son but en moins de cinq minutes.

La maison de l'armateur était vaste et de construction déjà ancienne.

Elle n'avait que deux étages, mais d'immenses magasins entouraient sa cour et renfermaient des marchandises de toute nature venant des quatre coins du monde ou prêtes à y être expédiées.

Nous connaissons l'emploi du rez-de-chaussée.

Les appartements du premier étage étaient affectés à la résidence du maître. — Divers employés et les domestiques occupaient le second.

A droite de la haute et large porte cochère, aux bornes cerclées de fer et cicatrisées par les roues des lourds camions, se trouvaient les bureaux des enregistrements et des expéditions.

A gauche le bureau particulier de l'armateur et le cabinet du caissier.

Une inscription, sur une plaque de cuivre, indiquait la destination de cette dernière pièce.

Jean Renaud en franchit le seuil et se trouva en face d'un grillage garni d'une étoffe verte et percé d'un guichet mobile.

Derrière le grillage, et sa figure arrivant à peine à la hauteur du guichet, un tout petit homme chauve était assis, les lunettes sur le nez et lisant un journal qui paraissait l'intéresser beaucoup, car ce fut du ton maussade habituel aux personnes qu'on dérange mal à propos, qu'il demanda :

— Vous désirez, monsieur ?...

— Parler à M. Martial Dereyne.

— M. Dereyne n'est point au Havre en ce moment.

— Ah ! — fit Jean Renaud qui savait à merveille l'absence de l'armateur, mais qui jugeait utile de paraître étonné.

Le caissier reprit :

— Est-ce pour affaire personnelle ou pour affaires relatives à la maison que vous souhaitez voir M. Dereyne ?

— Pour affaires relatives à la maison, et je suppose qu'en son absence M. Dereyne a laissé ici un représentant...

— Mieux qu'un représentant, monsieur... un associé, un autre lui-même...

— J'ignorais que M. Dereyne eût un associé...

— Il en a un, monsieur, mais depuis peu de temps...

— Et cet associé se nomme ?

— Funcal, monsieur, Juan de Funcal...

— Eh bien ! au lieu de voir M. Dereyne, je verrai M. de Funcal.

— Très bien... — Prenez alors la peine de revenir dans l'après-midi...

— Pourquoi revenir ?... — M. de Funcal est-il sorti ?...

— Non, monsieur, mais il est en affaires... — Il donne à déjeuner à des constructeurs qui travaillent pour notre maison... — Il serait donc inopportun de le déranger en ce moment... du moins je le crois...

— Vous croyez mal... — répliqua sèchement Jean Renaud. — J'ai à dire à l'associé de votre patron des choses qui ne souffrent aucun retard... — J'insiste pour lui parler sur-le-champ... — Veuillez le faire prévenir...

— Mais, monsieur... — commença le caissier.

— Veuillez le faire prévenir !... — répéta Jean Renaud d'un ton si impérieux que son interlocuteur, renonçant à toute velléité de résistance, balbutia :

— Qui faut-il annoncer, monsieur ?

— Le représentant de la maison Brown, Sydney et C°, de la Trinité...

Le caissier salua.

Il saisit un cornet acoustique qui pendait à portée de sa main, souffla dans ce cornet avec force, l'approcha de son oreille, écouta pendant le quart d'une seconde, puis porta de nouveau l'orifice à ses lèvres.

Jean Renaud l'entendit prononcer cette phrase :

— Un représentant de la maison Brown, Sidney et C°, de la Trinité.

La réponse fut presque immédiate.

Le caissier se leva.

— Monsieur de Funcal descend, — dit-il. — Suivez-moi, monsieur...

Il quitta l'abri de son treillage, ouvrit une porte latérale et fit entrer le visiteur dans un petit salon d'attente qui précédait le cabinet de l'armateur.

— Veuillez prendre patience un instant... —

poursuivit-il. — Avant cinq minutes M. de Funcal vous recevra.

Et, après s'être incliné poliment, il regagna sa caisse.

— Quel peut être ce Juan de Funcal ? — se demanda Jean Renaud resté seul. — D'où sort cet associé venu si à propos?...

A peine achevait-il de se poser cette double question que la porte du petit salon s'ouvrit et qu'un nouveau personnage apparut dans l'encadrement de cette porte.

Tout autre que Jean Renaud aurait manifesté sa surprise, ou plutôt sa stupeur, par une exclamation imprudente, mais l'évadé de *la Dorade* était maître de lui-même au point d'imposer à son visage l'impassibilité lorsque l'émotion la plus violente bouleversait son être entier.

Jamais cependant stupeur ne fut plus légitime.

Le prétendu Juan de Funcal, l'associé de Martial Dereyne, n'était autre que le sénor Mercuzza. — Nos lecteurs l'ont deviné déjà, mais Jean Renaud ne pouvait s'en douter.

L'ex-commandeur des nègres, depuis qu'il occupait dans le commerce du Havre une position considérable, avait modifié très avantageusement son extérieur en donnant à sa personne des soins méticuleux qui jadis n'entraient pas dans ses habitudes.

Chaque matin un coiffeur venait friser au petit

fer les mèches de sa chevelure rebelle, qu'une raie médiane partageait ensuite coquettement en deux masses égales.

De longs favoris d'agent de change, roulés et parfumés, encadraient le visage d'oiseau de proie du sénor Mercuzza dont la maigreur invraisemblable pouvait à la rigueur passer pour de la distinction.

L'Espagnol portait une toilette du matin qui par son *sans façon* voulu trahissait certaines prétentions à l'originalité dans l'élégance.

Cette toilette consistait en un *complet* de drap léger, gris poussière, quadrillé de blanc, de bleu, de noir et de rose.

Le col de la chemise se rabattait sur un ruban de foulard écossais aux mêmes couleurs. — Trois scarabées de corail rose boutonnaient le plastron. Les larges pieds plats de Mercuzza étaient chaussés de bas de soie gris rayés de rose, et de petits souliers vernis décolletés à grosses bouffettes.

Une rosette multicolore, représentant des ordres de haute fantaisie, illustrait une des boutonnières du veston de l'ex-commandeur des nègres.

Somme toute, le sénor Mercuzza n'était point déplacé — (du moins comme apparence) — dans son rôle de chef de maison.

Il suffit à Jean Renaud d'un coup d'œil pour se rendre compte des choses que nous venons de longuement décrire.

XLVI

Mercuzza, après s'être incliné, regarda son visiteur avec une attention soupçonneuse, mais dans ce mulâtre aux cheveux blancs il était matériellement impossible de reconnaître le prétendu *Michel Servan* de Guayanila.

— Veuillez entrer dans mon cabinet, monsieur, — dit-il d'un ton guttural qu'il exagérait à dessein, — et pardonnez-moi de vous avoir fait attendre quelques minutes... — J'étais en affaires.

Jean Renaud salua.

— C'est à monsieur Juan de Funcal que j'ai l'honneur de parler? — demanda-t-il en franchissant le seuil d'une pièce assez vaste et meublée avec un luxe sérieux.

— Oui, monsieur.

— L'associé de M. Dereyne?

— Oui, monsieur, chargé seul, en ce moment du moins, des affaires de la maison. — Et vous êtes, vous, monsieur, le représentant de la maison Brown, Sydney et C°, de la Trinité?

— Oui, monsieur, Doménico Séballa, pour vous servir. — Arrivé au Havre hier au soir, je viens toucher à votre caisse deux traites créées par ma maison et acceptées par M. Martial Dereyne il y a quatre mois.

Depuis que Jean Renaud parlait, Mercuzza, les sourcils froncés, fouillait les replis de sa mémoire et se demandait :

— Je suis sûr de connaître cette voix... — Où donc l'ai-je entendue?...

Et il examinait de nouveau son interlocuteur avec un redoublement d'attention, mais cet examen ne servait qu'à dérouter ses souvenirs et lui prouvait qu'il était dupe de quelque similitude d'organe.

— Deux traites acceptées par mon associé ? — répéta-t-il.

— Oui, monsieur.

— Quelle en est l'importance ?

— L'une est de soixante mille francs, l'autre de quatre-vingt mille... — Total, cent quarante mille francs.

En entendant formuler ce chiffre, Mercuzza tressaillit légèrement et un nuage passa sur son front.

Néanmoins il fit bonne contenance.

— Eh bien ! monsieur, — dit-il, — mon caissier a dû faire honneur à la signature de M. Dereyne, quoiqu'il ne fût point avisé qu'on la présenterait aujourd'hui...

— Les traites dont il s'agit sont dans mon portefeuille... je me serais bien gardé, monsieur, de les présenter sans vous prévenir... — répliqua Jean Renaud.

— Pourquoi donc?

— Lorsqu'il s'agit d'une somme aussi forte, les maisons les plus solides, prises à l'improviste, peuvent se trouver dans un embarras momentané...

Le sénor Mercuzza jugea l'occasion bonne pour se dresser sur ses ergots d'hidalgo.

— La maison Dereyne et Juan de Funcal ne saurait, en aucun cas, être prise au dépourvù, — fit-il avec morgue. — La somme, d'ailleurs, n'est qu'une bagatelle, et je vous engage, monsieur, à prendre la peine de passer à la caisse, si toutefois vous n'avez pas autre chose à me dire...

— Malheureusement, monsieur, j'ai autre chose à vous dire, — reprit Jean Renaud.

— Malheureusement? — s'écria l'Espagnol inquiet. — Pourquoi malheureusement?

— Parce que la nouvelle que je vous apporte est mauvaise...

Mercuzza pâlit.

— Expliquez-vous, monsieur... — reprit-il ensuite. — De quoi s'agit-il?

— D'une chose fort grave... d'un coup terrible pour votre maison.

— Eh! caramba! parlez, monsieur! parlez donc!

— Vous voyez bien que vous me faites mourir avec vos ménagements !

— Vous avez un navire en route pour la Trinité, — continua Jean Renaud, — et un autre pour la Guyane française...

— Oui, monsieur, *le Tancarville* et *le Morlaisien*... tous deux chargés de marchandises d'une grande valeur et devant rapporter au Havre des indigos et des cafés...

Le faux mulâtre riva son regard sur le visage anxieux de l'Espagnol, et reprit d'une voix lente et grave :

— Armez-vous de courage, monsieur... — Les deux navires dont vous parlez sont perdus.

Mercuzza se leva tout effaré.

— *Le Tancarville* et *le Morlaisien* perdus ! — balbutia-t-il.

— Hélas, oui !

— Et comment ?

— Détruits en pleine mer par un incendie.

L'Espagnol chancela — de grosses gouttes de sueur perlaient sur son front.

— C'est impossible !... — dit-il en bégayant, — impossible !... impossible !

— Il m'en coûte beaucoup de vous contredire, monsieur, — reprit Jean Renaud, — mais ce double sinistre n'est que trop positif... je vous en donne ma parole d'honneur.

— Eh ! monsieur, je ne doute pas de votre

bonne foi, mais vous avez été abusé sans doute par des récits menteurs.

Jean Renaud secoua la tête.

L'ex-commandeur poursuivit :

— Une si funeste nouvelle m'aurait été transmise par les capitaines des deux navires...

— Les capitaines ont écrit certainement, et soyez convaincu que leurs lettres vous parviendront d'un moment à l'autre...

— Enfin, monsieur, je ne vous crois pas... je ne veux pas vous croire...

En ce moment on frappa deux petits coups à la porte du cabinet.

— Entrez ! — commanda l'Espagnol.

Un employé se présenta et fut accueilli par cette question, faite d'un ton presque brutal :

— Que voulez-vous ? Qu'apportez-vous ?...

— Deux lettres pour monsieur Dereyne... — répondit l'employé.

— Donnez...

— Qui sait, — dit Jean Renaud avec un accent indéfinissable,— c'est peut-être la confirmation de ma triste nouvelle qui vous arrive...

L'employé sortit.

Mercuzza saisit d'une main tremblante les enveloppes couvertes de timbres multicolores, et les ouvrit fiévreusement l'une après l'autre.

Jean Renaud étudiait curieusement le visage et l'attitude de l'ex-commandeur.

Il le vit devenir pâle comme un mort en lisant les deux lettres. — Une ride profonde se creusa entre ses sourcils. — Il se mordit les lèvres jusqu'au sang et retomba sur le siège qu'il venait de quitter.

— Vous aviez raison, monsieur... — balbutia-t-il d'une voix sourde ; — les deux navires n'existent plus...

— Je prends une part très vive à cette catastrophe... — fit le faux mulâtre avec une émotion si bien imitée que le plus clairvoyant devait en être dupe. — C'est une perte fort grande...

— Fort grande, en effet... — répondit Mercuzza, — mais, — ajouta-t-il en se maîtrisant aussitôt, — si rude que soit le coup il ne saurait abattre une maison comme la nôtre... Nous avons deux autres navires en mer, deux dans les bassins où on les charge, quatre en construction dans les chantiers... Nous avons des marchandises, de l'argent et du crédit... — La brèche faite à notre fortune sera réparée dans quelques mois... — Je vais viser vos traites, monsieur... — Présentez-les à la caisse, elles seront payées...

— Je n'en doutais pas, mais je suis heureux de constater *de visu* la puissante vitalité de la maison Dereyne et Compagnie.

— Je vous demande, — reprit Mercuzza, — de garder le silence jusqu'à nouvel ordre sur le double sinistre que j'ai connu par vous.

— Comptez sur ma discrétion, monsieur...

Jean Renaud sortit en disant :

— Décidément le nègre Jupiter a fait de bonne besogne!... — Ce gredin de Mercuzza joue son rôle à merveille, et tout autre que moi se laisserait prendre à son assurance, mais la première blessure n'en est pas moins profonde, et la seconde sera mortelle.

Il se présenta à la caisse où, en échange de ses traites, on lui compta cent quarante mille francs en billets de banque, puis il quitta la maison de l'armateur et se dirigea par les quais vers la rue de Paris.

Chemin faisant, il pensait :

— L'association de Martial Dereyne et de Juan de Funcal est le juste salaire de la complicité du sénor Mercuzza ! — Les comptes de ces misérables se règleront ensemble !

L'ex-commandeur était littéralement étourdi du choc qu'il venait de recevoir, et lorsque la présence d'un témoin importun ne le contraignit plus à se dominer, son abattement devint manifeste.

Deux navires incendiés presque en même temps, cela dépassait en effet toute prévision, toute vraisemblance.

— Plus de quinze cent mille francs!... — se disait-il en froissant les lettres avec une sorte de rage. — Deux vaisseaux presque neufs avec leur cargaison!... — Encore une catastrophe pareille, et ce sera la ruine irrémédiable... — Déjà le bruit du sinistre va causer un grand préjudice à notre crédit... — Pour peu que la solvabilité de la maison semble devenir douteuse, les constructeurs inquiets demanderont des à comptes!... — Comment les leur donner?... — La situation n'est pas désespérée cependant, grâce aux fonds rapportés de Guayanila... — Les deux navires qui vont chercher aux Indes orientales un chargement d'ivoire nous rapporteront des bénéfices énormes, mais il faut sauver le crédit, et j'y travaillerai de mon mieux jusqu'au bout... — Je me suis juré de mourir dans la peau d'un millionnaire !... Je ferai tout pour me tenir parole...

Mercuzza but un grand verre d'eau fraîche, se regarda dans un miroir et, calme en apparence, rejoignit les constructeurs assis à sa table dans la luxueuse salle à manger du premier étage.

Jean Renaud suivait lentement le trottoir de la rue de Paris et s'arrêtait devant chaque magasin de coquillages, de chinoiseries, de perroquets, de singes, d'ivoires de Dieppe, de curiosités exotiques, ni plus ni moins qu'un Parisien flâneur.

On a l'habitude au Havre de voir circuler des types divers appartenant à toutes les nationalités du globe.

Personne n'accordait donc la moindre attention à ce mulâtre aux larges épaules et aux cheveux blancs.

L'évadé de *la Dorade* fut frappé tout à coup de la démarche singulière et des allures bizarres d'un pauvre diable qui marchait à trois ou quatre pas devant lui.

Nous disons *pauvre diable* car ce personnage, à en juger par ses vêtements élimés et graisseux, son chapeau blanchi et bossué, les semelles feuilletées de ses souliers, devait être arrivé au dernier dégré de la misère.

Il allait d'un pas inégal, et par moment il décrivait des zigzags sur le trottoir comme un homme dont l'équilibre est plus qu'incertain.

— Le gaillard est dans les vignes... — pensa Jean Renaud. — Il me semble que cette tournure, ce dos voûté, ce long cou, ces cheveux d'un blond filasse ne me sont pas inconnus... — Je voudrais jeter un coup d'œil sur la figure pour savoir si je me trompe...

La conséquence de ce désir fut de lui faire hâter le pas dans le but de devancer le quidam.

Mais ce dernier, comme s'il devinait l'intention de Jean Renaud, quitta tout à coup le trottoir et s'engagea sur la chaussée pour traverser la rue.

Sa marche était de plus en plus chancelante, — il paraissait se soutenir à peine.

En ce moment une victoria attelée de deux chevaux vigoureux sortit au grand trot d'une voie latérale et s'engagea dans la rue de Paris, dont le personnage qui nous occupe foulait le pavé.

Il restait d'ailleurs à ce promeneur singulier plus que le temps nécessaire pour se mettre à l'abri.

Il n'en fit rien et ne parut même pas comprendre qu'une voiture conduite à vive allure se dirigeait vers lui.

— Rangez-vous donc! tonnerre du diable!... Rangez-vous! — cria le cocher, quand il n'exista plus qu'un intervalle de deux mètres à peine entre la tête de ses chevaux et les épaules du piéton sourd ou distrait.

Ce dernier, au lieu de prendre son élan, fit halte avec un effarement visible.

Le cocher, ne pouvant désormais arrêter son attelage, prit le parti de le jeter sur la gauche ; mais à ce moment précis l'inconnu obliquait brusquement du même côté. — Le bout ferré du timon l'atteignit juste entre les deux épaules et le jeta la face contre terre.

Les témoins de cette scène émouvante poussaient des cris d'effroi ; le malheureux allait être infailliblement écrasé, et personne n'admettait qu'il fût possible de lui porter secours d'une façon utile.

Jean Renaud, lui, en jugeait autrement.

Il s'élança, saisit les deux chevaux par le mors et, grâce à sa vigueur herculéenne, les fit ployer sur leurs jarrets et les contraignit à reculer.

Ce tour de force accompli avec un grand courage et un-sang froid complet, il revint à l'homme qui gisait inanimé sur le pavé, le prit dans ses bras, avisa une pharmacie de l'autre côté de la rue, et l'y transporta suivi d'une trentaine de badauds dont le nombre ne tarda guère à grossir car les passants, voyant un groupe, s'arrêtaient à leur tour pour questionner et faisaient la boule de neige...

XLVII

Tandis qu'on installait sur un fauteuil dans la pharmacie le blessé complètement évanoui, la foule des curieux entourait la voiture cause de l'accident.

C'était une victoria de louage fort élégante, comme on en trouve au Havre et dans toutes les villes où de riches étrangers se donnent rendez-vous et amènent avec eux des habitudes de luxe.

Le cocher portait une livrée de fantaisie, un chapeau à cocarde et des bottes à revers.

Sur les coussins de la voiture se prélassait une femme qui pouvait approcher du cap néfaste de la quarantaine, mais qui paraissait n'avoir que vingt-huit ou trente ans, grâce aux artifices ingénieux d'un intelligent maquillage.

Grande et brune, avec des yeux noirs naturellement très vifs et dont une légère touche de *coheul* sous les paupières avivait encore l'éclat, cette personne devait passer pour jolie, pour attrayante surtout, mais si sa beauté sensuelle attirait le désir elle n'inspirait point la sympathie.

Son front trop bas, ses lèvres épaisses et d'un rouge violent, exprimaient l'entêtement et les passions brutales.

Elle semblait admirablement bien faite sous sa toilette ultra tapageuse aux couleurs violentes et heurtées. — Son corsage plantureux servait de reposoir à toute une orfèvrerie trop riche pour être de bon goût. — Ses boutons d'oreilles en diamants valaient une grosse somme, et ses bracelets étagés montaient presque jusqu'au coude.

Ajoutons — détail typique — qu'elle portait des bagues sur ses gants...

Le premier venu, pour peu qu'il fût observateur, l'aurait rangée sans hésitation dans la catégorie des déclassées aventureuses attirées au Havre par les régates, et surtout par l'espoir trop souvent déçu d'y rencontrer un de ces Brésiliens ou de ces Nababs que les vaudevillistes ont rendus légendaires.

Au moment où le timon de sa voiture renversait le pauvre diable, et surtout en voyant le faux mulâtre se jeter à la tête des chevaux au risque d'être brisé, cette personne avait eu grand'peur.

Quand elle comprit que les deux hommes étaient hors de péril, un soupir de soulagement s'échappa de sa poitrine rebondie; elle respira longuement les sels anglais contenus dans un petit flacon de cristal ; elle interrogea une glace ovale microscopique enchâssée dans la monture de son éventail puis, contente de sa figure, elle descendit, traversa la foule entassée sur le trottoir et pénétra dans la pharmacie en répandant autour d'elle une violente odeur de bouquet du Jockey-Club et de Mousseline, — deux parfums à la mode en 1853.

— J'espère, monsieur, — dit-elle au pharmacien qui se multipliait pour prouver son zèle, — j'espère que ce pauvre homme n'est point grièvement blessé ?

— Je l'espère aussi, madame. — J'ajouterai même que j'ai tout lieu de le croire.

— Cependant il a perdu connaissance.

— L'évanouissement me paraît résulter de la frayeur. — Je ne constate aucune fracture... Rassurez-vous donc, madame... rassurez-vous.

— Ah ! monsieur, vous m'ôtez un fameux poids de dessus les épaules !

Lorsque la dame en toilette tapageuse avait franchi le seuil, Jean Renaud, penché sur l'homme évanoui, ne s'était point tourné vers elle.

En l'entendant parler il releva la tête, et ses yeux étudièrent le visage maquillé dans lequel il cherchait évidemment à retrouver des traits connus.

La dame vint à lui et lui tendit une main petite, mais trop courte et trop grasse, gantée de paille et, nous l'avons dit, constellée de bagues sur les gants.

— Ah monsieur! — s'écria-t-elle, — je ne sais, parole d'honneur, comment vous remercier! Sans vous, sans votre courage, ce malheureux serait mort sans doute, et moi, cause bien innocente de cet accident, je ne m'en serais consolée jamais... oh! non! jamais! jamais! Je pèche par excès de sensibilité...

Jean Renaud serra du bout des doigts la main qu'on lui tendait.

Il regardait toujours son interlocutrice.

A coup sûr un grand travail se faisait dans sa mémoire.

— Mon Dieu, madame, — répondit-il, — j'ai fait ce que tout autre aurait fait à ma place...

— Bien peu l'auraient tenté... — répliqua vivement la sensible personne, — et pour y réussir il fallait joindre ainsi que vous le faites la force la plus rare au sang-froid le plus merveilleux, à l'audace la plus téméraire... — Ah! monsieur, laissez-moi vous témoigner encore mon impérissable gratitude...

— Encore une fois, madame, j'ai fait mon devoir, rien de plus...

— Ah! cent fois plus, mille fois plus! — Vous êtes un héros de modestie!...

Jean Renaud s'inclina, en se demandant de nouveau :

— Où et quand ai-je vu cette poupée qui paraît un peu folle?

La dame reprit :

— Connaissez-vous ce pauvre homme sauvé par vous ?

— Non, madame... — Je suis au Havre depuis vingt-quatre heures à peine, j'y viens pour la première fois et je n'y connais personne.

— Comptez-vous rester pendant quelques moments auprès de celui qui vous doit la vie ?

— Je ne le quitterai pas avant qu'il ait repris ses sens...

— Je voudrais faire comme vous, monsieur, et je le devrais peut-être, mais ce funeste accident m'a mise fort en retard et je suis attendue pour une affaire pressée... — Je vais donc m'éloigner, mais d'abord je voudrais réclamer de vous un service.

— A vos ordres, madame.

— S'il faut s'en rapporter à l'état de délabrement de son costume, votre protégé n'est pas riche...

— Il paraît même très pauvre.

— Eh bien ! monsieur, chargez-vous de lui remettre ceci...

Et la dame tira d'un élégant portemonnaie en cuir de Russie un billet de cent francs qu'elle tendit à Jean Renaud.

— Merci pour lui, madame... — dit-il en prenant le billet. — Je m'acquitterai volontiers de cette commission charitable et je joindrai mon offrande à la vôtre, car évidemment ce pauvre diable a grand besoin qu'on lui vienne en aide...

— Je passerai quelques jours au Havre... — ajouta l'inconnue. — Dites à votre protégé de venir me trouver... — Je tâcherai de lui être utile... — Voici ma carte qui lui apprendra mon nom... — Je loge à l'*Hôtel d'Angleterre*...

— Tout sera fait selon vos désirs, madame...

L'élégante personne présenta sa carte à Jean Renaud, salua et regagna la voiture que les badauds continuaient à entourer.

Le faux mulâtre jeta vivement les yeux sur le carton-porcelaine et fit un geste de surprise en lisant ce nom :

« ROSE BONCHAMP »

— J'étais bien sûr que j'avais déjà vu cette figure-là ! — murmura-t-il entre ses dents. — Rose Bonchamp et moi nous sommes de vieilles connaissances !... — Quel motif la conduit ici ? — Si je ne me suis pas trompé tout à l'heure, c'est aujourd'hui le jour des rencontres étranges...

Cependant le pauvre diable ne revenait pas à lui-même malgré les soins assidus qu'on lui prodiguait.

La durée de son évanouissement commençait à causer quelque surprise au pharmacien.

— Voilà une syncope bien persistante! — dit-il tout à coup.

— Êtes-vous inquiet? — demanda Jean Renaud.

— Dame! un peu...

— Que craignez-vous? vous avez constaté vous-même qu'il n'existait aucune fracture.

— Je crains une lésion interne.

— Ne pensez-vous pas qu'il serait bon de consulter un médecin?

— Je pense que c'est indispensable. — Justement nous en avons un sous la main, c'est-à-dire dans la maison voisine... je vais l'envoyer chercher.

Un des aides se préparait à sortir pour s'acquitter de cette mission lorsqu'un homme d'une soixantaine d'années, de figure intelligente et sympathique, et portant un minuscule ruban rouge à la boutonnière, entra dans la pharmacie.

— Qu'est-ce qui se passe? — s'écria-t-il. — Pourquoi tout ce monde?... — Un accident?

— Oui, docteur, — répliqua le patron, — et vous arrivez fort à propos... On allait chez vous... Voyez ce pauvre homme...

— Que lui est-il arrivé?

— Il a été renversé par une voiture et son évanouissement dure depuis vingt minutes...

— Qu'avez-vous fait pour l'en tirer?

— Je lui ai mis sous les narines un flacon d'alcali volatil et on lui a mouillé les tempes avec de l'eau fraîche... — Ça n'a produit aucun résultat.

— Il n'a rien de cassé ?

— Non, docteur.

— Glissez-lui quelques gouttes d'éther entre les dents, je vous prie...

— Oui, docteur...

Tandis que le médecin se débarrassait de ses gants, de sa canne et de son chapeau, le pharmacien avait versé une petite dose d'éther dans une cuiller à café, et avec le secours de son élève il avait introduit cette cuiller dans la bouche du patient.

L'effet produit fut immédiat.

Le pauvre diable fit un léger mouvement.

— Ça va déjà mieux... — dit le docteur. — Frictionnez-lui les tempes et le creux de l'estomac avec de l'éther...

Jean Renaud aidait le pharmacien.

Il déboutonna la vieille redingote et le gilet que portait l'inconnu, il ôta la cravate, écarta la chemise et mit la poitrine à découvert.

Ceci fait, il tressaillit violemment et murmura :

— Allons... je ne m'étais pas trompé !...

Sur la maigre poitrine de l'homme, au-dessous du sein gauche, on apercevait un de ces tatouages bleus chers aux marins, aux soldats d'artillerie, et surtout aux habitués des maisons centrales qui fournissent ainsi contre eux-mêmes des armes formidables, lorsque la police a quelque intérêt à prouver leur identité.

Le tatouage assez compliqué de l'inconnu représentait un cœur enflammé percé d'une flèche et d'un poignard, et placé sur une sorte d'autel.

Aud-essous se voyaient en gros caractères les initiales :

R. B.

Et plus bas ces cinq mots, suivis d'une demi-douzaine de points d'exclamation :

POUR LA VIE, QUAND MÊME !!!

— Oui, certes, la rencontre est étrange ! — poursuivit Jean Renaud, — c'est le cas ou jamais de dire : — *Le vrai peut quelquefois n'être pas vraisemblable !*

Les frictions d'éther opérées sur les tempes et sur le creux de l'estomac ranimaient de plus en plus l'homme au tatouage.

Il respira fortement à deux ou trois reprises, ouvrit les yeux et regarda avec un étonnement manifeste les choses et les gens qui l'entouraient.

— Où suis-je ? — demanda-t-il d'une voix faible.

— Dans une pharmacie, mon ami... — répondit le docteur.

— Pourquoi donc ça ?

— Parce que vous avez failli être écrasé par une voiture... — fit à son tour le pharmacien.

— Oui, oui... je me rappelle à présent, j'ai reçu un grand coup dans le dos... Je suis tombé et ensuite... ensuite... je ne sais plus...

— Vous aviez perdu connaissance... Vous alliez être foulé aux pieds des chevaux... Monsieur que voilà s'est jeté devant l'attelage, au péril de ses jours, et vous a sauvé... — reprit le pharmacien endésignant le faux mulâtre.

— Ah ! merci, monsieur ! merci ! — balbutia l'homme au tatouage en s'adressant à ce dernier avec émotion.

— C'est bon, c'est bon, — répliqua brusquement Jean Renaud, — vous me devez la vie, c'est entendu... — N'en parlons plus !

— Comment vous trouvez-vous ? — demanda le docteur.

— Faible, monsieur... très faible.

— Pourriez-vous, malgré cette faiblesse, vous mettre debout ?

— Je crois que oui.

— Essayez.

L'inconnu se dressa sur ses jambes en effet, mais non sans peine. — L'expérience n'en était pas moins concluante. — Il n'existait ni fracture extérieure, ni lésion interne.

Le médecin poursuivit :

— Eprouvez-vous quelque douleur ?

— Oui, monsieur, une douleur sourde entre les épaules.

— Le coup de timon... — Ce ne sera rien... — Rasseyez-vous.

XLVIII

L'homme au tatouage se laissa retomber sur le fauteuil.

— Demeurez-vous loin d'ici?... — demanda le médecin.

— Monsieur, je ne demeure nulle part.

— Comment cela?

— Je suis arrivé au Havre ce matin, par le chemin de fer, et je n'ai pas encore eu le temps de m'occuper d'un gîte...

— Il vous en faut un pourtant, et le plus tôt possible, car je vous engage fort à vous mettre au lit pendant quelques heures...

— Je vais chercher... — murmura l'inconnu sans la moindre conviction.

Jean Renaud intervint.

— Ce soin me regarde... — dit-il. — Je me charge de tout, et si vous rédigez une ordonnance, monsieur le docteur, je vous promets qu'elle sera suivie de point en point...

Le pauvre diable fixa Jean Renaud avec un étonnement profond. — Il ne pouvait s'expliquer pourquoi ce mulâtre, qu'il n'avait jamais vu, lui témoignait un intérêt si vif.

Le médecin traça sur un carré de papier la formule d'une potion que le pharmacien se mit en devoir de préparer, puis il reprit en s'adressant à l'inconnu bizarre :

— Vous boirez, de quart d'heure en quart d'heure, une cuillerée de la potion qu'on va vous remettre, et je pense qu'avant ce soir la douleur qui se manifeste entre les épaules aura disparu... — Si je me trompais à cet égard et si mes soins vous étaient nécessaires, vous m'enverriez prévenir... — je me nomme le docteur Fauvel et j'habite la maison voisine.

— Docteur, — fit Jean Renaud, — connaissez-vous, tout près d'ici, quelque hôtel où je puisse conduire ce brave homme ?

— L'hôtel du *Coq-Chantant* est à vingt pas, en remontant la rue...

— C'est que, — balbutia le pauvre diable avec un embarras manifeste, — ça coûte cher dans un hôtel... — Je compte bien recevoir de l'argent au Havre, il m'en est dû... Mais pour le quart d'heure... Ah ! dame, pour le quart d'heure, les toiles se touchent...

— Voici d'abord cent francs qui vous appartiennent... — répliqua le faux mulâtre en montrant le billet de banque donné par Rose Bonchamp.

— A moi, monsieur, cent francs! — s'écria l'inconnu. — Mais non... vous vous trompez...

— Je ne me trompe pas... — La dame dont la voiture a failli vous écraser a laissé pour vous cette petite somme...

— Si c'est comme ça, monsieur, merci! — Il y a donc encore de bons cœurs sur la terre!...

Le pharmacien avait terminé la potion et cacheté la bouteille qu'il tendit à Jean Renaud.

— Combien vous dois-je, messieurs? — demanda ce dernier.

— Rien... — répondit le docteur Fauvel.

— Pas un sou... — appuya le pharmacien.

L'évadé de *la Dorade* comprit le sentiment qui faisait agir ces braves gens; il les salua sans insister, aida l'inconnu à quitter son siège, lui recommanda de s'appuyer sur lui, au besoin même de se cramponner à son bras, et le remorqua jusqu'à l'hôtel du *Coq-Chantant*, établissement de quatrième ordre mais néanmoins fort bien tenu.

Là, il l'installa dans une petite chambre très propre, qui coûtait vingt sous par jour; il l'aida à se déshabiller et à se coucher; il déboucha la bouteille contenant la potion, et il s'apprêtait à en verser une première dose dans une cuiller, selon l'ordonnance.

Son protégé l'arrêta du geste.

— Qu'y a-t-il? — s'écria Jean Renaud. —

Voulez-vous, oui ou non, vous conformer aux prescriptions du médecin ?

— Oui, monsieur, certainement oui... — Mais vous avez été si bon pour moi que je crois pouvoir vous parler en toute franchise...

— Vous le pouvez, et je vous y engage...

— Eh ! bien, monsieur, j'avais économisé mes derniers sous pour payer mon voyage en troisième classe... — Il ne me restait rien... — Savez-vous pourquoi, tout à l'heure, j'ai failli me faire écraser ? Savez-vous pourquoi je ne voyais plus... je n'entendais plus... je chancelais à chaque pavé ?... C'est que ma tête était vide et mon ventre creux... Depuis deux jours je n'ai pas mangé...

— Ah ! mon Dieu ! — s'écria Jean Renaud, — moi qui vous croyais ivre en vous voyant trembler sur vos jambes !

— Ce n'était pas l'ivresse, monsieur... c'était la faim... et comme, en ce moment, je sens mon cœur chaviré de nouveau et que tout danse autour de moi, il me semble qu'un peu de soupe me ferait plus de bien que n'importe quelle drogue.

— Vous avez cent fois raison !... — dit le faux mulâtre en se hâtant de demander un bol de bouillon que son protégé avala d'un trait et qui parut lui procurer un soulagement immédiat, car il laissa retomber sa tête sur l'oreiller en poussant un soupir de béatitude.

— Je vois que ça va mieux, et j'en suis ravi...

— reprit Jean Renaud. — Dans une demi-heure vous prendrez une cuillerée de potion et vous continuerez de quart d'heure en quart d'heure... — Quand vous aurez vidé la bouteille, tâchez de dormir... — Je reviendrai ce soir chercher de vos nouvelles...

— Oh ! monsieur, — murmura l'homme au tatouage, — qu'ai-je donc fait pour mériter votre compassion ?

— Vous n'avez rien fait, mon ami, mais vous ferez peut-être beaucoup...

— Moi, monsieur ?...

— Vous-même...

— Et, comment ?

— Vous le saurez ce soir... — On va sans doute vous demander votre nom pour l'inscrire sur le registre de l'hôtel... — Avez-vous des papiers en règle ?

— Oui, monsieur... — J'ai un passeport...

— C'est tout ce qu'il faut... — A ce soir donc.

— A ce soir, monsieur...

Jean Renaud quitta la chambre et l'auberge et se dirigea vers l'*Hôtel de l'Amirauté* pour y rejoindre Cora et ses sœurs.

Chemin faisant il se disait :

— Dieu est avec nous ! — Ce n'est pas le hasard qui met cet homme sur mon chemin, c'est la Providence !

Cora l'attendait, toujours vêtue du costume masculin que lui imposait son rôle.

— Eh bien ! — lui demanda-t-elle, — y a-t-il du nouveau ?

— Il y en a, mademoiselle, et beaucoup...

— Les deux traites ont-elles été payées?

— A présentation, oui.

— Par l'infâme Dereyne ?

— Non... — Ainsi que vous en aviez été prévenue, ce misérable n'est point au Havre en ce moment... — Mais j'ai vu son associé.

— Juan de Funcal?

— Juan de Funcal en personne... — répondit Jean Renaud avec un sourire singulier.

— Vous lui avez annoncé l'incendie des deux navires, *le Tancarville* et *le Morlaisien ?*

— C'était le but de ma visite...

— Quel effet a produit sur lui cette nouvelle ?

— Un effet foudroyant... — Songez qu'il s'agit de près de deux millions, et que le bruit de cette perte va porter un coup mortel au crédit de la maison.

— C'est bien ! — Frappons dans sa fortune d'abord l'assassin de mon père, le bourreau de ma mère et de mes sœurs...

— Et frappons en même temps Juan de Funcal ! — s'écria Jean Renaud.

— Je voudrais l'épargner, au contraire... — répliqua la jeune fille. — Il n'a rien fait contre nous, celui-là ! — J'ignorais jusqu'à son nom...

— Et si le nom qu'il porte n'était pas le sien ? — reprit le faux mulâtre.

— Que dites-vous ?

— Si ce nom de Funcal cachait un scélérat?

— Je cherche vainement à vous comprendre... — murmura l'aînée des trois sœurs.

Jean Renaud poursuivit :

— Si ce scélérat était votre ennemi? l'ennemi acharné de tous les vôtres ? Enfin, si cet ennemi se nommait Mercuzza ?

— Le commandeur des nègres ! ! ! — s'écria la jeune fille frissonnant de tout son corps. — Est-ce possible ?

— C'est possible et certain... — Je vous dis que je l'ai vu ! Je vous dis que je lui ai parlé!!!

Cora joignit les mains.

— Ah ! justice de Dieu ! — balbutia-t-elle. — Vous réunissez ces deux monstres pour nous les livrer ensemble !!! — Nous les frapperons l'un après l'autre, comme ils nous ont frappés !...

— Et, — reprit Jean Renaud, — si nous avions besoin d'une preuve nouvelle de la complicité de Mercuzza dans l'assassinat de votre père, ce qui se passe ici nous fournirait cette preuve... — Pour payer le silence de son complice, Martial Dereyne en a fait son associé...

— Ceci va modifier mes plans... — dit Cora d'une voix froide.

— D'autres choses, peut-être, les modifieront encore plus... — répliqua Jean Renaud.

— Quelles sont ces choses?...

— Ne m'interrogez pas maintenant, je vous en prie... Avant ce soir je pourrai vous répondre... ou plutôt c'est un autre qui vous répondra...

— Soit... — j'attendrai...

Dans l'après-midi de ce même jour, Cora et Jean Renaud, ou pour mieux dire Lionel Warton et Doménico Séballa, montèrent dans une voiture de louage retenue pour eux, et se firent conduire à la maison de banque Janille et Compagnie.

Cette maison, l'une des plus importantes et des plus honorables du Havre possédait des comptoirs dans presque tous les pays du monde.

Son chef, M. Janille, un beau vieillard de soixante-huit ans, plein de sève et d'activité, ne songeait point au repos quoiqu'il fût énormément riche, et s'occupait des affaires comme un jeune homme.

Ce fut à son cabinet qu'un garçon de bureau conduisit les visiteurs.

— A quel motif dois-je l'honneur de vous recevoir, messieurs? — leur demanda le banquier.

Ce fut Cora qui répondit :

— Je suis arrivé au Havre hier, monsieur, avec mes cousines et le sénor Doménico Séballa, mon parent, que voici... — J'arrive de Calcutta et je suis porteur d'une lettre de crédit sur votre maison... — Voici une carte qui vous apprendra mon nom...

M. Janille jeta les yeux sur cette carte.

— *Lionel Warton:..* — lut-il à haute voix. — Très bien, monsieur... La lettre que vous avez à me remettre est signée de Robert Brigton, mon correspondant de Calcutta, n'est-ce pas, et votre oncle je crois?...

— Oui, monsieur...

— Avis m'a été donné déjà de cette ouverture de crédit et de votre prochaine arrivée...

— Et voici la lettre de votre correspondant... — reprit Cora en présentant au banquier un large pli dont il brisa le cachet et dont il parcourut des yeux le contenu.

— Tout est parfaitement régulier... — fit-il ensuite, — monsieur Warton, ma caisse vous est ouverte... — Le crédit est de deux millions... — Désirez-vous toucher partie de cette somme ou la somme entière?

— Ni l'un ni l'autre, monsieur... — je n'ai pas besoin de capitaux, aujourd'hui du moins... — Le but de ma visite est de vous demander non des fonds, mais un renseignement...

— A quel sujet?

— J'ai entre les mains une traite, payable dans quelques jours, sur la maison Martial Dereyne et Compagnie...

— Quel est le chiffre de cette traite?

— Environ trois cent mille francs.

— Eh ! bien ?

— Eh ! bien, monsieur, serai-je payé ?

— N'en doutez pas... — La maison Dereyne est solide...

— Aujourd'hui, c'est possible... Mais le sera-t-elle encore quand la perte qu'elle vient de subir sera connue sur la place du Havre ?

— Une perte ! — répéta M. Janille. — De quelle perte parlez-vous ?

— Deux navires de la maison Dereyne, *le Tancarville* et *le Morlaisien*, viennent d'être incendiés en mer.

Le banquier fit un geste d'incrédulité et s'écria :

— Incendiés tous deux !... — C'est impossible !...

Jean Renaud prit la parole.

— C'est si peu impossible, — dit-il, — que ce matin, en ma présence, M. de Funcal a reçu deux lettres lui confirmant le double sinistre que je venais de lui apprendre...

XLIX

M. Janille semblait atterré.

— Une perte de près de deux millions ! ! — murmura-t-il.

— Est-ce la ruine ? — demanda Jean Renaud.

— La ruine, non, mais le coup est rude...

— Quelle est au juste selon vous, monsieur, la situation de la maison Dereyne ? — fit Cora.

Le banquier hocha la tête sans répondre.

— Ma question est-elle indiscrète ? — poursuivit le pseudo-Lionel Warton.

— Indiscrète, non... — Mais elle me met dans un embarras que vous allez comprendre... — MM. Dereyne et de Funcal sont mes clients... or, le devoir professionnel m'impose la plus stricte réserve en ce qui les concerne.

— C'est trop juste... — Vous pouvez cependant m'apprendre — (je le crois du moins) — si vous connaissez depuis longtemps M. de Funcal ?

— Je le connais depuis fort peu de temps... —

répondit le banquier. — Il est arrivé au Havre en compagnie de M. Dereyne qui venait de faire un voyage aux Antilles... — Dereyne nous l'a présenté au cercle comme un Espagnol de bonne famille, fort riche et fort intelligent, désireux d'occuper ses loisirs et d'utiliser ses capitaux en devenant son associé... — Naturellement nous l'avons bien accueilli et nous ne mettons point en doute son honorabilité, mais nous ne savons sur son compte que ce que Dereyne nous a dit lui-même... — Sa confiance en M. de Funcal est d'ailleurs indiscutable, puisqu'il le laisse ici seul administrateur et maître de toutes choses...

— M. Dereyne est absent?

— Il est à Paris.

— Près de sa famille ?

— Oui, monsieur.

— N'a-t-il pas deux enfants?

— Il en a trois : deux fils et une fille... — L'aîné vient d'acheter une part d'agent de change avec les capitaux provenant de l'héritage de sa mère... — Le cadet achève son droit...

— Et mademoiselle Dereyne?

— Ne porte plus ce nom depuis un mois...— Elle vient d'épouser le fils de la comtesse de Lasseny...

Jean Renaud fit un mouvement brusque.

— Le fils de la comtesse de Lasseny ! — s'écria-t-il. — C'est bien ce nom que vous avez prononcé, monsieur ?

— Mais, sans doute... — dit le banquier surpris. — Est-ce que vous connaissez la comtesse?

— De réputation, oui monsieur, et depuis longtemps, mais j'ignorais qu'elle eût un fils.

— Elle en a un cependant, et ce fils, le comte de Lasseny, est devenu le mari de mademoiselle Amélie Dereyne, la fille de mon client.

Jean Renaud, après avoir lancé un coup d'œil furtif à Cora, tira de sa poche un agenda qu'il ouvrit et sur lequel il traça quelques mots au crayon.

— M. Dereyne habite sans doute avec ses enfants?... — demanda Lionel Warton tandis que le faux mulâtre écrivait.

Le banquier sourit.

— Non, non, monsieur, — répliqua-t-il, — ce serait gênant pour lui... — Martial Dereyne, quoiqu'il ait dépassé la cinquantaine, est un viveur dans toute la force du terme... — Il a besoin que rien n'entrave sa liberté d'allures. — Il vit de son côté et ses enfants du leur... — Assurément c'est un homme aimable, mais c'est un père de famille un peu trop fantaisiste.

— Enfin, monsieur, — reprit Jean Renaud, — je souhaite que la perte de deux de ses navires ne détruise point le crédit de la maison Dereyne.

— Elle ne fera que l'ébranler... à moins que...

Le banquier s'interrompit.

— A moins que? — répéta Jean Renaud.

— A moins que les constructeurs qui travaillent pour Dereyne et de Funcal ne prennent l'alarme, et qu'au lieu d'accorder de longs termes ils n'exigent de l'argent comptant...

— Ce qu'ils ne manqueront pas de faire, s'ils ont quelque prudence... — murmura le faux mulâtre.

— Moi, — dit Cora, — j'irai voir demain M. de Funcal, et tâcher de m'entendre avec lui au sujet de ma traite de trois cent mille francs.

Les visiteurs, ayant dit ce qu'ils voulaient dire et sachant ce qu'ils voulaient savoir, allaient quitter leurs sièges.

Un garçon de bureau entra.

— Qu'y a-t-il? — demanda M. Janille.

— Monsieur, c'est madame Rose Bonchamp qui désire parler à monsieur...

Jean Renaud eut peine à contenir un geste de surprise.

— Nous vous laissons, monsieur... — fit Cora.

Le faux mulâtre lui glissa vivement dans l'oreille ces mots :

— Restons... — il le faut...

En même temps M. Janille disait :

— Je vous en prie, ne vous dérangez pas... — Madame Bonchamp est une cliente que je vais expédier en cinq minutes... — Faites entrer... — ajouta-t-il.

Quelques secondes plus tard la personne dont nos lecteurs ont fait la connaissance dans la rue de Paris franchissait le seuil avec un grand frou-frou de volants, et remplissait le cabinet des parfums combinés de l'eau de Mousseline et du bouquet du Jockey-Club.

— Pardon, mille fois pardon, cher banquier... — s'écria-t-elle en minaudant agréablement. — Vous avez du monde... j'arrive mal à propos... je vous dérange peut-être...— J'ai insisté pour vous voir tout de suite... — Mes instants sont comptés!... Que voulez-vous, un monde d'affaires! c'est à n'en plus finir...

Elle se tourna vers Cora et Jean Renaud, les salua de l'éventail et continua :

— Excusez-moi, messieurs... j'ai forcé la consigne... vous devez avoir une piètre idée de mon savoir vivre, mais le cas était urgent... positivement urgent...

Après avoir regardé plus attentivement le faux mulâtre madame Bonchamp poursuivit, avec un redoublement de volubilité :

— Eh mais ! je ne me trompe pas!! Mon héros de ce matin! enchantée de cette rencontre... enchantée, parole d'honneur!

Jean Renaud s'inclina.

—Vous vous connaissez? —demanda M. Janille.

— Si nous nous connaissons? ah! je le crois bien!.. — répondit Rose Bonchamp. — Mon cher banquier, vous voyez en monsieur un phénomène de force et de courage! Monsieur a sous mes yeux, au péril de sa vie, sauvé celle d'un pauvre diable qué mes chevaux avaient renversé et qu'ils allaient certainement fouler aux pieds... — A propos, comment va-t-il, ce brave homme?

— Aussi bien que possible.. — répliqua Jean Renaud. — Il en a été, à très peu de chose près, quitte pour la peur.

— Allons, tant mieux... — Je vous remercie encore une fois, monsieur, bien sincèrement... — Un homme écrasé, c'est affreux!... J'en serais tombée malade... — j'ai trop de cœur! — Mais je ne veux pas interrompre indéfiniment votre conférence... — Je n'ai que deux mots à vous dire, mon cher banquier, et je me sauve.

— Depuis quand êtes-vous au Havre? — demanda M. Janille.

— Je suis arrivée hier soir...

— Resterez-vous longtemps ici?

— Huit ou dix jours... — peut-être moins...

— Martial Dereyne vous accompagne?

En entendant ces mots Jean Renaud et Cora échangèrent de nouveau un regard expressif.

— Non, grâce à Dieu, il ne m'accompagne pas! — répondit Rose Bonchamp. — Il est resté à Paris, et j'en suis fort ravie, car j'ai besoin d'un peu de liberté...

— Vous habiterez sans doute votre petite maison d'Ingouville?...

— Certainement non!... — Elle me déplaît au-delà du possible, cette villa!... — J'y mourrais de tristesse...

— Pourquoi la gardez-vous, alors?...

— C'est ce que je me suis demandé, et je viens de donner à mon notaire l'ordre de la mettre en vente...

— C'est toujours Berthelin qui est votre notaire?

— Toujours.

— Où êtes-vous descendue?

— A l'hôtel d'Angleterre.

— Comptez-vous allez voir monsieur de Funçal?

— Ma foi, non... — Je n'ai rien à lui dire, à cet Espagnol! — d'ailleurs il est vraiment trop laid...

— Et vous désirez de moi, chère madame?

— Votre visa sur ce chèque de dix mille francs signé par Martial...

En même temps Rose Bonchamp tendait un papier de couleur orange au banquier qui, sans même y jeter les yeux, répondit :

— Vous n'avez pas besoin de mon visa pour toucher... — il suffira de présenter le chèque...

— Je m'en doutais un peu, mais je tenais à vous serrer la main... Bref, je puis passer à la caisse?

— Parfaitement...

— J'y vais de ce pas...

L'excentrique personne se leva et, s'adressant à Jean Renaud, poursuivit :

— Si votre protégé a besoin de moi, n'oubliez pas, monsieur, que je vous ai donné mon adresse tout exprès pour lui.

— Je ne l'oublierai pas, madame.

— Messieurs, je suis votre servante... — Mon cher banquier, au revoir... à bientôt...

Et Rose Bonchamp, qui était rentrée comme une trombe, sortit comme un tourbillon.

— Quelle est donc cette dame? — demanda Cora, quand la visiteuse eut quitté le cabinet.

— Une amie de Martial Dereyne... sa plus ancienne amie... — répliqua le banquier.

— Elle n'est plus tout à fait jeune... — reprit le pseudo-Lionel Warton.

— Aussi je ne crois pas que Dereyne en soit très épris, mais il tient à elle par la force de l'habitude... Elle possède sur lui une influence singulière, indestructible, et les favorites de passage ne parviennent point à la détrôner... Elle était femme de charge chez l'armateur du vivant de sa femme...

— Elle est toujours jolie... — fit observer Jean Renaud.

— La gaillarde le sait bien... Elle a spéculé sur sa beauté et la spéculation était bonne... — Rose Bonchamp est riche... — Une grande partie de la fortune de Martial Dereyne a passé dans ses mains... — Aujourd'hui encore elle lui coûte de l'argent... Il ne peut rien lui refuser.

Ces mots terminèrent l'entretien.

Cora et Jean Renaud se levèrent et, après avoir remercié le banquier de son gracieux accueil, prirent congé de lui et se retirèrent.

Dès qu'ils furent remontés dans la voiture qui les attendait, la jeune fille demanda :

— Cette femme singulière... la maîtresse attitrée de notre ennemi... ne peut-elle nous servir?

— Je me suis déjà posé cette question... — répliqua Jean Renaud. — Un autre que moi se chargera d'y répondre.

— Qui donc?

— L'homme que les chevaux de Rose Bonchamp allaient fouler aux pieds et que j'ai sauvé...

— Vous savez quel est cet homme?

— Parfaitement...

— Vous vous proposez de l'interroger?

— Oui.

— Bientôt?

— Dans un quart d'heure si vous voulez.

— Et en ma présence?

— Certes!

— Où le trouverons-nous?

— A l'auberge où je l'ai conduit ce matin après son accident.

— Allons...

Jean Renaud donna une indication au cocher,

et cinq minutes plus tard la voiture s'arrêtait devant l'hôtel du *Coq-Chantant.*

Cet établissement — (de quatrième catégorie, nous l'avons dit) — ressemblait à ceux du même ordre qui abondent dans les villes maritimes et n'ont rien de commun avec les luxueux caravansérails destinés aux voyageurs riches et aux baigneurs aristocratiques.

Le rez-de-chaussée formait deux salles, moitié restaurant, moitié café. — Les matelots, les pilotes, les marins du port, y venaient prendre leurs repas et y revenaient le soir jouer aux cartes et fumer en buvant de l'eau-de-vie de cidre.

La maîtresse de la maison, veuve et âgée de cinquante ans, la mère Valin — (une luronne qui n'avait pas froid aux yeux, disaient ses clients) — savait à merveille que la tranquillité et la propreté attirent et retiennent les chalands. — Elle faisait seule la police de sa maison, n'y souffrait point de querelles, et veillait à ce que tout fût lavé, essuyé, brossé, astiqué, comme sur un navire de l'État ou dans le logis d'une ménagère hollandaise.

L

Tant que durait le jour, un couloir ouvrant sur la rue permettait de monter aux chambres de l'auberge sans traverser les salles du rez-de-chaussée.

Dès que tombait la nuit, la porte de ce couloir était close aux verrous et chaque locataire devait, pour venir prendre son bougeoir et sa clef, passer devant le comptoir où trônait la mère Valin.

Il faisait grand jour encore quand les deux visiteurs arrivèrent au *Coq-Chantant.*

Jean Renaud, précédant Cora, s'engagea dans le couloir un peu sombre, monta jusqu'au deuxième étage, suivit un corridor et s'arrêta devant une porte dont il avait noté soigneusement le numéro dans sa mémoire.

C'était le numéro 18.

L'évadé de *la Dorade* voulut mettre la main sur la clef qu'il se souvenait avoir laissée en dehors à la serrure ; il ne la trouva pas.

Il frappa.

Personne à l'intérieur ne donna signe de vie. Il frappa de nouveau.

Même silence.

— Votre protégé serait-il parti ?... — murmura la jeune fille métamorphosée en Lionel Warton.

— Ce serait jouer de malheur ! ! — répliqua Jean Renaud. — Je compte énormément sur cet homme qu'un hasard providentiel m'a permis de rencontrer !

Tout en parlant le faux mulâtre heurta le panneau pour la troisième fois, mais sans plus de résultat.

— Quel parti prendre ? — demanda Cora.

— Questionner la maîtresse de la maison... — Descendons...

Nos deux personnages gagnèrent le rez-de-chaussée et pénétrèrent dans la première salle où se trouvait le comptoir.

La mère Valin était dans un isolement complet, l'heure où les consommateurs affluaient autour des tables n'ayant point encore sonné.

Jean Renaud entra.

Cora resta sur le seuil.

En voyant le mulâtre à cheveux blancs qui lui avait amené un locataire et qu'elle reconnut du premier coup d'œil, la digne aubergiste lui sourit et fit quelques pas à sa rencontre.

— Peut-être bien, monsieur, — lui dit-elle, —

vous cherchez le particulier qui est venu ici ce matin avec vous.

— Oui, madame.

— Peut-être bien vous venez de sa chambre? — reprit la veuve.

— En effet, et je ne l'ai point trouvé, à mon grand étonnement, car après la terrible secousse qu'il a reçue je le croyais hors d'état de se lever si vite. — Savez-vous où il est, madame?

— Il est là... dans la salle du fond...

— Mais pourquoi donc a-t-il quitté sa chambre?

— Il avait fait un bon somme, m'a-t-il dit, et, se sentant gaillard mais à demi-mort de faim, il s'est habillé, il est descendu, et il dîne, ou plutôt il dînait, car il doit avoir à peu près fini... — Désirez-vous le voir?

— Oui, madame... — Est-il seul?

— Tout seul en ce moment... et je vais...

La mère Valin se disposait à aller chercher son pensionnaire.

Jean Renaud l'arrêta du geste.

— Inutile de vous déranger, madame,— dit-il, — nous allons le rejoindre...

— A votre aise...

Le faux mulâtre fit un signe à Cora qui le suivit aussitôt, puis tous les deux entrèrent dans la salle du fond.

L'homme au tatouage avait en effet terminé le repas fort modeste qu'il s'était fait servir, et les coudes sur la table, soutenant des deux mains son pâle et maigre visage, il fumait tranquillement une cigarette.

La brusque apparition de son sauveteur accompagné d'un jeune homme élégant le fit tressaillir ; — ses traits blafards exprimèrent en même temps la joie et l'inquiétude.

— Ah ! c'est vous, monsieur... — dit-il.

— On croirait que ma présence vous étonne... — répliqua Jean Renaud. — Vous étiez averti cependant que je reviendrais...

— Oui, mais je ne vous attendais pas si tôt...

— Et moi, je suis stupéfait de vous trouver debout...

L'inconnu répéta ce que la mère Valin venait d'apprendre à Jean Renaud, qui répondit :

— Vous avez fort bien fait de reprendre des forces, car nous avons à causer longuement...

— Vous m'avez annoncé ça ce matin... — murmura le pauvre diable, — et même ça m'intrigue bigrement...

— Pourquoi ?

— Vous ne me connaissez pas... Je ne vous connais pas davantage... — Qu'est-ce que nous pouvons avoir à nous dire ? — Je me casse la tête à tâcher de le deviner...

— Et vous n'en venez point à bout ?

— Ma foi, non.

— Vous devez être surpris, je le comprends, mais votre surprise sera courte. — J'ai quelques questions à vous poser... — Y répondrez-vous franchement ?

— Pourquoi pas ? — Interrogez-moi tant qu'il vous plaira.

Cora intervint.

— Prenez garde, mon ami... — dit-elle à Jean Renaud. — L'endroit me semble mal choisi pour un entretien sérieux... — Il peut arriver des importuns d'un moment à l'autre...

— C'est juste, — murmura le faux mulâtre, — ici nous serions interrompus.

Il ajouta en s'adressant à l'homme au tatouage :

— Conduisez-nous à votre chambre.

Le pauvre diable obéit sans répliquer, mais il commençait à ressentir une vague inquiétude en voyant le mystère dont son protecteur s'entourait.

Une fois dans la chambre, Jean Renaud ferma la porte en dedans à double tour et mit la clef dans sa poche.

L'inquiétude de l'inconnu se changeait rapidement en épouvante.

— Ah ! çà, mais, — balbutia-t-il, — que me voulez-vous donc et pourquoi nous enfermez-vous ainsi ?

— Rassurez-vous, mon ami, — dit Cora, — nos précautions prouvent simplement que nous ne voulons pas être épiés... — Vous n'avez rien à craindre.

— Au contraire, — ajouta l'évadé de *la Dorade* — et si vous avez eu dans votre vie une minute de chance, c'est ce matin quand nous nous sommes rencontrés. — Vous en aurez bientôt la preuve. — Asseyez-vous et causons. — Les cloisons sont minces, ayons soin de ne pas parler trop haut.

L'inconnu se laissa tomber sur une chaise. — En face de lui s'installèrent Cora et Jean Renaud.

Ce dernier reprit:

— Vous avez promis tout à l'heure de me répondre avec franchise...

— Et je tiendrai parole...

— Nous allons voir... — Comment vous appelez-vous ?

— *Charles Métayer*...

— Premier mensonge..... — fit Jean Renaud.

— Hein ? — Vous dites?...

— Je dis, — continua Jean Renaud, — que vous ne vous nommez pas Charles Métayer, mais *Pierre Landry*... — Est-ce vrai?

— Eh bien ! oui, c'est vrai... — murmura l'homme au tatouage, stupéfait d'être ainsi connu par ce mulâtre qu'il était sûr de n'avoir jamais vu.

Jean Renaud poursuivit :

— Et vous sortez du bagne de Brest.

Pierre Landry frissonna de tout son corps en

entendant ces mots, mais il n'essaya pas de nier et baissa la tête.

Cora ne put contenir un geste de dégoût ; une répulsion indicible se peignit sur son visage.

L'évadé de *la Dorade* se pencha vers elle et lui dit à l'oreille :

— Soyez calme... — C'est dans les bas-fonds où rampent le vice et le crime que nous trouverons les auxiliaires dont nous avons besoin...

— Je sors du bagne, j'en conviens... — balbutia Pierre Landry, — mais comment le savez-vous?

— Je sais bien autre chose... — Je n'ignore rien de ce qui vous concerne... — Vous êtes originaire de Sainte-Adresse.

— Oui...

— Vous étiez employé comme garçon de bureau chez un armateur du Havre.

— C'est vrai...

— Cet armateur avait pour maîtresse une fort belle fille, remplissant dans sa maison les fonctions de femme de charge.

Pierre Landry fit un signe affirmatif.

— Vous aimiez cette fille, — poursuivit le faux mulâtre, — et comme elle ne vous aimait pas et qu'elle en aimait un autre, ou tout au moins qu'elle se livrait à un autre, la jalousie vous dévorait.

— Ah ! oui, — murmura Pierre avec une expression d'amertume poignante, — ah ! oui, je l'aimais....

Jean Renaud continua :

— Un jour ou plutôt une nuit, il y a de cela neuf ans, vous vous introduisîtes avec effraction dans la chambre de cette fille, pour vous emparer d'un papier que vous considériez comme très important... — On vous prit en flagrant délit, on vous fit passer en cour d'assises et on vous condamna à dix ans de travaux forcés... — Tout cela est-il exact?

— Tout cela est exact...

— La femme que vous aimiez, la maîtresse de l'armateur, se nommait Rose Bonchamp...

Ce fut au tour de Cora de tressaillir.

Pierre releva la tête et ce fut avec un étonnement mêlé d'épouvante qu'il regarda son interlocuteur.

Celui-ci reprit :

— Votre passion pour Rose Bonchamp, loin de s'éteindre avait grandi, mêlée de haine et de colère. — Le souvenir de cette créature qui ne vous avait jamais témoigné que du dédain s'attachait à vous comme la tunique de Déjanire et vous brûlait la chair, vous calcinait les os jusqu'aux moelles! — Vous l'adoriez et vous la maudissiez en même temps. —Vous ne pensiez qu'à elle, vous ne parliez que d'elle au bagne où un forçat, votre compagnon de chaîne pendant quelques jours, vous tatoua sur la poitrine, au-dessous du sein gauche, un R et un B, les deux initiales du nom de Rose Bonchamp, accompagnant un cœur enflammé, percé d'une flèche et d'un poignard et surmontant ces mots : *Pour la vie quand même!...* — Ce tatouage est là.

Et Jean Renaud touchait du bout du doigt la maigre poitrine de l'ex-forcat, puis il continua :

— Quant à l'armateur, à qui la jolie femme de charge donnait ou vendait ses faveurs, il se nommait Martial Dereyne.

Cora s'attendait si bien à entendre prononcer ce nom que pas un muscle de sa figure ne bougea.

— Ah! çà, mais vous ètes donc le diable!... — s'écria Pierre Landry effaré.— Je n'ai confié mon secret qu'à un seul homme... mon compagnon de chaîne au bagne... — Comment avez-vous appris tout cela?

— Peu importe comment je l'ai appris. — Je le sais, voilà l'essentiel, mais il est d'autres choses que j'ignore et que je veux savoir.

— Lesquelles?

— D'abord ce que vous venez faire au Havre.

— Me venger! — répondit l'ex-forçat sans hésitation.

— De qui?

— De Rose Bonchamp qui m'a méprisé... de Martial Dereyne qui m'a fait condamner...

— Ce n'est pas vrai! — interrompit Jean Renaud.

— Comment?

— Vous venez ici pour vous faire payer le silence que vous gardez depuis plus de neuf ans.

— Mais...

— Ne niez pas... ce serait inutile... — Vous avez dans les mains un papier qui doit être taché de sang, car il contient la preuve d'un crime...

LI

— Ce crime, — s'écria Pierre Landry, — ce n'est pas moi qui l'ai commis...

— Parlez plus bas... — répliqua Jean Renaud... — Personne ne vous accuse... — D'ailleurs il ne s'agit point du crime... il s'agit du papier... — Ce papier représente une grosse somme, je le sais...

— Mais, je vous affirme... — commença Pierre.

— Vous l'avez dit vous-même à votre camarade de chaîne, — interrompit le faux mulâtre, — et vous venez au Havre pour essayer d'en tirer parti, mais vous vous heurterez contre des obstacles infranchissables... — Vous aurez pour adversaires des gens riches et puissants, et vous, pauvre forçat à peine sorti du bagne, vous serez brisé dans la lutte...

L'attitude de Pierre Landry, sa pâleur croissante, un long soupir exhalé de sa poitrine, prouvèrent jusqu'à l'évidence que ce langage faisait sur lui une sérieuse impression.

Le faux mulâtre continua :

— Mais une arme, inutile et dangereuse pour vous-même dans vos mains, peut devenir formidable entre les miennes... — Eh bien ! si vous ne vous illusionnez pas sur la valeur de ce papier, je vous le paierai cher...

— Je ne l'ai plus... — balbutia Pierre indécis et méfiant.

— Vous l'avez encore et il me le faut, et avec lui l'histoire qui s'y rattache... l'histoire du crime pour lequel Martial Dereyne et Rose Bonchamp ont été complices...

Pierre offrait le spectacle d'un effarement complet... — Des gouttes de sueur perlaient à la racine de ses cheveux... — Ses yeux roulaient dans leurs orbites.

Il sentait bien que toute résistance serait inutile, et cependant il aurait voulu ne pas livrer son secret à ces inconnus qui prétendaient l'acheter.

Jean Renaud, devinant ce qui se passait en lui, continua :

— Vous vous ètes évadé du bagne.

— Ah! pour cela, non, je le jure !! — interrompit Pierre avec un accent dont la sincérité n'était point suspecte.

— Comment donc ètes-vous libre ?

— Je viens d'ètre gracié en récompense de ma bonne conduite.

— Soit ! je veux bien vous croire, mais en vous

graciant on vous a certainement assigné une résidence, et cette résidence n'était pas, ne pouvait pas être le Havre. — Donc il me suffirait d'un mot pour vous faire arrêter comme forçat en rupture de ban... On vous coffrerait de nouveau, et adieu vos rêves dorés.

— Je ne vous ai jamais fait de mal... — balbutia Pierre. — Pourquoi songez-vous à me perdre ?...

— J'y songe si peu que, si vous vous entendez avec moi, je m'engage à vous mettre à l'abri de toute poursuite ; je vous rendrai riche et je vous vengerai de Rose Bonchamp et de Martial Dereyne.

Les yeux ternis de l'ancien garçon de bureau devinrent étincelants.

— Vous me vengeriez d'elle et de lui, bien vrai ? — demanda-t-il.

— Aussi vrai que je me nomme Doménico Séballa, oui...

— Vous leur feriez du mal à tous deux, surtout à lui ?

— Surtout à lui... oui... beaucoup de mal...

— Eh bien ! je cède... — Je vais vous raconter d'abord ce que vous voulez savoir, et ensuite je vous vendrai le papier si vous me l'achetez ce qu'il vaut... et il vaut beaucoup...

— Soyez tranquille, je ne marchanderai pas !

— Écoutez-moi donc... — J'étais, vous le savez,

garçon de bureau, et Rose femme de charge dans la maison de Martial Dereyne... — J'avais neuf ans de moins, je n'avais point encore passé par le bagne, et les jolies filles ne me trouvaient pas plus mal qu'un autre... — Je m'étais pris pour Rose d'une passion folle... — Elle me faisait perdre la tête... — Plus je la voyais froide avec moi, plus elle accueillait mes galanteries par des rebuffades, plus je devenais enragé d'amour... — Je me demandais la cause de son aversion, car non seulement elle ne m'aimait point, mais encore elle semblait me détester et ne perdait pas une occasion de me tourner en ridicule... — On est bête quand on est amoureux, et je me figurais toujours qu'à la longue, à force de tendresse, je triompherais de la répulsion de Rose et je l'amènerais à m'aimer un peu...

Pierre Landry s'interrompit pendant une ou deux secondes, sans doute pour mettre de l'ordre dans ses idées, puis il reprit :

— Nous habitions au Havre la grande maison du quai d'Orléans, où sont les bureaux et les magasins... — la connaissez-vous ?

— Je la connais... — répondit Jean Renaud.

— Un soir je m'aperçus que Rose Bonchamp possédait une clef de la petite porte ; elle s'en servait pour sortir vers les onze heures et ne rentrait que bien avant dans la nuit. — A partir de cette découverte je fis le guet, et j'acquis la certitude que ce manège se renouvelait plusieurs fois par semaine...

« Vous pensez bien que je devins jaloux comme un tigre...

« Rose devait rejoindre un amant dans la ville, impossible d'en douter, mais je voulais savoir positivement à quoi m'en tenir et je ne dis rien...

« En ce temps-là j'aurais soupçonné tout le monde plutôt que Martial Dereyne dont la femme, qui vivait encore, était belle et bonne comme les anges...

« Je me glissai hors de la maison avant onze heures du soir. — Je me cachai dans l'embrasure d'une porte ; j'attendis ; je vis Rose sortir, et je la suivis...

« Martial Dereyne possédait, à Ingouville, une villa au milieu d'un grand jardin planté de vieux arbres.

« C'est là que se rendait Rose Bonchamp... — Elle préférait le patron à l'employé... — M. Dereyne était son amant, et trois ou quatre fois par semaine lui donnait rendez-vous à la villa. — Cela crevait les yeux, n'est-il pas vrai ? — Et cependant j'essayai de douter encore. — Je ne voulais croire que quand j'aurais vu... — C'est inimaginable comme l'amour rend bête !

« Un jour, le patron se trouvait dans les magasins au moment de l'arrivée du courrier...— Je lui remis moi-même une lettre portant le timbre de Paris... — Il fronça le sourcil en la recevant — (sans doute il reconnaissait l'écriture), — il ouvrit cette lettre séance tenante et son contenu sembla le préoccuper beaucoup, car après l'avoir lue il se mit à marcher vivement, de long en large, en faisant des gestes de contrariété et en marmottant entre ses dents des paroles que je ne pouvais entendre...

« Je ne voulais pas avoir l'air d'épier le patron... — je me dissimulai derrière une pile de ballots.

« Rose entra dans le magasin sous un prétexte quelconque.

« Elle crut que Martial Dereyne était seul et s'approcha de lui... — Ils causèrent très vivement et à demi-voix ; cependant les mots : *villa d'Ingouville, onze heures* et *souper*, arrivèrent distinctement jusqu'à mon oreille...

« Un instant après Rose sortit, et Martial Dereyne ne tarda guère à la suivre.

« Il y avait un rendez-vous donné pour le soir, c'était clair, mais existait-il un rapport quelconque entre ce rendez-vous et la lettre venue de Paris ?

« La jalousie et la curiosité me travaillaient à la fois. — Je me dis :

« — Moi aussi, j'irai ce soir à la villa d'Ingouville.

« Et je me tins parole.

« A dix heures du soir j'arrivais...

— Comment avez-vous pénétré dans le jardin? — demanda Jean Renaud.

— En escaladant le mur d'enceinte; — répondit Pierre Landry. — Je me blottis au milieu de touffes d'arbustes bordant la pelouse, tout près des fenêtres du rez-de-chaussée, et j'attendis.

« La nuit n'était pas très sombre dans l'espace découvert autour de la maison, quoi qu'il n'y eût point de lune.

« Au moment où la demie après dix heures sonnait à l'église d'Ingouville, j'entendis ouvrir la porte du jardin et Rose parut, portant à son bras un assez grand panier.

« Martial Dereyne ne l'accompagnait pas.

« Elle passa, sans se douter de ma présence, tout près des arbustes qui me cachaient et elle entra dans la maison.

« La journée avait été chaude; il y avait de l'orage au loin; la chaleur était suffoquante, malgré la brise de mer qui commençait à souffler.

« Rose alluma les bougies de la salle à manger, puis elle ouvrit les fenêtres pour donner de l'air, et elle ferma les persiennes, mais sans les fixer avec le crochet.

« Je m'approchai doucement; — à travers les lames des persiennes je voyais tout l'intérieur.

« Rose allait et venait dans la salle à manger, mettant la nappe, disposant deux couverts, tirant de son panier un pâté, un poulet froid, un homard et des petits pains, et les plaçant en bon ordre sur la table.

« Elle prit dans un placard des conserves de fruits et des gâteaux secs pour le dessert, — ensuite elle descendit à la cave, d'où elle rapporta du vin de Bordeaux, du vin de Champagne et des bouteilles de liqueur.

« Tout en trottinant de ci, de là, elle semblait joyeuse, et elle chantonnait du bout des lèvres une chanson de matelots...

« Je la trouvais plus jolie que jamais... sa voix me mordait au cœur... — J'étais ivre de jalousie et enfiévré d'amour... — J'avais le délire... — Il me prenait des envies furieuses d'ouvrir une persienne, de sauter par la fenêtre, de saisir la coquine dans mes bras, de la dévorer de caresses et de l'étrangler après...

« J'allais probablement succomber à la tentation quand j'entendis ouvrir la porte qui donnait sur la rue...

« Je me jetai derrière les arbustes et je vis passer Martial Dereyne.

« Rose avait entendu comme moi...

« Elle vint à la rencontre de son amant jusqu'au seuil et le fit entrer.

« Je repris mon poste près de la fenêtre et je regardai de nouveau...

« L'armateur et Rose se tenaient enlacés, et ils s'embrassaient...

« Je devais m'y attendre et cependant, comme on dit, mon sang ne fit qu'un tour; un nuage passa sur mes yeux; je vis rouge; l'idée me vint de les tuer tous les deux... »

Pierre Landry s'interrompit et parut s'absorber dans l'amertume de ce souvenir.

— Et ensuite? — fit Jean Renaud.

Le narrateur continua :

— Martial Dereyne se tourna vers la table.

« — Voilà, — dit-il, — un petit repas qui a bonne mine...

« — Soupons-nous tout de suite? — demanda Rose.

« — Non, — répliqua l'armateur, — et ce n'est pas avec toi, ma fille, que je souperai ce soir...

« Il la tutoyait!

« C'était naturel... c'était forcé... mais ça me donna un nouveau coup...

« Rose reprit :

« — Vous attendez quelqu'un?

« — Oui.

« — Qui donc?

« — Un de mes amis... — J'ai reçu une lettre de lui ce matin... — Il vient de Paris exprès pour me voir.

« — Et il arrivera si tard?...

« — Il arrivera à l'heure qu'il m'indique... — Il est l'exactitude incarnée...

« — Pourquoi ne le recevez-vous pas à votre maison du quai ?

« — Parce qu'il m'a prié de le recevoir ici... — Il veut être vu le moins possible...

« — Pourquoi n'allez-vous pas au devant de lui ?

« — Parce que je tiens beaucoup à ce qu'on ne nous rencontre point ensemble...

« — Ah ! ça, mais, — s'écria Rose, — c'est donc un malfaiteur, un évadé des galères, votre ami !...

« — Non ma fille, mais c'est un politique exalté, un maniaque qui rêve je ne sais quelle forme idéale de gouvernement populaire... — Il croit à la République et se fourre jusqu'au cou dans les complots des fous qui veulent la ramener en France. — Nous sommes liés ensemble depuis notre enfance et j'évite de le froisser, mais j'ai la conviction qu'il finira mal un jour ou l'autre...

« — Ça lui apprendra à se mêler de ce qui ne le regarde pas... — Est-il riche, votre ami ?

« — Il doit avoir une trentaine de mille livres de rente...

« — Avec ça il ferait bien mieux de vivre en paix et de laisser le gouvernement tranquille !... — Enfin, chacun son idée...

« En ce moment la conversation, dont je ne perdais pas un mot, fut interrompue par un coup de sonnette retentissant à la porte du jardin.

« — Le voici... — dit Martial Dereyne, — je vais lui ouvrir...

LII

— Le patron sortit de la villa, — poursuivit Pierre Landry, — il passa de nouveau à quatre pas de moi, et je le vis revenir au bout d'une minute accompagné d'un homme de trente ans à peu près, grand, bien bâti, blond et portant toute sa barbe.

« Quand il fut dans la salle à manger les bougies éclairèrent son visage un peu pâle, dont l'expression me parut douce et triste.

« Le nouveau venu ne réalisait point du tout l'idée que jusqu'à ce jour je m'étais faite d'un conspirateur.

« — Nous ne sommes pas seuls... — dit-il en voyant Rose qui l'accueillait avec une belle révérence.

« — Je te présente Mme Bonchamp... — répliqua Martial Dereyne. — Elle remplit dans ma maison des fonctions de confiance... — C'est une personne tout à fait sûre et tu peux parler devant elle à cœur ouvert. — Sa présence m'était indispensable pour mettre en ordre le modeste souper qui t'attend et que je vais partager avec toi.

« — Tu as pensé à tout, et je t'en sais gré, car je meurs de faim... — fit l'ami du patron en souriant.

« Les deux hommes se mirent à table.

« Rose, debout derrière eux, les servit.

« Ça devait la contrarier ferme, orgueilleuse comme elle l'était, mais elle n'en laissait rien voir.

« — J'ai reçu ce matin ta lettre, — dit Martial Dereyne, — lettre mystérieuse s'il en fut, et qui m'a beaucoup intrigué en ne me disant pas un mot du but de ta visite...

« — Ce but est bien simple... — Je viens te demander un service que tu peux seul me rendre, car je n'ai qu'en toi seul une confiance absolue...

« — Je suis à ta disposition, tu le sais.

« — Certes, je le sais, et la meilleure preuve c'est que me voici...

« — Parle, je t'écoute...

« — On se figure en province que tout est tranquille à Paris, — commença le visiteur, — et tu partages vraisemblablement l'opinion générale...

« — Dame, il me semble...

« — Eh bien, mon cher ami, tu te trompes... — Je suis trop loyal pour prononcer des noms, même avec toi dont je suis sûr, mais je puis te dire qu'une révolution se prépare, révolution d'autant plus terrible qu'elle sera inattendue... — Les sociétés secrètes sont sous les armes, prêtes à marcher au premier signal... — La mine est chargée, elle éclatera d'un moment à l'autre... — Avant un mois, avant quinze jours peut-être, le peuple de Paris aura brisé le trône du roi Louis-Philippe et proclamé la République... — Tu doutes du succès?...

« — Beaucoup, je l'avoue.

« — Cela doit être, car tu ne connais ni nos moyens d'action, ni l'état véritable de l'esprit public... — La France endormie sera réveillée par un coup de foudre, tu verras!... — Mais il ne s'agit pas du triomphe de mes idées politiques... Mes amis et moi nous allons jouer notre vie dans une lutte formidable, et je te jure que nous ne nous ménagerons guère; mais j'ai un fils, et je ne veux pas, si je suis tué sur une barricade, que cet enfant puisse être dépouillé... — C'est pour cela que j'ai compté sur toi.

« — Que puis-je faire?

« — Devenir le dépositaire de ma fortune...

« — Comment?

« — J'ai réalisé tout ce que possédais, un peu plus de six cent mille francs. — Je garderai quelques rouleaux d'or pour les nécessités quotidiennes, et je te remettrai le reste...

« — Tu as six cent mille francs sur toi ! — s'écria Martial Dereyne.

« — Oui... en billets de banque... — Si je sors et sauf de la bagarre, je viendrai te les réamer... — si au contraire je reçois une balle dans la tête ou dans la poitrine, les journaux t'apprendront ma mort, car je suis un des chefs. — Tu iras à Paris, aux Batignolles, à la pension Bénistan — elle est bien connue — où se trouve mon cher fils Armand... — Tu te présenteras à lui comme le meilleur ami de son père, tu lui laisseras continuer ses études et, dès qu'elles seront terminées, tu lui remettras sa fortune que tu auras fait valoir jusqu'à ce moment avec ton habileté et ta prudence habituelles... — Voilà le service que j'attends de toi... Tu me le rendras sans hésiter, n'est-ce pas?...

« Le patron ne répondit pas tout de suite.

« Il avait les yeux baissés, mais entre les paupières demi-closes il me semblait voir étinceler ses prunelles.

« — Pourquoi ce silence? — demanda le visiteur. — Tu acceptes?...

« — J'accepte, — fit enfin Martial Dereyne, — mais à contre-cœur...

« — Pourquoi?

« — L'idée d'avoir dans les mains une grosse somme qui ne m'appartient point, m'inquiète...

« — Que peux-tu craindre?... — Tes affaires sont florissantes?

« — Oui sans doute... — Tout ce que j'entreprends réussit... l'argent afflue...

« — Tu vois donc que la fortune dont tu seras le dépositaire ne court aucun risque... — Ta probité, d'ailleurs, et ta délicatesse seraient des garanties plus que suffisantes...— Je compte bien en outre, — ajouta l'étranger en souriant, — te redemander moi-même ces capitaux avant qu'un mois se soit écoulé...

« — C'est la plus chère de mes espérances...

« — Je vais donc, tout à l'heure, te donner six cent mille francs...

« — Rien ne presse...

« — Comment, rien ne presse?...

« — Il sera temps demain.

« — Demain, je serai loin. — On m'attend à Paris. — C'est à grand'peine que j'ai trouvé quelques heures pour venir au Havre. — Avant le point du jour je partirai.

« Le souper continua.

« Le visiteur racontait avec une verve entraînante les espérances du parti républicain, puis il abandonnait la politique pour parler de son fils Armand en des termes où la tendresse paternelle arrivait jusqu'à l'exaltation.

« Martial Dereyne buvait sec.

« Rose avait l'attention de remplir sans cesse le verre que le visiteur vidait sans relâche.

« Immobile et le front appuyé aux lames de la

persienne, dont l'entre-bâillement me permettait de tout voir et de tout entendre, j'étais haletant... — Il me semblait que quelque chose d'extraordinaire et de terrible allait se passer sous mes yeux... »

Pierre Landry s'interrompit.

Jean Renaud et Cora comprenaient d'autant mieux la sensation que ces dernières paroles venaient d'indiquer, qu'ils en éprouvaient eux-mêmes, en ce moment, une semblable.

Le récit naïf, mais évidemment sincère du pauvre diable, leur faisait passer un petit frisson sur l'épiderme et leur mettait aux tempes des gouttes de sueur.

L'évadé de *la Dorade* avait hâte d'arriver au dénouement.

— Et après? et après? — demanda-t-il. — Abrégez, mon garçon... — Qu'arriva-t-il ?

— J'abrège... — répondit Pierre Landry. — M. Raymond — (j'ai su son nom depuis, et vous verrez bientôt comment) — altéré sans doute par la chaleur orageuse et lourde, continuait de faire honneur à la cave de mon patron. — Il s'animait sans en avoir conscience; mais si sa langue devenait pâteuse, son esprit restait lucide comme s'il n'avait bu que de l'eau...

« Le souper touchait à sa fin.

« Vous ai-je dit que l'ami du patron avait en bandoulière une sacoche de cuir, fermée par une petite serrure?

« Il prit une clef dans son portemonnaie, il ouvrit la sacoche, il en tira six liasses de billets de banque et les mit sur la table. — Ça tenait si peu de place que je pensai à part moi : « — *Comment, c'est ça six cent mille francs!... Ça ne fait pas d'effet!...* » — Ils y étaient pourtant...

« — Compte... — dit M. Raymond.

« — A quoi bon ?

« — Tu me feras plaisir... — Il faut savoir ce que tu reçois, que diable !

« Martial Dereyne feuilleta les liasses, rapidement et d'une main fiévreuse.

« Derrière lui, Rose Bonchamp regardait les billets d'un œil singulier.

« — Le compte y est... — fit le patron.

« — Maintenant, — reprit M. Raymond, — voici un papier sur lequel tu trouveras toutes les indications concernant mon fils... — Aie bien soin de ce papier, il te serait indispensable si tu ne devais plus me revoir.

« — Sois tranquille... — Je vais te faire un reçu des six cent mille francs...

« — Entre gens comme nous ce reçu serait inutile, mais il s'agit des intérêts de mon fils, et tu peux mourir...

« — Madame Bonchamp, — dit le patron, — donnez-moi, je vous prie, ce qu'il faut pour écrire.

« Rose sortit de la salle à manger, où elle revint

bientôt avec un buvard, un encrier et une plume.

« Le buvard renfermait du papier à lettres portant l'en-tête de la maison du Havre.

« Martial Dereyne écrivit quelques lignes, signa, puis rendit la feuille à son visiteur qui la parcourut du regard, la plia en quatre et la glissa dans son portefeuille, qu'il remit dans sa poche de côté en s'écriant :

« — Me voilà soulagé d'un grand poids !! — Je partirai d'ici l'esprit calme... — Tu es un véritable ami... — Je bois à ta santé !

« — Et moi, — fit le patron, — je porte celle de ton fils...

« Les bouteilles de champagne se vidaient comme par enchantement... — Rose avait dû redescendre à la cave.

« M. Raymond commençait à bégayer, et de pâle qu'il était en arrivant devenait rouge comme une tomate.

« — En voilà assez... — balbutia-t-il. — Il faut être sage... — Ton vin est bon, mais il finirait par me jouer un mauvais tour...

« — Plus qu'un toast, — dit Martial Dereyne, — et je te défie de refuser celui-là !...

« — Lequel ?

« — Nous allons boire à la République de tes rêves...

« — Ah ! je le crois bien que je veux boire... et debout... et dans un grand verre... et plutôt deux fois qu'une! — répliqua le conspirateur enthousiaste.

« Je regardais Rose...

« Je la vis prendre sur le buffet deux bouteilles, l'une de vin de Champagne, l'autre d'un liquide qui ressemblait à de l'eau de roche.

« Elle versa du champagne à Martial Dereyne et remplit de liquide incolore le plus grand verre de M. Raymond.

« Le brave homme se leva.

« — A la République! — s'écria-t-il. — Je bois à elle!...

« Il avala d'un seul trait jusqu'à la dernière goutte le contenu de son verre, et tournant sur lui-même, les bras raidis, le visage décomposé, les yeux hagards, il s'abattit, littéralement foudroyé, et une fois par terre il ne bougea plus...

« Il me sembla que le contre-coup de sa lourde chute m'atteignait.

« Martial Dereyne se pencha vers son hôte pendant une seconde, et se releva très pâle en s'écriant :

« — Mais il est mort!...

« — S'il ne l'est pas, il n'en vaut guère mieux... — répondit Rose avec un sourire qui me glaça le sang dans les veines.

« — Que lui as-tu versé?... — reprit Dereyne.

« — Un quart de litre de bon vieux kirsch de la Forêt-Noire, pas autre chose.

« — Il en fallait moins pour lui donner une ongestion... — le savais-tu?

« — Parbleu !

« — Pourquoi donc as-tu fait cela?...

« Rose tendit la main vers les liasses de billets de banque restées sur la table :

« — Tu me demandes pourquoi j'ai fait cela ? — répliqua-t-elle en tutoyant son maître à son tour. — Mon Dieu, tout simplement pour que ton ami ne réclame jamais les six cent mille francs que voilà...

« — C'est vrai, — murmura le patron d'une voix très basse, — ces six cent mille francs sont à moi...

« — Tu veux dire qu'ils sont à nous ! — interrompit Rose, — et je devrais, en bonne justice, en avoir la plus grosse part.

« Le patron allait répondre... — il n'en eut pas le temps.

« Un tressaillement léger secouait les membres de M. Raymond... — Ses paupières battaient... ses mains s'agitaient... »

LIII

« Rose et Martial Dereyne se regardèrent effarés.

« — Il revient à lui... — balbutia le patron, — il est vivant... — la dose n'était pas assez forte !...

« — Affaire manquée... — répondit Rose. — C'est six cent mille francs perdus...

« — Perdus ! — répéta Martial d'une voix rauque. — Jamais !...

« — Que veux-tu faire ?...

« — Tu vas voir...

« Le patron s'approcha brusquement de la fenêtre dont la persienne close me séparait de lui.

« Il arracha le cordon de tirage qui servait à ouvrir et à fermer les rideaux puis, revenant auprès de M. Raymond, il lui enroula ce cordon autour du cou et serra de toutes ses forces...

« Le moribond ranimé par la souffrance eut un soubresaut violent, il ouvrit les yeux et les fixa sur son meurtrier avec une expression que je n'oublierai jamais... — Ses lèvres tremblaient — il voulait parler sans doute, demander grâce, appeler à l'aide, mais le cordon achevait son œuvre... — M. Raymond ne put articuler un mot; — sa langue gonflée sortit de sa bouche, et le cadavre étranglé retomba sur le dos... »

Cora, livide d'horreur, interrompit Pierre Landry :

— Vous avez vu cela, — dit-elle avec indignation, — et vous n'êtes point intervenu pour empêcher le crime!... — Vous n'avez pas crié!... Vous ne vous êtes pas élancé au secours du malheureux qu'on assassinait! — C'est lâche et c'est infâme!...

— Mon jeune monsieur, — répliqua Pierre, — j'avais toutes sortes de bonnes raisons pour ne point trahir ma présence...

— Lesquelles?..

— D'abord Martial Dereyne, voyant que je savais tout, aurait voulu sans le moindre doute supprimer en ma personne un témoin dangereux, et comme il était plus fort que moi j'aurais, selon toute apparence, partagé le sort de M. Raymond... — Le crime en outre était aux trois quarts consommé... — En ne le dénonçant point je m'en rendais complice. — Or, je ne voulais pas livrer à la justice, et peut-être envoyer à l'échafaud, Rose Bonchamp que j'aimais encore, malgré tout...

Un moment de silence suivit ces paroles, puis Jean Renaud engagea le narrateur à continuer.

Pierre reprit docilement :

— C'était bien fini, cette fois. — Rose murmura :

« — Les six cent mille francs sont à nous. — Qu'allons-nous faire du corps ?

« — Nous en débarrasser, pardieu ! — répondit Dereyne.

« — Bien entendu, mais comment ?

« — Personne au Havre ne connaissait Raymond... personne ne l'a vu... tout le monde ignore qu'il devait venir en secret chez moi. — Rien de plus facile que de le faire disparaître à jamais en l'enterrant au fond du jardin, au milieu d'un fourré, sous le vieux sycomore.

« — C'est facile en effet...

« — A nous deux, — poursuivit le patron, — nous creuserons une fosse en moins d'une heure, mais il faut des outils...

« — Il y a des bêches et des pioches dans le pavillon rustique... — répliqua Rose.

« — Eh bien, allons...

« — Une minute donc !... Réglons nos comptes...

« Et Rose désignait les liasses...

« — Prends ta part tout de suite... — dit le patron.

« — Je ne veux pas des billets de banque...

« — Que veux-tu donc ?

« — Laisser dans ta maison cet argent que tu feras valoir, et dont tu me serviras les intérêts à six pour cent...

« — C'est entendu... — Dix-huit mille livres de rentes... — Te voilà riche, ma fille!...

« — Ainsi nous sommes d'accord?

« — Parfaitement.

« — Signe-moi donc une reconnaissance.

« — Te défies-tu de moi?...

« — Non pas, mais on ne sait ni qui vit, ni qui meurt... — Ton ami le disait, et ne savait pas si bien dire...

« Dereyne sans répliquer prit une feuille de papier, écrivit la reconnaissance demandée, la signa et la tendit à Rose qui la lut, la plia et la glissa dans son corset.

« Le patron ouvrit ensuite un placard, y plaça les six liasses, ferma ce placard à double tour et retira la clef.

« — Maintenant, allons... — fit Rose Bonchamp.

« Le maître et la servante quittèrent la salle à manger après avoir éteint les bougies à l'exception d'une seule, sortirent de la maison et gagnèrent la partie la plus couverte du jardin, celle qui se termine à la falaise d'Ingouville.

« Tandis qu'ils s'éloignaient, une lueur soudaine me traversa l'esprit; — je souhaitais ardemment me venger du patron et de la femme de charge;

le hasard plaçait la vengeance à portée de ma main...

« Pour mettre mon projet à exécution deux ou trois minutes devaient me suffire, et j'avais une heure devant moi...

« J'attendis que le bruit des pas eût cessé de se faire entendre dans les allées sinueuses; — je tirai à moi l'une des persiennes qui, n'étant point accrochée, céda sans résistance; — j'escaladai l'appui de la fenêtre et je me trouvai dans la pièce où le corps inanimé de M. Raymond gisait sur le plancher avec la corde au cou...

« Je m'agenouillai près du cadavre, et je vous assure qu'il fallait pour cela un certain courage...

« La figure était devenue noire comme de l'encre... Les yeux ouverts et injectés de sang paraissaient me regarder.

« Je glissai ma main sous le revers gauche de la redingote, j'y pris le portefeuille, j'en tirai le reçu des six cent mille francs remboursables à première réquisition, signé par Martial Dereyne à son ami, je remis le portefeuille dans la poche du mort, je sortis de la salle à manger par la fenêtre comme j'y étais entré, je repoussai la persienne, je retournai me blottir dans les touffes d'arbustes qui déjà m'avaient donné asile, et j'attendis...

« J'avais dans les mains la preuve du vol et de

l'assassinat, écrite par le voleur et par l'assassin... — je tenais le patron!

« Au bout d'un temps qui me parut effroyablement long, mais qui ne dut pas excéder une heure, Martial et Rose, ayant achevé la première moitié du travail funèbre, revinrent à la villa.

« Je me postai de nouveau derrière la persienne.

« Les deux complices semblaient épuisés de fatigue; — leurs vêtements étaient souillés de terre et la sueur coulait sur leurs fronts.

« — Je n'en puis plus... — murmura Rose en se laissant tomber sur un siège.

« — C'est comme moi... — répliqua Dereyne, — mais le plus fort est fait.

« — Je meurs de soif.

« — Moi aussi. — Buvons...

« Ils débouchèrent une bouteille de vin de Champagne et burent à pleins verres, à côté du cadavre de leur victime.

« — Maintenant, — reprit le patron, — il s'agit d'installer feu mon ami dans sa dernière demeure...

« — Avant de l'enterrer, — dit Rose, — reprends-lui ton reçu...

« — C'est juste... — il a mis ce reçu dans son portefeuille, n'est-ce pas?

« — Je crois que oui...

« Je sentis à cette minute une terrible palpitation de cœur... — Je me demandai ce que le patron allait dire en ne trouvant pas ce qu'il cherchait... — Je me figurai son épouvante, sa terreur et ses angoisses...

« Dereyne fouilla le mort comme je l'avais fouillé avant lui et mit le portefeuille dans sa poche sans l'avoir ouvert, en disant :

« — Finissons-en d'abord. — Je brûlerai le reçu plus tard.... Je vais soulever le corps par les épaules... prends-le par les pieds, et en route...

« La chose fut faite ainsi ; les complices sortirent de la maison avec leur fardeau et gagnèrent l'endroit où ils avaient creusé une tombe et que je connaissais bien...

« Je me déchaussai pour ne produire aucun bruit sur le sable et je les suivis. — Je pouvais le faire sans imprudence, car l'épaisseur du feuillage rendait l'obscurité complète.

« Sous le vieux sycomore les complices firent halte.

« J'étais à dix pas, tout au plus.

« Je ne voyais rien, mais j'entendais les brèves paroles échangées entre eux.

« Un bruit sourd frappa mon oreille... — le cadavre roulait lourdement au fond du trou préparé pour le recevoir...

« Il ne s'agissait désormais que d'entasser dans ce trou béant la terre qu'on en avait tirée...

« Au bout d'une demi-heure de travail acharné ce fut fini.

« — En voilà assez pour cette nuit... — dit le

patron. — Reporte les outils dans le pavillon rustique... — Je viendrai demain, au point du jour, effacer la trace de nos pas et semer des feuilles sèches et des débris de branches mortes sur la terre fraîchement remuée, et j'aurai soin que qui que ce soit, avant cinq ou six mois, ne pénètre dans ce jardin...

« Rose obéit et, un instant après, elle regagnait la salle à manger où l'avait précédée Dereync.

« — Il s'agit maintenant de brûler le reçu... — fit ce dernier en ouvrant le portefeuille et en éparpillant sur la table les papiers qu'il contenait.

« Naturellement sa recherche fut vaine.

« — Tonnerre du diable ! — s'écria-t-il en devenant pâle, — où est donc ce papier maudit ?... Impossible de le trouver !

« — Ne vas-tu pas te faire du mauvais sang pour cela ? — demanda Rose.

« — Il me semble qu'il y a de quoi !...

« — Eh ! non, mon cher, il n'y a pas de quoi ! — Une chose sûre et positive, c'est qu'on ne l'a point volé...

« — D'accord, mais où est-il, puisque Raymond, tu l'as vu comme moi, l'a serré dans son portefeuille...

« — Nous avions cru le voir... nous nous étions trompés... — Ton reçu est certainement dans la poche du mort et enterré avec lui.

« — Qu'il y reste donc !... — Personne n'ira le

chercher là, et le courage me manque pour une exhumation inutile...

« J'en savais assez...

« Je quittai la villa d'Ingouville, non plus cette fois en escaladant le mur mais tout simplement par la porte et, aussitôt rentré dans mon gîte, j'eus soin de coudre le précieux papier entre l'étoffe et la doublure du collet de mon vêtement... — C'était une cachette introuvable...

« Le lendemain une ambition nouvelle se logea dans ma cervelle et l'obséda sans relâche.

« La reconnaissance de trois cent mille francs, donnée par le patron à sa maîtresse, me paraissait établir jusqu'à l'évidence la complicité de cette dernière, surtout rapprochée du reçu de six cent mille qui portait la même date...

« Je voulus m'emparer de cette reconnaissance qui mettrait Rose Bonchamp à ma discrétion.

« Je m'introduisis avec effraction et escalade dans la chambre de la femme de charge... — Pris en flagrant délit, je passai aux assises et je fus condamné à dix ans de travaux forcés...

« Vous en savez maintenant aussi long que moi... »

Pierre Landry se tut et essuya son front que mouillaient quelques gouttes de sueur, car il était très faible encore.

— Comment se fait-il, — lui demanda Jean Renaud, — que vous ayez attendu neuf ans sans rien dire, sans dénoncer les misérables pour qui votre haine devait grandir chaque jour, car c'est par le fait de leur crime que vous étiez au bagne ?

— J'aurais attendu plus encore !... — répondit Pierre, — j'avais bâti des projets sans fin !...— La vengeance pure et simple ne me rapportait rien. — J'exécrais Rose Bonchamp, mais je la désirais toujours et plus que jamais... — Je rêvais la fortune... — Je voulais être riche, posséder Rose et tenir Martial Dereyne sous mes pieds...

— Et vous comprenez maintenant que c'est impossible ?...

— Je commence... — La partie à jouer m'épouvante... — C'est la lutte du pot de terre contre le pot de fer, vous l'avez dit... Je serai vaincu... je serai brisé...

— Eh bien, cette partie, — répliqua Jean Renaud, — nous la jouerons à votre place, et cette lutte qui vous effraye nous l'entamerons à votre profit...

LIV

Après quelques secondes de silence et de réflexion, Pierre-Landry reprit :

— Assurément voilà des paroles séduisantes et de belles promesses, mais pour entamer la lutte il vous faut le reçu de six cent mille francs signé par Martial Dereyne.

— Il est certain que sans ce reçu nous ne pouvons rien... — répondit l'évadé de *la Dorade*.

— En conséquence, vous me demandez de vous le vendre?

— Oui.

— Combien m'en offrez-vous?

— Combien l'estimez-vous? — répliqua Jean Renaud. — Ou plutôt à quel prix consentez-vous à nous le céder?

— Je veux toucher la moitié de ce qu'il vous rapportera...

— Il ne nous rapportera pas un sou...

— Comment?... — N'avez-vous donc point l'intention d'en faire usage?

— Nous en ferons usage, mais dans un but de vengeance et non de spéculation. — L'argent restitué par Martial Dereyne ira jusqu'au dernier sou à l'héritier de Raymond assassiné...

— Cependant il faut que je vive... — balbutia Pierre Landry.

Cora prit la parole.

— Nous vous proposons, — dit-elle, — une somme de vingt mille francs comptant, et une rente de cinq cents francs par mois...

— Quand les vingt mille francs me seraient-ils payés?

— Tout de suite.

Cora fit un signe.

Jean Renaud tira de sa poche une liasse de billets de banque et se mit en devoir d'en compter vingt.

Pierre regardait avec une convoitise indicible les précieux chiffons dont le froufrou chatouillait délicieusement son oreille.

— J'ai confiance! — dit-il tout à coup. — En échange de ces *fafiots garatés,* je vous donnerai le papier en question...

— Marché conclu.

L'ex-amoureux de Rose Bonchamp exhiba un vieux portefeuille notablement crasseux. — Il l'ouvrit et tira de l'une de ses cases une enveloppe jaunie par le temps.

Cette enveloppe renfermait le reçu, singulièrement fripé, mais en somme parfaitement lisible.

Cora le saisit, tandis que Jean Renaud tendait les billets de banque à Pierre.

Elle y jeta les yeux et s'écria :

— Voici la preuve du crime commis !.. Il s'agit maintenant de retrouver le fils de la victime...

— Nous le retrouverons... — fit Jean Renaud... — A présent, Pierre, — continua-t-il en préparant un carnet de chagrin noir et un porte-crayon d'argent, — vous allez me donner quelques renseignements supplémentaires, qu'il faut que j'inscrive...

— Que voulez-vous savoir?...

— En quelle année s'est passé le lugubre drame dont nous venons d'entendre le récit?..

— En 1844, à la date indiquée par le reçu...

— Le 20 mai 1844?

— Oui...

— Le nom de l'homme assassiné?

— Raymond...

— Son prénom?

— Laurent. — Tout cela est sur le reçu...

— Le nom de son fils?

— Armand...

— En pension aux Batignolles, je crois?

— Oui, et le maître de pension s'appelait Bénistan...

Jean Renaud avait écrit.

Il continua :

— La villa d'Ingouville existe-t-elle encore?

— Oui... — Je m'en suis assuré ce matin en arrivant... — Quand je suis tombé de fatigue et de faim, j'en venais.

— Est-elle habitée ?

— Non.

— Appartient-elle toujours à Martial Dereyne ?

— Je ne sais pas...

Cora intervint.

— Cette maison, — dit-elle, — pourrait bien être la villa dont parlait la personne que nous avons vue tantôt chez M. Janille...

— C'est possible, en effet, — répliqua Jean Renaud, — c'est même probable...

— Et, dans ce cas, elle serait à vendre... — Il faudrait s'en assurer.

— Je m'en charge ; nous saurons aujourd'hui même à quoi nous en tenir à ce sujet... — Mais je n'en ai pas tout à fait fini avec Pierre Landry... Sous quel nom voyagez-vous, mon garçon ?

— Sous celui de Charles Métayer...

— Avec un passeport en règle?

— Oui.

— Vrai ou faux ?

— Tout ce qu'il y a de plus vrai...

— Comment en êtes-vous possesseur ?

— Il appartient à un de mes cousins, du même âge que moi et qui me ressemble... son signalement peut passer pour le mien...

— C'est parfait. — Vous ne craignez point d'être reconnu au Havre ?

— Certainement non... — Neuf années au bagne, ça rend un homme méconnaissable...

— Ayez cependant de la prudence. — Montrez-vous le moins possible.

— Je ne me montrerai même pas du tout. La chose du monde qu'en ce moment je désire le plus, c'est de me reposer.

— Descendez prendre vos repas aux heures où les salles sont à peu près désertes, et sortez peu de la maison jusqu'à nouvel ordre.

— C'est convenu...

— Il est possible que demain j'aie besoin de vous. — Si cela était, je viendrais vous prendre.

— Vous me trouveriez tout à votre disposition.

— A demain donc, Pierre...

— A demain, messieurs...

Cora et Jean Renaud quittèrent l'auberge et regagnèrent la voiture qui les attendait.

— Vous avez bien fait, mademoiselle, de me ramener en France... — dit le faux mulâtre à la jeune fille. — Je crois que, grâce à moi, vos rêves de vengeance seront amplement réalisés.

— Je le crois comme vous, — répliqua Lionel Warton, — mais, je vous en prie, éclaircissez pour moi des mystères qui me mettent l'esprit à la gêne... — Comment connaissez-vous cet homme, ce forçat ? Comment savez-vous toutes ces choses qui le concernent ?...

— Etes-vous convaincue que ces choses nous seront utiles ? — fit Jean Renaud.

— Oui, certes !...

— Trouvez-vous quelque chose de suspect dans ma façon d'agir ?...

— Vous ne me demandez pas cela sérieusement...

— Eh ! bien, mademoiselle, faites-moi l'honneur de ne pas m'interroger... quant à présent du moins... — Il me faudrait vous répéter ce que j'ai déjà dit à Pierre : — *Je sais bien d'autres choses encore !*

— Sur la comtesse de Lasseny, peut-être, dont le fils vient d'épouser la fille du misérable Dereyne ? — s'écria l'aînée des trois sœurs.

Jean Renaud tourna vers Cora Bernier son regard investigateur.

— Qui vous fait supposer cela ? — murmura-t-il.

— L'étonnement que vous avez témoigné chez le banquier Janille en entendant prononcer le nom de cette comtesse...

— Ah ! vous avez remarqué cela !... — Eh bien, vous ne vous êtes pas trompée... — Je sais beaucoup de choses concernant madame de Lasseny... — Je vous dirai ce qu'est cette femme ; vous avez le droit et le devoir de la connaître à fond, puisque son alliance avec la famille de Martial Dereyne la rend justiciable de votre vengeance... — Mais avant que je parle, permettez-moi de vous adresser une prière...

— Une prière, à moi ?

— Oui, mademoiselle... très humble et très fervente...

— Laquelle ?

— Vous me croyez tout dévoué à votre personne et à votre cause, n'est-ce pas ?

Cora prit vivement la main du faux mulâtre et, la pressant avec effusion, s'écria :

— Oui, je le crois ! oui, j'en suis sûre ! — Je n'ai jamais douté de vous. — La confiance que dès la première heure vous m'avez inspirée n'a fait que grandir, et pouvait-il en être autrement quand j'ai reçu de vous tant de preuves d'un attachement profond et d'un dévouement sans bornes ?

— Merci de me parler ainsi, mademoiselle...— répondit Jean Renaud. — Je paye de mon mieux ma dette de reconnaissance et, quoi que je fasse, je serai toujours votre débiteur... — Vous me rendez justice et pourtant tout à l'heure, en face de Pierre Landry, j'ai surpris vos yeux fixés sur moi avec une expression de défiance manifeste, tandis que je révélais à ce misérable certains faits mystérieux qu'un ancien forçat seul pouvait connaître.

— Vous vous êtes trompé,— répliqua vivement Cora, — il n'y avait pas de défiance dans mon regard, il n'y avait que de la stupeur... — Je ne pouvais comprendre que vous fussiez possesseur de ces secrets de honte et d'infamie, mais je ne vous soupçonnais pas!! — De quoi d'ailleurs vous aurais-je soupçonné?

Jean Renaud reprit d'une voix grave :

— J'ai vécu beaucoup, mademoiselle, et les hasards de mon existence m'ont conduit partout, quelquefois près des sommets, souvent au fond des abîmes... — J'ai côtoyé bien des infamies, j'ai coudoyé bien des misérables, et plus d'un soldat de cette armée du vice et du crime peut devenir pour nos desseins un auxiliaire inconscient et docile... — J'exerce sur ces hommes perdus une domination absolue, — (vous venez d'en avoir la preuve) — et voici pourquoi : Je les connais tous, je les tiens par leur passé, eux qui ne peuvent me reconnaître et qui ne savent rien du mien!... — Comment ces choses étranges sont-elles devenues possibles?? Je ne puis vous le dire et il vous importe peu de le savoir, pourvu qu'en toute occasion vous trouviez en moi un ami respectueux, un serviteur fidèle, un séide que rien n'épouvante et que rien n'arrête? — Donc, je vous le répète, ne m'interrogez pas; vous m'interrogeriez en vain... — J'ai voulu vous suivre en France et vous accompagner à Paris, parce que je vous voyais souffrir et que vos larmes tombaient sur mon cœur comme les larmes d'une fille sur le cœur de son père... Je partageais votre soif de vengeance et je sentais que seul je pourrais vous donner les moyens de l'assouvir... — Je suis votre force!! — Ayez confiance en moi, mademoiselle, une confiance sans limites, une confiance aveugle et que jamais, quoi qu'il arrive, un doute n'effleure votre pensée... — Voilà la prière que je vous adresse... Voilà la grâce que je sollicite de vous... exauc erez-vous cette prière?... m'accorderez-vous cette grâce?

— Mon ami, — répondit Cora, — quoi que vous fassiez désormais, je vous le promets, je vous le jure, je trouverai que vous avez bien fait... — Jamais une question, jamais un doute! — J'ai foi en vous! — S'il existe une faute dans votre passé que je ne veux pas connaître, votre sublime dévouement la rachète et l'efface...

Le faux mulâtre prit la main de Cora pour la porter à ses lèvres, et la jeune fille sentit une larme brûlante tomber sur cette main.

— Michel Servan, — murmura-t-elle, — vous êtes un honnête homme...

Jean Renaud releva la tête; — il essuya ses paupières; — son visage bronzé s'illumina de joie et d'orgueil.

Cora venait de lui dire : — *Vous êtes un honnête homme!* — il se sentait réhabilité à ses propres yeux.

— Et maintenant,— reprit en souriant le pseudo

Lionel Warton — qu'est-ce que la comtesse de Lasseny?

— La comtesse de Lasseny, — répliqua Jean Renaud, — est une de ces créatures qui n'ont de la femme que le sexe et la beauté, et qui nées dans la boue, exaspérées par la bassesse de leur origine, veulent monter à tout prix et par tous les moyens!... une nature pervertie presque dès le berceau... un composé d'astuce et d'hypocrisie, de bassesse et d'orgueil...

— Un monstre, alors?

— Un monstre comme il y en a tant, oui... — Une âme diabolique sous une forme d'ange...

LV

Jean Renaud continua :

— Blanche Hervieux, — (c'est le nom de famille de celle qui porte aujourd'hui le titre de comtesse de Lasseny) — avait été aimée, toute jeune fille, ou plutôt adorée par un honnête homme qui ne demandait qu'à l'épouser, car il croyait l'avoir séduite...

« Peut-être était-il en effet son premier amant, mais à coup sûr elle s'était livrée à lui par entraînement des sens, par dépravation, et non par amour... — une telle créature ne pouvait aimer, car pour aimer il faut un cœur...

« L'amant de Blanche Hervieux, un beau garçon âgé de vingt-cinq ans à peine, ne possédait qu'une fortune insuffisante pour satisfaire les goûts de dépense et de luxe de sa maîtresse, aussi, chaque fois qu'il lui demandait de devenir sa femme, elle lui répondait : « — Plus tard... »

« Elle ne voulait pas d'un mari pauvre.

« Un jour — huit ou dix mois après le début de sa liaison — elle fit la rencontre d'un viveur déjà sur le retour, passablement usé, portant perruque et râtelier postiche, mais millionnaire et titré.

« Ce débauché hors d'âge se nommait le comte Roger de Lasseny.

« Blanche Hervieux continuait à travailler dans le magasin de modes où son amant l'avait connue.

« M. de Lasseny se prit de caprice pour elle, et comme il était généreux avec les jolies femmes il lui fit des offres superbes.

« Blanche les déclina, non par vertu mais par ambition, joua le rôle de rosière, sut rougir à propos, baissa les yeux quand il le fallait, et se montra absolument intraitable...

« Ce manège habile changea bien vite en passion le caprice du vieux libertin.

« C'est là-dessus que Blanche avait compté. — Le plan conçu par sa rouerie précoce obtint un succès complet.

« M. de Lasseny, convaincu que le mariage seul pouvait lui donner la possession de sa chaste idole, offrit sa main, son titre et sa fortune.

« Blanche accepta, mais à condition qu'elle irait d'abord passer quelques semaines en Bretagne, auprès de vieux parents dont elle voulait obtenir le consentement et la bénédiction, — et que le comte ne l'accompagnerait pas.

« Amoureux, par conséquent dominé, il se soumit.

« Dès le lendemain Blanche écrivait à son premier amant qu'elle ne le reverrait jamais et partait, non pour la Bretagne, mais pour s'installer à Vincennes chez une sage-femme.

« La future comtesse de Lasseny était grosse, et fort avancée dans sa grossesse qu'elle avait trouvé moyen de dissimuler jusque-là. — Elle voulait, avant le mariage, faire disparaître son enfant... »

Cora ne put retenir un geste de dégoût.

— Eh! mademoiselle, — dit Jean Renaud, — ces choses-là se voient tous les jours... — Le vice a d'effroyables audaces... »

« La sage-femme choisie par Blanche Hervieux était aussi discrète que peu scrupuleuse... — Elle se nommait Claire Bonchamp. »

— Claire Bonchamp! — répéta Lionel Warton avec une surprise facile à comprendre.

— Oui, mademoiselle, la propre sœur de Rose Bonchamp, maîtresse et complice de Martial Dereyne... — Vous voyez comment tout s'enchaîne! — La sage-femme fit des prodiges pour amener un avortement, elle ne réussit qu'à provoquer une délivrance avant terme...

« L'enfant vint au monde à sept mois; c'était un garçon chétif, n'ayant que le souffle, mais vivant.

« Blanche Hervieux se dit que cette preuve de sa faute pourrait être gênante un jour. — Elle fit à Claire Bonchamp une confidence très complète et offrit de lui payer, immédiatement après son mariage, une somme de vingt mille francs, si elle consentait à supprimer la petite créature qui venait de naître. »

— Et la sage-femme ne refusa point ? — s'écria Cora.

— Non, mademoiselle... — répondit Jean Renaud.

— Ah ! c'est infâme.

— Oui, parbleu, c'est infâme... mais Claire Bonchamp ne regardait point à une infamie de plus ou de moins, pourvu que cette infamie fût lucrative.

« Deux mois plus tard Blanche Hervieux marchait à l'autel, pâle et charmante, les yeux baissés, et portant le voile des vierges et la couronne de fleurs d'oranger...

« Le comte de Lasseny rayonnait... — Cette enfant si chaste et si pure allait enfin lui appartenir !!! »

— Et, — demanda vivement Cora, — qu'était devenu l'enfant ?

— Il vivait... — répliqua le faux mulâtre. — Claire Bonchamp avait un amant qui ne valait pas grand'chose, mais enfin qui valait un peu mieux qu'elle, et qui de plus était intelligent et connaissait le Code... — il fit comprendre à la sage-femme qu'elle allait jouer sa tête en commettant un crime inutile... —il lui prouva que pour toucher la prime promise il lui suffirait de présenter à sa pensionnaire un enfant mort de mort naturelle, —ce qu'elle fit, — et enfin il la contraignit à déposer le fils de Blanche Hervieux dans le tour des Enfants-Trouvés, ce qui eut lieu...

Cora reprit :

— Existe-t-il une preuve de cette naissance?

— Oui, mademoiselle, et la meilleure de toutes...

— Laquelle?

— La sage-femme, — toujours d'après les conseils de son amant, — avant de porter l'enfant à la maison de la rue d'Enfer l'avait fait inscrire sur les registres de l'état civil de Vincennes, sous le nom de Jacques Hervieux, né de Blanche Hervieux et de père inconnu...

— Pourquoi père inconnu?

— Je vous ai dit que ce père était un honnête homme; on ne pouvait sans son consentement se servir de son nom.

— Connaissez-vous ce nom?...

— Je ne le connais pas, mais si l'on avait intérêt à le savoir ce serait peut-être possible...

— Par qui?

— Par la sage-femme...

— Vit-elle toujours?

— Je l'ignore, mais Rose Bonchamp, sa sœur, doit le savoir et nous le dira...

— Et, si l'enfant de Blanche Hervieux existe encore, on pourra le retrouver comme on aura retrouvé son père ?...

— Parfaitement... — Un papier indiquant les initiales de son nom et la date de sa naissance était cousu sur le maillot qui l'enveloppait. — L'administration de l'hospice des Enfants-Trouvés donnerait tous les renseignements nécessaires.

— Et le fils légitime de la comtesse de Lasseny vient d'épouser la fille de l'infâme Dereyne ! — s'écria Cora. — Dans cette famille, autour de cette famille, partout le crime et la honte ! — Quelles armes pour la vengeance !...

— Quand cette vengeance atteindra celle qui fut Blanche Hervieux, j'en réclamerai ma part ! — dit Jean Renaud avec une expression presque farouche.

— Vous, mon ami ! — fit la jeune fille étonnée.

— Oui, mademoiselle.

— Mais, quel motif ?...

— Il y a un vieux compte à régler entre madame de Lasseny et moi...

— La comtesse est veuve, n'est-ce pas ?

— Oui, et j'en suis heureux... — Nous n'avons point à frapper le mari qui, si peu intéressant qu'il fût d'ailleurs, était la victime et non le complice de sa femme... — Ne pensez-vous pas qu'il serait nécessaire d'arriver à Paris le plus tôt possible ?...

— Croyez-vous que tout sera prêt au château de Saint-Ouen pour notre installation? — demanda l'aînée des trois sœurs.

— La personne chargée de la surveillance des travaux est active et sûre... — on peut compter sur elle absolument... — l'ordre était donné de marcher grand train, sans s'inquiéter de la dépense... — Tout doit être en bonne voie... — Peut-être cependant, comme il nous reste d'importantes affaires à terminer ici, serait-il sage d'envoyer en avant le docteur Jocelyn...

— Jocelyn partira dès ce soir... — répondit Cora.

Immédiatement après le dîner qui réunit les trois sœurs, leur cousine Dolorès, le médecin mulâtre et Jean Renaud, ces deux derniers eurent avec Cora un long entretien confidentiel.

Jocelyn reçut des instructions, mit dans sa valise de voyage une forte liasse de billets de banque, et prit place, à neuf heures précises, dans l'express du Havre à Paris.

En même temps Jean Renaud se rendait au siège de l'administration du journal le *Courrier du Havre*.

Cora s'enferma dans sa chambre et, avant de se débarrasser de ses vêtements d'homme, elle tira de son portefeuille le reçu de six cent mille francs signé par Martial Dereyne à Laurent Raymond, neuf années auparavant.

En touchant et en dépliant ce papier jauni, la jeune fille eut un frisson.

Elle se rappelait tous les détails du récit de Pierre Landry; — elle assistait par l'imagination au sinistre drame de la villa d'Ingouville; il lui semblait être témoin de l'assassinat commis par deux misérables en des circonstances exceptionnellement monstrueuses.

Sa pensée revenait ensuite à Jean Renaud qui, nous le savons, se cachait pour elle sous le pseudonyme de Michel Servan, et depuis l'arrivée au Havre prenait à ses yeux une physionomie toute nouvelle.

Elle se demandait avec un involontaire effroi quel pouvait être cet homme qui connaissait tant de monde, possédait tant de secrets étranges, et dont la force mystérieuse devenait pour elle un tout-puissant levier...

En face des preuves irrécusables de son dévouement elle ne pouvait douter de lui, mais elle devinait bien qu'il avait de graves raisons pour épaissir les ténèbres autour de son passé.

Ce passé, nos lecteurs n'ignorent pas qu'il était effroyable.

Jean Renaud avait vécu presque sans cesse dans les prisons et dans les bagnes, exerçant par son intelligence et par son énergie une énorme influence sur les bandits qui l'entouraient, recherchant leur confiance, provoquant leurs confidences, avec le vague espoir d'en tirer profit tôt ou tard.

Cet espoir devait se réaliser, non pour le plus grand profit de quelque entreprise criminelle, ainsi que Jean Renaud le supposait jadis, mais pour le triomphe de la plus juste des causes, de la plus légitime des vengeances...

Cora ouvrit un petit coffret d'argent qui renfermait déjà certains papiers de grande importance, elle y serra le reçu de Martial Dereyne ; puis, après avoir prié Dieu pour les êtres chéris dont une tombe gardait à Guayanila les dépouilles mortelles, et pensé longuement à Armand Dorsay qu'elle aimait plus que jamais et dont l'abîme infranchissable creusé par un crime la séparait, elle se coucha, brisée de fatigue, et ne tarda point à s'endormir.

Le lendemain matin l'ex-commandeur Mercuzza, devenu le sénor Juan de Funcal, personnage de *haute respectabilité*, comme disent les Anglais, sonna son valet de chambre en s'éveillant et se fit apporter les journaux dans son lit.

Le premier dont il rompit la bande fut le *Courrier du Havre*.

Selon la coutume des armateurs et des commerçants des villes maritimes il alla droit à cette partie du journal indiquant les entrées et les sorties de navires et relatant les sinistres.

Deux lignes lui sautèrent littéralement aux yeux.

Ces deux lignes annonçaient la perte des navires *le Tancarville* et *le Morlaisien* appartenant à la maison Dereyne et de Funcal.

Cette annonce absolument insolite — (car avant d'en admettre l'insertion on aurait dû vérifier auprès de lui l'exactitude du renseignement) — le fit bondir sur ses oreillers.

Il avait échafaudé la veille un plan très adroit pour parer au coup dangereux qu'une grosse perte devait infailliblement porter au crédit de la maison.

Il comptait, ce jour même, amener les constructeurs à ratifier par écrit leur engagement verbal d'échelonner selon sa convenance les paiements des sommes dues pour les quatre navires en ce moment sur les chantiers et dont la livraison ne pouvait tarder.

Ce plan croulait, miné par la base.

Le double sinistre étant ébruité il devenait pro bable, pour ne pas dire certain, que les constructeurs, cessant de croire à la solidité de la maison Dereyne et Compagnie, ne voudraient plus entendre parler de longues échéances et ne livreraient les navires que contre argent comptant ou contre des garanties du premier ordre.

Nous avons entendu M. Janille, l'un des plus riches banquiers du Havre, annoncer à Lionel Warton et à Doménico Séballa que les choses se passeraient vraisemblablement ainsi.

C'était la ruine à bref délai.

LVI

Les constructeurs avaient lu, comme Mercuzza, les deux lignes du *Courrier du Havre*.

Leur premier soin fut de se réunir pour aviser au parti à prendre.

En face de leurs intérêts menacés ils furent immédiatement d'accord et, au moment où sonnaient dix heures du matin, ils se rendirent ensemble chez l'associé de Martial Dereyne et se firent annoncer.

Le sénor Mercuzza s'attendait à leur visite ; il ordonna de les introduire dans son cabinet.

Il avait résolu de faire bonne contenance, quoiqu'il ne s'illusionnât guère sur le résultat probable de l'entretien.

Les visiteurs s'étaient composé des visages de circonstance, — les figures en deuil de gens invités à un enterrement, et qui assistent dans la maison mortuaire à la levée du corps.

Ils donnèrent à l'ex-commandeur des nègres des

poignées de main mélancoliques, puis l'un d'eux prit la parole au nom de ses collègues :

— Cher monsieur de Funcal,— dit-il d'une voix émue,— vous vous doutez de ce qui nous amène... — Nous connaissons depuis une heure la fatale nouvelle et nous venons vous apporter l'expression de nos sympathies et de la part très grande que nous prenons au malheur qui vous frappe.

Mercuzza rendit les poignées de main, puis il répliqua d'un ton presque dégagé :

— Je ne doutais point de vos précieuses sympathies, messieurs, et je suis reconnaissant de votre hâte à me les témoigner...

— Quand on pense, — reprit le constructeur,— qu'hier nous déjeunions si joyeusement avec vous! — Vous ne saviez donc rien?

— Non, messieurs... — C'est dans la soirée seulement que j'ai eu connaissance du double sinistre...

— La maison Dereyne et Compagnie reçoit un coup terrible. —Vous perdez une somme énorme.

— La somme est importante en effet,— répondit Mercuzza, — mais, grâce au ciel, la maison Dereyne peut subir, sans être ébranlée, une perte plus considérable encore...

— Il vous reste de gros capitaux disponibles?

— Sinon des capitaux liquides, au moins leur équivalent facilement réalisable. — Nos deux navires : le *Petit-Havre* et le *François Ier*, vont nous rapporter des cargaisons d'ivoire qui suffiront à combler le déficit...

— Et si ces navires se perdaient en mer?

Mercuzza sourit.

— Vous conviendrez que c'est peu vraisemblable... — dit-il.

— Assurément, mais qui pouvait prévoir la perte du *Tancarville* et du *Morlaisien?...* quand la déveine se met de la partie, tout est possible en fait de malheurs...

A cela il n'y avait rien à répondre.

Mercuzza se contenta de s'incliner.

— Ne pensez-vous pas, cher monsieur de Funcal, — poursuivit le constructeur, — qu'il serait à propos de nous entendre au sujet des quatre navires qui sont sur les chantiers?...

L'associé de Martial Dereyne jugea convenable de jouer la surprise.

— Nous entendre! — répéta-t-il.

— Sans doute.

— Nous étions hier parfaitement d'accord...

— Hier, oui, mais il faut savoir si nous le sommes encore aujourd'hui...

— Expliquez-vous, monsieur, je ne vous comprends pas...

— Vous êtes trop intelligent, cher monsieur de Funcal, pour ne pas excuser notre franchise... — Les affaires sont les affaires... — Il avait été convenu verbalement que nous accorderions de longs délais à la maison Dereyne et Compagnie pour acquitter les engagements pris envers nous.

— Cela est convenu, et des gens d'honneur n'ont que leur parole.

— Nous sommes des gens d'honneur, mais nous sommes aussi des commerçants et des pères de famille... — Nous avons des commanditaires... — D'énormes intérêts sont engagés dans notre industrie... — Nous ne pouvons courir à des pertes sinon probables du moins admissibles... — Il n'y a rien d'écrit, et la situation de la maison Dereyne et Compagnie n'est plus du tout aujourd'hui ce que nous supposions qu'elle était hier.

— C'est-à-dire que vous nous croyez ruinés?...

— Ruinés, non, mais fort compromis...

— Messieurs, c'est une erreur...

— Tant mieux... cent fois tant mieux! mille fois tant mieux!... Nous ne demandons qu'à vous croire... seulement, pour être tout à fait rassurés, il nous faudrait des preuves...

— Quelles preuves puis-je vous donner?

— En pareille matière il n'en est qu'une qui soit concluante... — Si la maison Dereyne est solide encore, si son crédit subsiste, il doit vous être facile de trouver des capitaux... Votre banquier, connaissant vos affaires, vous ouvrira sa caisse à première réquisition... — En cas de refus de sa part, nous ne pourrions avoir une confiance qu'il ne partagerait pas...

— Concluez, messieurs ! — fit Mercuzza d'un ton sec. — Où voulez-vous en venir ?...

— A ceci : Nous ne doutons point de votre honorabilité, mais votre solvabilité nous inquiète... — En conséquence, nous ne vous livrerons que contre argent comptant les navires qui sont sur nos chantiers, et nous exigerons le paiement immédiat des sommes qui nous restent dues...

— Vous aurez tort, messieurs... — dit en ce moment une voix ferme, sur le seuil de la porte entr'ouverte.

Tous les regards se tournèrent vers cette porte.

Un jeune homme, type achevé de la plus correcte élégance, en franchit le seuil, salua avec une grâce cavalière et fit quelques pas dans le cabinet.

En voyant ce jeune homme Mercuzza pâlit. — Il fut pris d'un tremblement convulsif et des gouttes de sueur froide mouillèrent les racines de ses cheveux.

A mesure que Cora — (car c'était elle) — s'avançait vers lui, la terreur du misérable augmentait. — Il chancelait sur ses jambes ; il était obligé de s'appuyer sur le bord de son bureau pour ne pas tomber.

Les constructeurs se demandaient quel était ce visiteur inattendu dont la présence semblait agiter si vivement l'associé de Martial Dereyne.

La jeune fille, voyant l'épouvante de Mercuzza, résolut d'y mettre un terme.

— Je vous demande pardon, monsieur de Funcal, — dit-elle, — d'un manque de convenance involontaire... — N'ayant trouvé personne dans la première pièce pour vous faire passer ma carte, je me suis permis de m'introduire moi-même. — Je me félicite d'ailleurs de mon indiscrétion, puisqu'en me mettant au fait de ce qui se passe elle va me permettre de vous être utile...

L'ex-commandeur des nègres avait repris un peu de calme, grâce à un vigoureux effort sur lui-même, mais sa figure décomposée trahissait la violence de son trouble intérieur. — Il dévorait du regard Cora dont la voix bruissait encore à son oreille.

— Ce visage... cette voix... — murmurait-il. — C'est étrange.

Cora avait tiré de sa poche un délicieux petit portefeuille en ivoire ciselé.

Elle y prit une carte de visite et la tendit à l'Espagnol en disant :

— Permettez-moi, monsieur, de me présenter à vous... — Lionel Warton, neveu de M. Robert Brigton, banquier à Calcutta et correspondant de votre maison...

Mercuzza poussa un soupir de soulagement.

— Vous êtes le neveu de Robert Brigton ! ! — s'écria-t-il.

— Parfaitement...

— Soyez-donc le bienvenu, monsieur, et veuillez m'apprendre ce qui vous amène...

— Mon but unique était de vous présenter une traite de trois cent mille francs, acceptée par M. Dereyne... mais mes intentions sont modifiées... — Mon oncle fait des affaires depuis vingt ans avec votre associé et tient en très haute estime la maison Dereyne. — Le hasard m'a permis d'entendre ces messieurs vous menacer d'une rigueur que je ne puis comprendre... — Vous venez de subir une perte sérieuse, il est vrai, mais cette perte ne doit point vous empêcher de rester au premier rang parmi les notables commerçants du Havre...

Les constructeurs, stupéfaits d'une intervention si brusque et si peu prévue, se demandaient tout bas l'un à l'autre :

— Est-ce un complice, ce petit jeune homme?...

Mercuzza commençait à se remettre.

Le nom de Robert Brigton lui semblait rassurant. — Il se disait qu'il venait d'être le jouet d'une vague ressemblance, et que peut-être cette ressemblance n'existait que dans son imagination inquiète.

Qui sait si son étoile ne lui envoyait pas au moment le plus opportun un secours inespéré?

— Je vous remercie de ce que vous venez de dire, monsieur Warton... — fit-il. — Je suis heureux que vous ne partagiez point des inquiétudes chimériques...

— Je suis loin de les partager, — répondit Cora, — et je crois qu'il me suffira de quelques mots pour rassurer ces messieurs...

— On ne rassure pas les gens avec des paroles... — s'écria l'un des constructeurs, — et peut-être tiendriez-vous un tout autre langage si vous aviez des fonds engagés, et sans doute compromis, dans les affaires de M. de Funcal!...

Le pseudo-Lionel Warton regarda bien en face celui qui venait de parler, et répliqua :

— Je croyais avoir dit que j'étais porteur d'une traite de trois cent mille francs sur la maison Dereyne...

— Vous l'avez dit en effet, mais vous ne l'avez pas prouvé...

— L'observation est impertinente... — Il ne me convient point cependant de m'en formaliser... — Voici la traite... — Reconnaissez-vous la signature?...

— Vous êtes créancier, soit... — Que faut-il en conclure? — Tout simplement que vous cherchez à nous amadouer pour sauver vos capitaux, et gardez-vous de prendre ceci en mauvaise part, car à votre place j'en ferais autant...

— Trêve de phrases inutiles, messieurs, — interrompit Cora, — je promettais tout à l'heure de vous rassurer... Je vais le faire...

— Et comment?

— J'ai sur la maison Janille un crédit de deux millions... — J'offre non seulement de solder ce qui vous reste dû, mais encore de garantir le paiement des sommes que vous aurez à toucher en livrant les navires, — si toutefois cet arrangement convient à M. de Funcal...

— Il nous convient beaucoup, à nous! — s'écrièrent les armateurs avec enthousiasme.

— Monsieur, — balbutia Mercuzza, — je ne sais comment vous témoigner ma reconnaissance...

— Vous ne m'en devez aucune... — Je fais une affaire et je la crois bonne... — je viens passer quelques années en France... je me propose d'y placer, dans le haut commerce et dans la grande industrie, une partie de ma fortune qui est considérable... — J'ai confiance en la maison Dereyne et j'ouvre à M. de Funcal un crédit d'un million, à la condition expresse que cette somme sera employée tout entière à payer les navires en construction... — Ces messieurs n'auront donc, pour toucher leur argent, qu'à présenter à la caisse de M. Janille des chèques signés par eux et visés par M. de Funcal. — Cela vous va-t-il, messieurs?

Les constructeurs, radieux, s'inclinèrent affirmativement.

— Ainsi, — demanda l'Espagnol, — vous devenez mon commanditaire?...

— Nullement... — Je ne commandite pas... je prête un million, voilà tout...

— Peu importe la forme de votre intervention... vous rendez un service immense à mon associé et à moi !

Et Mercuzza tendit la main à Cora qui, sans paraître voir ce mouvement, reprit :

— La situation peut se régulariser séance tenante... — Je vais écrire ici même une lettre à M. Janille, constatant le crédit que je vous ouvre. — Vous porterez cette lettre vous-même en compagnie de ces messieurs et, aussitôt que le million sera inscrit à votre avoir sur les livres de notre banquier commun, vous me ferez une reconnaissance de treize cent mille francs.

— Treize cent mille francs ? — répéta l'Espagnol. — Pourquoi treize cent mille francs ?

— Parce que je vous remettrai comme argent la traite signée par votre associé. — La somme totale sera remboursable à ma volonté, en vous prévenant un mois d'avance ; elle portera intérêt à cinq pour cent.

— Et quelle part réclamerez-vous dans les bénéfices de la maison ?

— Aucune.

— Ceci, monsieur, est le comble de la générosité ! — Pourquoi Martial Dereyne n'est-il pas au Havre ! — Il serait heureux de vous remercier lui-même... Mais je vais lui écrire et sa reconnaissance égalera la mienne.

— Je compte me présenter chez M. Dereyne à Paris,— répondit Cora. — J'ai à le voir de la part de mon oncle...

— Dès demain il sera prévenu par moi de votre visite...

— Je vous en saurai gré... — Faites-moi place à votre bureau, je vous prie, monsieur de Funcal, je vais signer la lettre de crédit.

LVII

A l'heure même où se passait, dans la maison du quai d'Orléans, la scène que nous venons de placer sous les yeux de nos lecteurs, Jean Renaud se présentait à l'Hôtel d'Angleterre, faisait remettre sa carte à Madame Rose Bonchamp et sollicitait une audience.

Rose, conservant au Havre ses habitudes de Paris, se couchait fort tard et se levait plus tard encore.

Or, il était à peine dix heures et demie, et l'ex-femme de charge de Martial Dereyne venait seulement de quitter son lit et attendait son coiffeur, ou plutôt le coiffeur de l'hôtel.

Elle jeta les yeux sur la carte que sa femme de chambre lui présentait.

— *Doménico Séballa*... — dit-elle, — Connais pas!... Qu'est-ce que c'est que ce monsieur qui se présente avant qu'on ait les yeux ouverts?

— Madame, c'est un mulâtre... — Il a des cheveux blancs, mais il est bel homme tout de même... — très bien tenu... l'air riche et comme il faut...

— Je sais... je sais... le sauveteur d'hier matin... — s'écria Rose. — Peste, il semble pressé de me voir... J'aurais fait sa conquête que je n'en serais point surprise... parole d'honneur !

— Que faut-il lui répondre ?

— Que je le recevrai... — Priez-le d'attendre un instant... — Revenez mettre un peu d'ordre dans mes cheveux et me passer un peignoir... — Ah ! donnez-moi d'abord ma boîte à veloutine et ma houppe... — Très bien... Dépêchez-vous...

Cinq minutes plus tard Rose Bonchamp, enveloppée dans un peignoir de cachemire blanc ponctué de nœuds de rubans cerise, et son épaisse chevelure négligemment tordue sur le haut de la tête, donnait l'ordre d'introduire le visiteur dans le petit salon attenant à sa chambre à coucher, et le rejoignait après avoir pris le temps d'estomper d'une légère touche de coheul le bord interne de ses paupières.

— Excusez-moi, cher monsieur Séballa, de vous recevoir en un pareil négligé... — fit-elle en minaudant, — c'est absolument incorrect, mais vous me prenez au saut du lit et je n'ai pas voulu retarder le plaisir de vous voir.

— J'en suis touché, chère madame, — répliqua Jean Renaud, — cependant permettez-moi de vous dire que votre coquetterie de jolie femme trouve son compte dans la hâte même de votre gracieux accueil. — Cet adorable négligé vous rend plus belle encore... — Vous êtes éblouissante de fraîcheur!... Un astre à son lever!...

— Monsieur Séballa, vous êtes galant!

— Non, madame, je suis sincère... — Ignorant l'art de dissimuler, je ne cache point mon admiration... — Je dis ce que je pense en toute occasion et je vous déclare irrésistible, au risque de vous déplaire...

— Oh! vous ne me déplaisez pas... — Moi aussi j'aime la franchise... mais j'ai peine à croire que vous soyez venu simplement pour marivauder si matin.

— En effet, chère madame... — L'aveu de mon admiration n'est qu'un hors-d'œuvre imposé par les circonstances. — J'ai à vous entretenir d'autre chose.

— S'agirait-il du pauvre diable que j'ai failli écraser?

— Non, madame... — Ce pauvre diable va le mieux du monde et se félicite d'un accident qui devait finalement si bien tourner pour lui...

— Alors, le but de votre visite est une énigme...

— Dont je vais vous donner le mot.

— J'attends ..

— Hier, mon jeune ami Lionel Warton et moi, nous avons eu le plaisir de nous rencontrer avec vous dans le cabinet de M. Janille.

— Parfaitement...

— Après votre départ, on a parlé de vous...

— Et, — s'écria Rose en riant, — on en a dit beaucoup de mal?

— Vous ne le pensez pas!

— Mais si... mais si... parole d'honneur!

— Eh bien, madame, c'est précisément le contraire qui s'est produit... — M. Janille a fait l'éloge des nombreuses qualités qu'il reconnaît en vous, et surtout de votre cœur excellent... — j'avais la preuve qu'il ne s'abusait point à cet égard...

— Vous m'intriguez beaucoup... — quelle est cette preuve ?...

— Mais, votre aumône si large d'hier matin...

— Bah! cinq louis... — une bagatelle... — Je lui devais bien cela, à ce malheureux renversé par ma voiture...

— Vous joignez la modestie à la charité, madame! — Combien d'autres femmes, à votre place, ne seraient même pas descendues de voiture!

— Toujours des compliments!

— Toujours la même franchise, madame... — J'arrive au but : — Vous avez dit quelques mots d'une maison de campagne dont vous désirez vous défaire...

— Ah! oui, ma villa d'Ingouville... — Elle me coûte de l'entretien et ne me rapporte pas un sou.

— M. Janille, questionné par moi, m'a répondu que c'était une propriété charmante...

— Oh ! mon Dieu, c'est assez propret... Il y a de beaux arbres...

— Cette maison appartenait autrefois à M. Dereyne, n'est-ce pas ?

— Oui, mais elle est à moi maintenant, bien à moi... — M. Dereyne me l'a vendue, ou plutôt nous avons fait un échange... — Est-ce que, par hasard, vous avez envie de l'acheter ?...

— Peut-être.

— Pour vous ?...

— Non, mais un de mes amis, qui doit bientôt arriver en France, m'a chargé de lui trouver une maison de campagne aux environs du Havre, en me donnant carte blanche pour traiter et payer en son nom...

— Alors vous achèteriez en vue de votre ami ?...

— Si vos conditions sont acceptables, oui...

— Connaissez-vous la villa ?

— Par la description de M. Janille seulement...

— Eh bien ! allez la voir...

— Je viens justement solliciter de vous un permis de visiter.

— Vous n'en avez pas besoin... — J'ai à mes gages un brave homme qui va tous les jours soigner le jardin, de dix heures du matin à quatre heures du soir... — Il ouvre à tout le monde et vous fera voir la maison de la cave au grenier... —

Je vous préviens d'avance que si votre ami veut quelque chose de *très chic,* ça ne fera pas son affaire... — C'est un peu vieillot... C'est bonhomme et bourgeois en diable, mais très habitable en somme, et construit solidement... — On n'en verra pas la fin ! !

— Les goûts de mon ami sont fort simples...

— Alors, ça fera bien son affaire car, encore une fois, c'est à la bonne franquette... — boiseries grises, parquets à l'ancienne mode, mais des caves superbes, et des persiennes à toutes les fenêtres...

— Ah ! il y a des persiennes ?

— En très bon état, oui... — Visitez, cher monsieur, et si la villa vous convient allez chez mon notaire Berthelin, rue de la Bourse, un homme charmant. — Il a le plan, les titres et mes pleins pouvoirs... — Vous vous arrangererez avec lui...

— Encore une question, chère madame...

— Faites.

— Combien voulez-vous vendre ?

— Cinquante mille francs.

— Est-ce le dernier prix ?

— Ça ne me regarde pas... — Voyez mon notaire... — Les affaires d'argent, voyez-vous, ça m'agace... — Je n'y entends absolument rien... — Je me laisserais tondre la laine sur le dos comme un pauvre mouton... — Berthelin est très arrangeant, mais enfin il sait son métier, et son métier est de défendre mes intérêts... — Maintenant, cher monsieur, pardonnez-moi... je ne vous renvoie pas... Oh ! grand Dieu, non, mais...

— Mais vous me priez de m'en aller... — fit Jean Renaud en souriant.

— Mon Dieu, oui... — On m'attend quelque part pour déjeuner, et je ne suis ni coiffée, ni habillée... — Oh ! sans cela, croyez-le bien, votre visite me semblerait trop courte, et je ne vous laisserais point partir... — Au revoir, cher monsieur Séballa...

— Au revoir, chère madame... et à bientôt j'espère...

— Je l'espère aussi, parbleu !... — Comptez-vous aller à Paris ?

— Oui.

— Quand ?

— Dans quelques jours...

— Bravo !.. nous nous rencontrerons... — A Paris on se rencontre toujours... au théâtre... au Bois... dans tous les endroits où vont les gens chics ! — Nous deviendrons bons amis...

— J'y compte, et j'en serai très fier et très heureux...

— N'oubliez pas mon notaire... Berthelin... rue de la Bourse...

— Je passerai dès aujourd'hui chez lui...

Jean Renaud baisa la main tiède et parfumée que Rose Bonchamp lui tendait, et se retira.

Tandis qu'il descendait l'escalier, la maîtresse de Martial Dereyne se disait à elle-même :

— Il est très bien, ce mulâtre... très bien... très bien... très bien... parole d'honneur ! J'aurai grand plaisir à le revoir... et si je lui plaisais... il ne me déplaît pas... eh ! eh !

En quittant l'hôtel d'Angleterre, le faux mulâtre se rendit rue de la Bourse chez le notaire Berthelin, et conclut l'acquisition de la villa d'Ingouville pour la somme de quarante-cinq mille francs payés comptant.

Il fut convenu que les actes seraient signés le soir même, et séance tenante on lui remit les clefs de la propriété.

Ce marché conclu il regagna l'hôtel de l'Amirauté où Cora, revenue de chez Mercuzza-Funcal, l'attendait, et il lui rendit compte de ce qu'il venait de faire.

— Très bien ! — dit la jeune fille, — tout marche !

— Mademoiselle, — reprit Jean Renaud, — il nous faut un gardien dans cette maison...

— Sans doute.

— Je vous propose d'y placer Pierre Landry... — De cette façon nous l'aurons sous la main.

— L'idée est excellente... — Je l'approuve...

— Alors, aujourd'hui même nous l'installerons.

En effet le même jour, vers six heures du soir,

Cora et Jean Renaud se rendirent en voiture fermée à l'auberge du *Coq-Chantant*, prirent avec eux l'ex-forçat et gagnèrent Ingouville.

— Où me conduisez-vous ? — demanda Pierre Landry.

— A la villa des Falaises... — répondit l'évadé de *la Dorade*. — On dirait que cela vous inquiète?... — ajouta-t-il en voyant le visage effaré du pauvre diable exprimer une émotion violente.

— Cela me remue... cela me fait presque peur... — répondit Pierre. — Je sais bien que je n'ai rien à craindre... mais songez que je ne suis point entré dans la villa depuis la nuit où se sont passées les choses terribles dont le souvenir me donne le frisson...

On arriva.

Le jardinier payé par Rose Bonchamp était parti depuis plus d'une heure, mais nous savons que Jean Renaud avait les clefs.

Au moment où la porte du jardin tourna sur ses gonds et où il fallut en franchir le seuil, Pierre Landry devint pâle comme un mort.

— Du courage! — murmura Jean Renaud à son oreille. — Ce sont les coupables qui doivent trembler, et non pas vous...

— Je le sais bien...— répondit Pierre, — mais que voulez-vous, c'est plus fort que moi... — Je crois revoir ce que j'ai vu... il me semble que c'était hier...

On gagna par une allée circulaire la petite pelouse qui séparait la maison de la partie boisée du jardin.

Un massif d'arbustes touffus se trouvait au bord de cette pelouse.

Pierre le désigna du geste.

— C'est là derrière que je me suis caché pour attendre l'heure... — balbutia-t-il.

Il s'approcha de l'une des persiennes fermées, et il reprit :

— C'est par là que je regardais dans la salle à manger...

— Maintenant, — dit Jean Renaud, — conduisez-nous à l'endroit où se trouve le cadavre.

L'ex-garçon de bureau tremblait sur ses jambes presque autant que la veille au matin, lorsqu'il avait — pour nous servir de ses expressions — la tête vide et le ventre creux.

Néanmoins il prit les devants et s'engagea dans une allée droite que l'épaisseur de la verdure rendait sombre, même en plein midi.

Il la suivit jusqu'à son extrémité, c'est-à-dire jusqu'au point où elle tournait à angle droit tout près d'une muraille naturelle formée par la falaise.

Là, à dix pas d'un banc de pierre et au centre d'un taillis presque impénétrable, s'élevait un sycomore gigantesque âgé de plus d'un siècle et demi.

— C'est là qu'ils ont enterré Laurent Raymond, — dit Pierre d'une voix sourde.

— Laurent Raymond, tu seras vengé! — s'écria Jean Renaud.

Et la fille de Richard Bernier répéta :

— Tu seras vengé!

LVIII

— Maintenant, — reprit Jean Renaud après un silence, — visitons la maison...

Nos trois personnages franchirent le seuil du rez-de-chaussée, traversèrent un vestibule assez vaste servant de cage à l'escalier qui conduisait au premier étage, et pénétrèrent dans la salle à manger où, neuf années auparavant, le crime avait été commis.

Pierre Landry ouvrit les persiennes.

— Voyez, — dit-il en désignant les rideaux de l'une des fenêtres, — le cordon de tirage manque... — on ne l'a jamais remplacé.

— Qu'en ont-ils fait après le meurtre ? — demanda Cora.

— On le retrouverait sans doute enroulé au cou de la victime...

Le salon aux boiseries grises, aux glaces verdâtres et piquées, était absolument vulgaire.

Les chambres du premier étage n'offraient de

remarquable que la vue magnifique qui se déroulait sous les regards depuis leurs croisées.

On dominait de là l'embouchure de la Seine, le Havre et ses bassins, et l'immensité de la mer se confondant avec le ciel dans un lointain bleuâtre.

Cora, dont l'esprit était ailleurs, n'accorda qu'une attention distraite à ce splendide panorama.

Les visiteurs regagnèrent le rez-de-chaussée.

— Où se trouve l'entrée des caves ? — demanda Lionel Warton.

— Dans le vestibule... — répondit Pierre.

— Il faut y descendre...

— Je vais vous conduire.

L'ancien garçon de bureau de Martial Dereyne alla prendre un flambeau sur la cheminée du salon, alluma la bougie, ouvrit une porte placée sous la cage de l'escalier et servit de guide.

Rose Bonchamp n'avait point exagéré la beauté des caves.

Il y en avait quatre, occupant toute l'étendue du sous-sol.

Elles ne renfermaient que des barriques moisies et des bouteilles vides.

— De ces quatre caves il faudra n'en faire qu'une seule... — dit Cora. — Est-ce facile ?

— Je ne crois pas, monsieur... — répliqua Pierre.

— Pourquoi ?

— Parce qu'elles sont séparées par des gros

murs, et que ces gros murs vont jusqu'au toit...
— En démolissant, on risquerait de faire crouler la maison.

— Bah! — fit Jean Renaud. — Quand on ne regarde point à la dépense, tout est possible... — On établira des supports étayés par des colonnes massives...

— Alors dès demain mettez les ouvriers à l'œuvre, — reprit Cora; — je désire que cela marche très vite...

— Nous chargerons Pierre de surveiller les travaux, — ajouta le faux mulâtre, — et nous lui donnerons la consigne de ne point épargner les gratifications pour hâter la besogne...

— Je le ferai bien volontiers... — répondit l'ex-amoureux de Rose Bonchamp.

— Si l'on vous demande quel est le but du nouveau propriétaire en faisant ces bouleversements, vous direz aux curieux que vous n'en savez rien...

— Et ce sera la vérité, car le diable m'emporte si je comprends goutte à vos intentions...

— Vous quitterez l'auberge du *Coq-Chantant* pour habiter ici...

— Comme vous voudrez, monsieur... — Quand faudra-t-il m'installer?

— Dès ce soir... — Voici les clefs... — Choisissez la chambre qui vous conviendra le mieux, achetez ce qui vous sera nécessaire. — On vous remboursera vos dépenses, — agissez enfin comme si vous étiez le maître de la maison...

— C'est convenu...

— Il ne manque pas au Havre de magasins de confections... — Allez demain matin acheter des vêtements convenables, car votre costume est peu d'accord avec votre position nouvelle.

— Soyez tranquille, monsieur, demain je serai méconnaissable...

Cora et Jean Renaud regagnèrent la voiture qui les avait amenés et se firent conduire à l'Hôtel de l'Amirauté.

Mercuzza-Funcal s'y était présenté une heure auparavant et avait laissé sous enveloppe, à l'adresse de Lionel Warton, une reconnaissance de treize cent mille francs, rédigée sur papier timbré dans les formes convenues.

Le lendemain, de bonne heure, Jean Renaud, — ou plutôt Doménico Séballa, — se mit en quête d'un architecte qu'il conduisit à la villa d'Ingouville et à qui il expliqua les vues du nouveau propriétaire.

L'architecte s'entendit, séance tenante, avec son entrepreneur ; — une somme assez ronde fut payée d'avance, et avant midi les ouvriers se mettaient à l'œuvre.

Disons en passant que Pierre, habillé de neuf, rasé de près, les cheveux coupés, avait repris presque bonne mine malgré sa maigreur déplorable, et que rien n'empêchait de supposer qu'en engraissant un peu il ressemblerait à tout le monde.

Personne au Havre n'ignorait plus la perte énorme subie par la maison Dereyne et Compagnie, mais on avait appris en même temps qu'un riche étranger mettait des capitaux considérables à la disposition du sénor Juan de Funcal, et le crédit des deux associés, loin de péricliter, grandissait.

C'était ce que voulait Cora.

Le soir de ce même jour, la jeune fille reçut une dépêche adressée à Lionel Warton et signée *Joë Simnel*. — On se souvient que le médecin mulâtre avait adopté ce pseudonyme.

Jocelyn télégraphiait que l'appropriation du château de Saint-Ouen marchait lentement, que des retards regrettables se produisaient, et il réclamait l'assistance du sénor Doménico Séballa.

Rien ne retenait en ce moment Jean Renaud au Havre.

Il fut convenu qu'il se mettrait en route dès le lendemain pour Paris.

L'idée de voir la grande ville, tout en souriant à l'évadé de *la Dorade*, lui causait néanmoins une vague inquiétude.

Il se savait méconnaissable avec son teint couleur de bronze et ses cheveux blancs comme la neige, mais il savait aussi que certains héros du bagne, et quelques-uns des agents de la police secrète, possèdent l'étonnante faculté de reconnaître un homme, non à son visage mais à son regard, l'œil étant la seule partie de lui-même que l'homme ne puisse modifier, quel que soit son talent de grime.

Il n'hésita point cependant et, audacieux pour le bien comme il l'avait jadis été pour le mal, il partit.

*
* *

Tous les Parisiens connaissent le domaine historique de Saint-Ouen.

Au milieu d'un parc splendide où des arbres quatre fois centenaires ombragent de vastes pelouses, s'élève un château qui n'offre rien de bien caractéristique au point de vue architectural, mais dont la position est magnifique.

D'un côté ce château domine les futaies.

De l'autre il commande les deux bras de la Seine, coulant entre des rives verdoyantes et enlaçant l'île de Gennevilliers.

Le parc de Saint-Ouen est le dernier débris des grands bois qui couvraient la côte nord-ouest de Montmartre, depuis le Château-Rouge jusqu'aux berges de la rivière, et qui faisaient partie du domaine de la belle Gabrielle, maîtresse bien-aimée du Béarnais de galante et royale mémoire.

Ces bois morcelés disparurent successivement, sauf les quelques hectares qui constituent aujourd'hui le parc de Saint-Ouen dans lequel, sous la Régence, on édifia l'habitation qu'on voit encore.

Les traditions populaires affirment que Philippe d'Orléans passa de joyeuses nuits à Saint-Ouen en compagnie de ses roués et de ses maîtresses.

Plus tard le château fut offert par le roi Louis XVIII à madame du Cayla.

Depuis cette époque il changea maintes fois de maîtres et fut souvent inhabité.

Les gardiens seuls erraient sous les vieux arbres où le bon roi Henry IV chantait amoureusement :

> Charmante Gabrielle,
> Féru de mille dards,
> Quand la gloire m'appelle
> Dedans les champs de Mars,
> Cruelle départie,
> Malheureux jour !
> Que ne suis-je sans vie,
> Ou sans amour !

Comment expliquer un tel dédain pour une propriété merveilleuse et pleine de souvenirs?

Il se peut justifier, croyons-nous, par l'entourage actuel de ce domaine princier ; par les hautes cheminées des fabriques vomissant jour et nuit des fumées noires et infectes : par le voisinage de toute une population de maraîchers et de bateliers; et surtout par la création des docks de Saint-Ouen, absolument incompatibles avec les convenances d'une demeure aristocratique.

A l'époque où se passe notre récit cet entourage n'existait pas, ou du moins n'existait que dans une proportion très restreinte.

L'avenue de Saint-Ouen et la route de la Révolte, qui se rejoignent presque en face de la grille monumentale du château, étaient à peu près désertes; on n'y voyait point, comme aujourd'hui, bon nombre de masures d'un aspect sinistre, qui ressemblent à des coupe-gorges beaucoup plus qu'à d'honnêtes demeures habitées par d'honnêtes gens.

En 1853, une maison, une seule — auberge ou cabaret comme on voudra — se dressait au coin de la rue qui se greffe sur la route de la Révolte et conduit à l'intérieur du village de Saint-Ouen en longeant la muraille du parc, muraille qui d'ailleurs n'existe que de ce côté, car de l'autre un saut-de-loup large et profond défend la propriété contre l'invasion des curieux.

Un rond-point se trouve à l'entrée du parc.

Une grille en fer forgé, d'un fort beau travail, permet de voir ce rond-point et se continue sur toute la largeur du parc du côté de la route.

Depuis dix ans, le château était désert.

On se figurera sans peine quelle dut être la surprise des naturels de Saint-Ouen lorsqu'ils virent un beau matin une armée d'ouvriers envahir la maison et commencer du faîte aux caves à remettre tout à neuf.

On sablait les allées; on émondait les arbres

trop touffus ; — on rectifiait les contours des pelouses ; — on créait des corbeilles de fleurs rares ; — on érigeait des socles sur lesquels on plaçait des statues.

La grande terrasse du bord de l'eau, ombragée de tilleuls magnifiques, était pourvue d'une balustrade neuve à l'italienne, en pierre sculptée.

Le saut-de-loup, curé, nettoyé, dégagé des ronces et des plantes parasites qui l'obstruaient, perdait sa physionomie sauvage et lamentable.

Les quatre façades du château, entièrement grattées, semblaient construites de la veille.

A l'intérieur les menuisiers et les peintres avaient achevé leur œuvre. — Maintenant des tapissiers artistes enfantaient des merveilles, posant des tentures des Gobelins et des tapis d'Orient.

Tout se transformait mais, faute de l'œil du maître, le travail ne marchait pas assez vite au gré du docteur noir qui devinait et partageait l'impatience de Cora Bernier.

Jocelyn comprit que la présence de Michel Servan, l'homme d'action par excellence, était nécessaire pour activer tout, et il expédia au Havre la dépêche dont nous avons parlé.

Jean Renaud arriva le lendemain.

Le choix du château de Saint-Ouen pour l'habitation de Cora et de ses sœurs, ou plutôt de Lionel Warton et de ses cousines, dénotait un grand tact chez Jocelyn, instigateur de ce choix.

Le médecin mulâtre connaissait bien Paris, où il avait vécu pendant plusieurs années.

Il n'ignorait pas que l'excentricité commande l'attention des Parisiens, gens de beaucoup d'esprit mais badauds par nature.

Or, rien n'était plus excentrique que d'organiser une installation luxueuse dans le coin le plus dédaigné des environs de la grande ville.

En outre, personne au monde ne pourrait espionner le quartier-général de Cora, si bien caché dans cette solitude.

Jean Renaud prit en main le bâton de commandement et, sous sa direction, les derniers travaux s'exécutèrent avec une fièvreuse rapidité.

Le château était vaste.

Les appartements des trois sœurs et de leur cousine Dolorès occupaient le premier étage.

Jean Renaud et Jocelyn avaient élu domicile au second, et dans une des pièces on venait d'installer pour le docteur noir un laboratoire de chimie où pourraient avoir lieu les expériences les plus hardies et les opérations les plus compliquées.

Les domestiques d'intérieur devaient habiter les combles du château, et les gens d'écurie les communs placés dans le parc.

LIX

Le rez-de-chaussée se composait d'un immense vestibule, de trois vastes salons qu'on pouvait réunir en enlevant des cloisons mobiles, d'un autre salon plus petit, d'une salle à manger de proportions imposantes, d'un fumoir et d'une salle de billard.

Ces différentes pièces se recommandaient bien moins par la richesse de leurs ameublements que par les merveilles artistiques dont elles offraient une profusion peu commune.

Vieille orfèvrerie, tableaux de maîtres anciens et modernes, tapisseries splendides, statues de marbre et de bronze, vieilles porcelaines de Sèvres et de Saxe, de Chine et du Japon, émaux de Limoges, émaux cloisonnés, et mille autres objets de haute curiosité, charmaient les regards et commandaient l'admiration.

Les écuries, bâties à neuf près de la muraille qui clôturait le parc, du côté de Saint-Ouen, étaient aménagées à l'anglaise. — Huit carrossiers demi-sang et quatre chevaux de selle y piaffaient sur la litière épaisse.

Six box restaient libres, destinés à recevoir des chevaux de course, car Lionel Warton se proposait de faire courir.

Une dizaine de voitures attendaient dans les remises et sous leurs housses de toile, l'arrivée des maîtres. — Ces voitures, sortant des ateliers de Kellner, le carrossier hors ligne de l'avenue Malakoff, étaient des chefs-d'œuvre d'élégance sobre et de distinction.

Avons-nous besoin d'affirmer à nos lecteurs que les bonnes gens du village de Saint-Ouen étaient singulièrement éblouis.

— C'est un grand seigneur des pays lointains qui va venir ici... — disaient les uns.

— Un nabab... — affirmaient les autres.

— Un prince...

— Un fils de roi...

Et les langues allaient leur train, et les cent trompettes de la renommée faisaient un tapage effroyable dans les environs, au sujet des futurs habitants du château restauré.

On commençait à s'en occuper même à Paris, et plusieurs journaux, à l'affût de toute primeur, donnaient, relativement aux richissimes étrangers qu'on attendait, les nouvelles les plus controuvées et les plus contradictoires.

Huit jours après l'arrivée de Jean Renaud, les travaux touchaient à leur fin; les derniers ouvriers doraient la grille en face du rond-point.

Jocelyn, n'ayant plus rien à surveiller, s'était rendu nombre de fois à Paris pour y visiter les savants médecins qui avaient été ses professeurs.

L'un d'eux occupait la position considérable de médecin en chef des prisons du département de la Seine.

Il connaissait la science profonde et les aptitudes spéciales de son ancien élève et, n'étant point au fait de sa position actuelle, il lui proposa de l'attacher comme médecin suppléant à la clinique de la grande et de la petite Roquette.

Jocelyn, qui se réservait de consulter Cora, n'accepta ni ne refusa.

— Je vous demande une semaine pour réfléchir et, quelle que soit ma décision, je vous prie de croire à ma profonde reconnaissance...

Le soir même il instruisit Jean Renaud de l'offre qui lui était faite.

— Il faut accepter! — s'écria l'évadé de *la Dorade*. — Il faut accepter cent fois pour une! — Avoir son entrée à toute heure et sa part d'influence dans les prisons de Paris, c'est un notable atout dans notre jeu, c'est une chance inespérée que jamais, selon moi, nous n'aurions pu payer trop cher! — Acceptez! acceptez!

— Rien ne presse, — répliqua Jocelyn en souriant, — j'ai huit jours devant moi.

Jean Renaud, tout en exerçant à Saint-Ouen une surveillance incessante, avait trouvé le temps de se renseigner sur les agissements de Martial Dereyne et de sa famille, et de prendre des notes qui devaient être mises sous les yeux de Cora.

Il avait en outre loué dans un quartier élégant de Paris un petit hôtel destiné à devenir pour Lionel Warton une sorte de pied à terre, un logis de célibataire, et à prouver aux Parisiens que le jeune homme, tout en étant le tuteur de ses cousines, mènerait volontiers, en dehors de leur intérieur chaste et respecté, la vie joyeuse d'un beau garçon cinquante ou soixante fois millionnaire.

Ce petit hôtel était situé rue de Londres.

Le matin du septième jour, Jean Renaud expédia au Havre une dépêche qui ne contenait que ces trois mots :

« *Tout est prêt* ».

La réponse ne se fit pas attendre.

Elle était ainsi conçue :

« *Nous arriverons ce soir à neuf heures.* »

En conséquence, à huit heures moins un quart deux voitures sortaient du parc de Saint-Ouen et se dirigeaient vers la gare de la rue d'Amsterdam.

L'une de ces voitures était un landau conduit par un cocher mulâtre à cheveux blancs ayant à côté de lui sur le siège un valet de pied nègre.

Un grand break-omnibus venait ensuite.

A dix heures, les deux voitures rentrèrent à Saint-Ouen.

Le landau amenait les trois sœurs et leur cousine Dolorès.

Le break transportait les bagages, sous la surveillance de Robinson, et les serviteurs noirs qui, depuis Guayanila, accompagnaient mesdemoiselles Bernier.

Cora voulut, avant de se reposer, visiter la maison aux flambeaux, et complimenta chaudement Jocelyn et Jean Renaud, les ordonnateurs de tant de merveilles.

— C'est bien ce que j'avais rêvé... — dit-elle, — de l'ombre et du silence qui peuvent d'un moment à l'autre se remplir de bruit et d'éclat... — Je vous félicite et je vous remercie.

Les deux hommes s'inclinèrent.

— Maintenant, — reprit la jeune fille en s'adressant à Jean Renaud, — j'ai quelques questions à vous adresser, mon ami.

— J'y répondrai de mon mieux.

Et l'évadé de *la Dorade* tira de sa poche l'agenda sur lequel il prenait ses notes.

— Rose Bonchamp? — demanda le pseudo-Lionel Warton.

— Revenue à Paris depuis deux jours.

— L'infâme Dereyne?

— Ne songe qu'à mener joyeuse vie.

— Il demeure?

— Rue du Rocher.

— Occupe-t-il un appartement ou un hôtel?

— Un hôtel particulier.

— Isolé?

— Du côté droit seulement.

— Vous ferez en sorte de savoir si la maison qui le touche à gauche est à vendre ou à louer.

— Je le saurai demain...

— L'ex-Blanche Hervieux, comtesse de Lasseny?

— Voyage avec son fils et sa belle-fille qui passent en Italie leur lune de miel. — On attend leur retour d'un moment à l'autre.

— Georges Dereyne, l'associé d'agent de change?

— Un assez triste sujet... — Libertin comme son père, et joueur effréné. — Il consacre au jeu tout le temps qn'il ne donne pas aux actrices des petits théâtres et aux rigolboches de Mabille et du Château des Fleurs. — Il joue à son cercle, il joue à la Bourse, il parie aux courses.

— Est-il heureux au jeu?

— Rarement... — Huit fois sur dix il perd...

— Léopold Dereyne, le plus jeune fils?

— Une exception dans la famille, jusqu'à présent... — il fait son droit et passe pour un garçon studieux... — Comme il ne possède pas encore la libre disposition de ses revenus ses habitudes sont modestes, faute d'argent peut-être... — il habite le quartier latin, mais son frère Georges l'invite de temps à autre à partager ses soupers et ses parties de plaisir...

— Les deux frères ont-ils des maîtresses attitrées?...

— On ne leur en connaît pas, pour le moment du moins...

— Merci de ces détails. — C'est à peu près tout ce que je voulais savoir... — Autre chose : — Vous êtes-vous souvenu que mes sœurs et ma cousine doivent étonner par leur élégance ce Paris qui, dit-on, ne s'étonne de rien, et avez-vous pris des mesures en conséquence?

— Oui, mademoiselle... — Demain le couturier en vogue, — un homme illustre qui ne se dérange pas pour les princesses et qui invite ses clientes les plus aristocratiques à des lunchs dont sa maison de campagne est le théâtre, — sera ici, en personne, et à vos ordres... — C'est à coup de billets de banque que j'ai obtenu ce résultat quasi-miraculeux... — Cela se saura dans le monde de la haute vie.

— C'est bien. — Je désire que le bruit public exagère encore la fortune énorme de Lionel Warton et de ses cousines...

— L'exagération sera difficile, mademoiselle... Vous êtes si riches! Mais le bruit public, quand il s'en mêle, est capable de tout.

Le lendemain, le couturier célèbre, et une foule

d'autres fournisseurs de moins considérable importance, se succédèrent au château de Saint-Ouen, et se retirèrent émerveillés de la transformation quasi féerique du vieil édifice.

Il n'en fallait pas tant pour mettre en campagne les reporters de tous les journaux à *informations* mondaines.

Dieu sait ce que l'installation princière du jeune nabab de Calcutta et des belles étrangères que personne ne connaissait encore, fournit de *copie* aux chroniqueurs de high-life.

Pendant huit jours, du faubourg Montmartre à la Madeleine, on ne s'occupa guère d'autre chose.

La curiosité parisienne, quand elle atteint son paroxysme, devient fiévreuse et épidémique.

Sur les boulevards, aux clubs, à la Bourse, aux foyers des théâtres, lorsqu'on entendait ces questions :

— Les avez-vous vues ?

— Quand les verra-t-on ?

On pouvait jurer hardiment qu'il s'agissait de mesdemoiselles Warton.

D'un moment à l'autre, — on n'en pouvait douter, — elles devaient faire leur apparition soit au Bois de Boulogne, soit dans une avant-scène.

Partout on guettait, partout on attendait leur présence.

Elles étaient la *great attraction* du moment.

La foule augmentait aux Champs-Elysées. — Les recettes de certains théâtres montaient.

Rien d'ailleurs de bien étonnant à cela, étant donnée la badauderie proverbiale des Parisiens. Ne voit-on pas la foule envahir le bureau de location d'une salle quelconque, lorsqu'on suppose, à tort ou à raison, que des ambassadeurs de la Cochinchine ou de la Mongolie honoreront ladite salle de leur auguste présence?

Enfin les commandes furent livrées, les préparatifs achevés, et Cora décida que le lendemain, pour la première fois, les hôtes mystérieux du château de Saint-Ouen feraient leur apparition à Paris.

En effet le jour suivant, à deux heures de l'après-midi, une calèche découverte à huit ressorts, admirablement attelée, quittait le parc et s'engageait sur la grande route.

Dans cette calèche se trouvaient Carmen, Marie et Dolorès, portant des toilettes exquises qui mettaient merveilleusement en valeur l'originale beauté des deux sœurs et de leur cousine.

Lionel Warton et Doménico Séballa, en tenue ultra correcte et montés sur des cobs irlandais, remplissaient l'office d'écuyers d'honneur à la portière droite et à la portière gauche de la voiture.

Le cocher et les deux valets de pied, tous les trois du plus beau noir, étaient en grande livrée.

L'équipage suivit la route de Saint-Ouen jusqu'à

la rue de Clichy, descendit cette rue, prit celle de la Chaussée-d'Antin, et déboucha sur le boulevard qu'il remonta dans la direction de la Madeleine.

Il faisait un temps magnifique.

Les trottoirs du boulevard et ceux de la rue Royale étaient couverts d'une foule de promeneurs qui se rendaient au bois de Boulogne et suivaient de l'œil au passage le défilé si brillant et si mouvementé des voitures de maître, parmi lesquelles faisaient tache quelque fiacres honteux.

La calèche à huit ressorts, ses nègres, son attelage merveilleux, et surtout les trois jeunes filles, produisirent une vive sensation dans ce défilé.

Tout le monde reconnaissait, — (sans les avoir jamais vues), — les belles étrangères dont s'occupait Paris...

LX

En 1853 les travaux qui ont métamorphosé le bois de Boulogne en un merveilleux parc étaient à peine commencés.

Le *tour du lac*, cette promenade classique du high-life et de la haute cocotterie, n'existait pas encore.

Quelques voitures traversaient le bois rapidement pour aller à *Madrid* fort à la mode à cette époque.

Un certain nombre d'équipages de douairières suivaient avec une lenteur mélancolique l'allée des Acacias, très en faveur aujourd'hui dans le monde aristocratique désireux de se soustraire à la promiscuité galante qui règne sur la rive gauche du lac.

Mais les Champs-Élysées étaient le véritable lieu du rendez-vous des grandes élégances, comme le Cours-la-Reine l'avait été jadis.

Les voitures montaient de la place de la Concorde à l'Arc-de-Triomphe, sur deux ou trois rangs les jours ordinaires, sur cinq ou six les jours de foule, tournaient généralement avant d'atteindre le rond-point de l'Étoile coupé par les grilles de l'octroi, et redescendaient jusqu'aux fameux chevaux de Marly pour remonter encore, et indéfiniment ainsi.

Un *tour du lac* en ligne droite et sans lac.

L'effet produit sur les boulevards par l'équipage des châtelaines de Saint-Ouen se continua aux Champs-Élysées.

La calèche des jeunes filles tenant la corde, c'est-à-dire faisant partie de la file des voitures longeant la contre-allée couverte de promeneurs, se trouvait le point de mire de tous les regards.

Les sœurs de Cora et leur cousine obtenaient un succès fou.

L'admiration des hommes était unanime.

Les femmes critiquaient bien un peu, mais sans conviction, et par respect pour le principe qui ne permet point à une fille d'Ève de trouver une autre fille d'Ève absolument jolie.

— Elles ne sont pas mal, mon Dieu, je le veux bien, — disait tout haut à ses fidèles une belle dame fort entourée et dont les jugements avaient force de loi, — mais vous conviendrez volontiers que leur teint est au moins bizarre.

— Bizarre, oui, mais charmant ! — répondit un enthousiaste, — il va bien avec leurs yeux noirs !

— Ça dépend des goûts, — reprit la dame, — j'ai la faiblesse d'adorer les visages couleur de rose, et quand je regarde ces personnes, — agréables du reste, — il me semble que je les vois à travers des lunettes teintées de bistre.

Un artiste s'écria :

— Ce n'est pas du bistre, chère madame, c'est du bronze clair... — Mesdemoiselles Warton offrent *la patine* de certains bronzes d'art d'un prix inestimable...

— Alors, appelez mesdemoiselles Warton les *filles de bronze*...

Le mot faisait image... — il plut, on le répéta de proche en proche, et pour être connu de tout Paris il ne lui manqua, le soir même, que d'être reproduit et consacré par les petits journaux — ce qui ne se fit attendre que jusqu'au lendemain.

Au moment où la calèche découverte, arrivée à la barrière de l'Étoile, tournait pour reprendre la file descendante, le cocher dut faire halte un instant afin de laisser passer une victoria qui venait de l'avenue de Neuilly et se dirigeait vers l'avenue Dauphine.

Dans cette victoria se trouvait Rose Bonchamp, en toilette plus tapageuse que jamais, à côté d'un homme élégant, mais déjà mûr, qui fumait d'un air ennuyé.

Ce fumeur était Martial Dereyne.

En passant à côté de la calèche Rose aperçut

Cora et Jean Renaud, ou pour mieux dire Lionel Warton et Doménico Séballa, et leur envoya du bout des doigts un petit salut accompagné d'un sourire épanoui.

Dereyne leva machinalement les yeux sur les cavaliers à qui s'adressaient le sourire et le salut de sa compagne.

Son regard croisa le regard de l'aînée des trois sœurs. — Il devint livide et tout son corps frissonna d'épouvante.

Cora détourna la tête.

La calèche s'était remise en marche. — Les deux voitures s'éloignaient dans des sens différents.

— Vous connaissez ce jeune homme ? — balbutia Martial Dereyne d'une voix si tremblante et tellement changée que Rose le regarda et, le trouvant pâle et défait, s'écria au lieu de répondre :

— Ah ! çà, qu'est-ce que vous avez donc ? — Est-ce que vous devenez jaloux ? — Ça serait commencer bigrement tard !

— Je vous ai demandé si vous connaissiez ce jeune homme ?... — reprit Dereyne.

— Je le connais sans le connaître... — Je l'ai rencontré avec ce mulâtre d'un certain âge, mais si bel homme, qui l'accompagne...

— Où et quand l'avez-vous rencontré ?

— Il y a une quinzaine de jours, au Havre...

— Au Havre... — répéta Dereyne...

— Oui, au Havre, chez notre banquier Janille...

— Vous savez son nom ?

— Je sais leur nom à tous les deux... — le vieux mulâtre bel homme s'appelle Doménico Séballa, et c'est un particulier crânement chic.

— Eh ! que m'importe ce mulâtre ? ? — fit l'armateur avec impatience. — C'est du jeune que je vous parle...

— Eh ! bien, le jeune, qui n'est pas moins chic que le vieux et qui a des lingots à n'en savoir que faire, se nomme Lionel Warton...

— Lionel Warton qui a versé plus d'un million dans les mains de Funcal ?... — murmura Dereyne stupéfait. — Celui qui doit venir me voir ?...

— Je ne sais pas s'il doit venir vous voir, mais c'est lui...

— C'est étrange !...

— Qu'est-ce qui est étrange ?...

— Rien... une ressemblance...

— Lionel Warton ressemble à quelqu'un ?...

— Oui...

— A qui ?

— A une personne que vous ne connaissez pas.

— Une femme, j'en suis sûre...

— Vous vous trompez...

Rose fit un geste d'insouciance et demanda :

— Avez-vous vu, dans la calèche, les dames qu'il accompagne ?

— Je n'ai vu que lui.

— Eh bien! vous y avez perdu, mon cher! — Ce sont trois jeunes filles un peu trop brunes peut-être, mais bigrement jolies tout de même!

Martial tressaillit de nouveau.

— Trois... — bégaya-t-il. — Elles sont trois...

— Oui... mais, qu'est-ce qui se passe? voilà que ça vous reprend! vous êtes tout pâle... — Etes-vous malade?

— Un malaise d'un instant qui se dissipe déjà... — Vous êtes sûre qu'elles étaient trois?...

— Parbleu, si j'en suis sûre?... — J'ai de bons yeux, allez!!.. — Mais puisque vous ne les avez point vues, qu'est-ce que ça peut vous faire?...

Dereyne ne répondit pas.

C'est à peine s'il entendait les paroles de Rose.

— Il me semble que je dors et que je fais un mauvais rêve... — pensait-il.

Pendant ce temps Cora disait à Jean Renaud :

— C'était lui...

— Avec Rose Bonchamp, oui... — Ses yeux ont rencontré vos yeux... — Je l'ai vu trembler et pâlir...

— M'aurait-il reconnue?

— Sous ce déguisement, c'est impossible...

— Vous avez constaté cependant son trouble et sa pâleur...

— Il croit sans doute à quelque ressemblance fortuite, mais vous lui êtes apparue comme une vivante image de Cora Bernier, sa victime...

— Un tel homme est incapable de regretter et de se repentir...

— Il ne se repent pas... il ne regrette pas... — il a peur...

— Enfin il se peut qu'il devine, ou plutôt qu'il soupçonne, et alors il sera sur ses gardes... — Je ne veux pas lui laisser le temps de la défiance...

— Que ferez-vous ?

— Je mettrai à exécution sans retard le projet que j'ai conçu et dont je vous ai parlé...

Jean Renaud eut aux lèvres un sourire de connaisseur émérite.

— Si vous réussissez, — dit-il, — ce sera un beau premier acte à la tragédie de votre vengeance.

Cora étendit sa cravache vers la grande ville étincelant dans le lointain sous les feux du soleil.

— Aussi vrai qu'il n'y a pas dans Paris un autre misérable aussi lâche et aussi infâme que Martial Dereyne, — murmura-t-elle, — je réussirai !

***

Le docteur noir, devenu Joë Simnel d'autant plus facilement que personne à Paris ne lui avait jamais connu de nom de famille, et que *Joë* pouvait passer pour l'abréviation de *Jocelyn*, ne restait point inactif.

Cora, dans un but qui sera prochainement

expliqué, se proposait d'ouvrir les salons du château de Saint-Ouen, et d'y attirer par l'attrait du plaisir le dessus du panier des *viveurs* de bonne compagnie.

Or, l'entreprise était moins facile à mener à bien qu'elle n'en avait l'air à première vue.

Il fallait, avant tout, se garer de deux écueils.

Il importait de ne donner aucune prise à des bruits calomnieux, de rendre impossibles les méchants propos, et d'empêcher de dire et de croire que la famille Warton était une bande d'aventuriers, venus on ne sait d'où, étalant un grand luxe pour jeter de la poudre aux yeux, mettre en coupe réglée les naïfs, et disparaître ensuite en laissant un passif énorme sur la place de Paris abasourdi.

Il n'importait pas moins d'éviter de se rendre ridicule en jetant à la tête des gens des invitations que rien ne motiverait, et qui par cela même sembleraient suspectes.

Voici par quelles mesures Cora trouva moyen de louvoyer entre les récifs dont nous venons de signaler l'existence.

La jeune fille s'était fait ouvrir, sous son pseudonyme masculin, un crédit de six millions sur une maison de banque tout à fait de premier ordre.

Lionel Warton, reçu par le chef de cette maison avec les égards qui sont dus au possesseur d'une lettre de crédit de telle importance, lui parla de son intention de mener la haute vie, de dépenser beaucoup d'argent, de donner des fêtes, de faire courir, et le pria de venir déjeuner en famille au château de Saint-Ouen remis à neuf.

Poussé par la curiosité le banquier accepta l'invitation pour le lendemain.

Il fut ébloui et naturellement, le soir, à l'Opéra puis à son cercle, il raconta ce qu'il avait vu.

Il n'en fallait pas plus, et l'immense fortune de Lionel Warton était désormais indiscutable.

Restait la seconde difficulté.

Le docteur Jocelyn se chargea de la résoudre.

Parmi les jeunes gens qu'il avait connus d'une façon plus particulièrement intime à l'époque où il faisait ses études médicales, quelques-uns étaient devenus des étoiles de fort jolie grandeur dans la littérature dramatique, dans le journalisme et dans les arts.

Il renoua ses relations avec eux et, leur ayant laissé les meilleurs souvenirs, il fut cordialement accueilli.

Nous n'avons pas besoin d'affirmer qu'il se gardait de parler le premier des châtelaines de Saint-Ouen, des *filles de bronze*, mais comme elles étaient à l'ordre du jour on ne manquait point de s'en entretenir devant lui, et il écoutait en souriant.

— Vous avez l'air de les connaître, cher docteur... — lui disait-on alors.

— J'ai l'honneur d'être le médecin particulier

de la famille Warton, — répondait-il, — et j'habite le château de Saint-Ouen.

— Alors donnez-nous des détails... — Parlez-nous de ces merveilleuses et excentriques demoiselles Warton...

— Il n'y a rien à en dire... — Ce sont de charmantes jeunes filles, parfaitement élevées, très simples, pas du tout ecéxntriques, et ne tirant aucune vanité de leur immense fortune... — Leur cousin Lionel Warton, qui veut bien m'appeler son ami, se propose de recevoir l'élite du monde artistique et littéraire... — Si cela vous est agréable je vous ferai adresser des invitations auxquelles vous avez tous les droits possibles...

Et les interlocuteurs de Jocelyn acceptaient avec enthousiasme.

LXI

Parmi ces anciens amis devenus *quelque chose*, il en était deux que le docteur noir distinguait spécialement.

L'un se nommait Octave Richard et rédigeait avec beaucoup d'esprit la *Chronique parisienne* dans un journal très répandu. — Il faisait profession de grande élégance, donnait à sa toilette de tels soins qu'il ressemblait vaguement à une gravure de modes, et *posait pour les femmes*, comme on dit dans l'argot des boulevardiers.

Fort aimable malgré ce petit travers, et plein d'esprit quand il oubliait d'être prétentieux.

L'autre, Lambert Massol, était un brave et charmant garçon, cœur excellent, gaieté franche, verve inépuisable, auteur dramatique applaudi déjà, et qui devait avoir de grands succès avant de mourir jeune encore et regretté de tous.

Jocelyn causait avec eux, vers quatre heures du soir, en face du Café Riche, le jour même où nous avons vu Cora, ses sœurs et sa cousine débuter aux Champs-Elysées.

Il venait de leur apprendre quelle position il occupait à Saint-Ouen et de leur promettre des invitations.

Octave Richard — flairant pour sa prochaine chronique un racontar mondain de haut goût et entièrement inédit, une *primeur* — s'écria :

— C'est très bien, cher docteur, mais ça ne suffit pas ! — A une grande fête où les notabilités de toute sorte se coudoieront, nous serons noyés dans la foule... nous jouerons le rôle de nébuleuses obscurcies par le rayonnement d'astres d'un plus fort calibre... — Ça manquera d'aperçus intimes et d'appréciations personnelles sur la famille Warton... — Ne pourriez-vous, ami véritable, nous ménager l'honneur d'une présentation qui ne servirait qu'à nous ?...

— Parfaitement... — répondit Jocelyn.

— Vrai ? — demanda Lambert Massol.

— Sans doute... — et même je vais faire mieux...

— Quoi donc ?

— Je vous emmène dîner au château de Saint-Ouen...

— Quand ?

— Tout de suite.

— Docteur, vous vous moquez de nous ! !

— Parole d'honneur, je parle sérieusement...

et ne craignez pas d'être indiscrets... — Lionel Warton et ses cousines, sachant que vous êtes de mes amis, vous accueilleront avec le plus grand plaisir et la plus franche cordialité...

Octave Richard et Lambert Massol se regardèrent.

— Ma foi, j'ai bien envie d'accepter... — fit le premier.

— Et moi j'accepte... — ajouta le second. — Nous demeurons à deux pas, lui, rue Le Peletier, moi, rue du Helder... — Le temps de mettre une cravate blanche et d'endosser le *sifflet* de rigueur, et nous sommes à vous...

— J'entre au Café Riche où je vous attends... — répondit Jocelyn.

Vingt minutes plus tard les deux amis, cachant leurs toilettes de soirée sous de légers pardessus, rejoignaient le docteur.

— Prenons un fiacre, — dit Lambert, — et tâchons de tomber sur un cheval qui marche.

— Inutile... — répliqua le mulâtre. — Lionel Warton met à mes ordres une de ses voitures... — Elle stationne près de Tortoni...

— Peste! quel chic!... — s'écria le journaliste.

— Et, — poursuivit Jocelyn, — cette voiture vous ramènera ce soir à Paris...

Les trois jeunes gens s'installèrent dans un coupé Clarence attelé d'un stepper de haute taille qui prit à une rapide allure la route de Saint-Ouen.

— Ainsi, — demanda chemin faisant Lambert Massol, — ce seigneur suzerain de tant de millions est peu poseur et bon garçon ?

— Vous en jugerez...

— Intelligent ?

— Je ne crois pas qu'on puisse l'être davantage.

— Instruit ?

— Beaucoup plus que les gens du monde ne le sont d'habitude... — Il a tout étudié...

— Même la médecine ?

— Même la médecine, et la physique, et la chimie...

Octave Richard se dit à lui-même :

— Quelle jolie chronique à faire sur ce jeune nabab qui rendrait des points aux vieux professeurs de la Sorbonne !

Avant six heures, on était arrivé ; — la grille du parc s'ouvrit. — La voiture suivit l'avenue, décrivit une courbe savante et fit halte devant le perron.

Un valet de pied nègre, de tournure imposante, attendait dans le vestibule.

— M. Lionel et ses cousines sont-ils de retour ? — lui demanda Jocelyn.

— Oui, sénor docteur, et le sénor Doménico Séballa aussi...

— Venez... — dit le docteur noir aux Parisiens. — Je vous annoncerai moi-même... — Les choses se passent ici sans la moindre étiquette...

Et il les introduisit dans le moins grand des quatre salons.

Cora et Jean Renaud s'y trouvaient.

Tous deux se levèrent et le pseudo-Lionel Warton fit quelques pas au devant des nouveaux venus.

Jocelyn lui présenta ses compagnons, l'un comme un journaliste en vogue, l'autre comme un auteur dramatique des plus distingués, et il ajouta :

— Je sollicite pour eux votre amitié, car ils sont de mes bons amis...

Cora leur tendit la main en répondant :

— Vous êtes les amis de mon cher docteur, donc vous êtes les miens... La maison est à vous... — il est bien entendu que vous nous restez à dîner...

Les deux jeunes gens, mis à leur aise par la grâce parfaite de leur hôte, répondirent qu'ils s'estimaient heureux d'avoir cédé aux instances du docteur, puisqu'un si charmant accueil leur était réservé.

Cora frappa sur un timbre. — Un nègre parut. — Elle lui donna l'ordre en espagnol de prévenir mesdemoiselles Warton.

— Vous parlez l'espagnol, monsieur... — fit Lambert Massol.

— Je parle un peu toutes les langues... — répliqua Cora en souriant, — j'ai beaucoup voyagé...

Les deux Parisiens, — point du tout novices cependant en fait de luxe, — éprouvaient une sorte d'éblouissement en face des merveilles artistiques qui les entouraient.

Cet éblouissement changea de nature lorsque Carmen, Marie et Dolorès entrèrent, portant les toilettes qui venaient de produire une sensation vive aux Champs-Élysées parmi les femmes les plus élégantes de Paris, mais l'auteur dramatique et le journaliste ne se piquaient pas de timidité et l'admiration ne les réduisit point au silence.

Un majestueux maître d'hôtel annonça le dîner et deux valets de pied ouvrirent au grand large les portes de la salle à manger.

— Peste ! — se dit Octave Richard en jetant les yeux sur la table, — si tel est l'ordinaire de la maison, qu'est-il donc les jours de gala ?

Les hôtes de Cora firent honneur à la bonne chère, aux grands vins, et payèrent leur écot par une énorme dépense d'esprit et de gaieté.

Les jeunes filles les interrogeaient sur mille détails de la vie parisienne, et se montraient surtout curieuses des choses du théâtre qu'elles ne connaissaient pas, n'ayant jamais mis les pieds dans une salle de spectacle.

Lambert les renseignait de la façon la plus pittoresque et la plus amusante.

— Je souhaiterais fort assister à une première représentation... — s'écria Carmen.

— Il y en a une demain aux Variétés... — répondit Octave Richard.

— Lionel, voulez-vous nous y conduire?... — demanda la jeune fille.

— Très volontiers, cousine...

— Pardon... pardon... — interrompit Lambert. — Je crois, cher monsieur, que ce sera difficile...

— Pourquoi donc?

— Il s'agit d'une grande pièce dont on parle beaucoup... — Tout est loué depuis huit jours... — Les marchands de billets eux-mêmes n'ont plus rien... — Vous ne trouverez pas de loge.

— Croyez-vous?

— J'en suis sûr...

Cora sourit.

— Bah! — répliqua-t-elle, — vous verrez que j'en aurai une.

— Et comment?

— De la manière la plus simple... — en y mettant le prix... — Combien ça coûte-t-il, une avant-scène, en location?

— Quatre-vingt dix ou cent francs...

— Et bien! je la payerai mille, voilà tout.

Lambert sourit à son tour.

— Vous m'en direz tant! — répliqua-t-il. — Mais vous conviendrez que le procédé n'est pas absolument à la portée de toutes les bourses...

— Serez-vous aux Variétés demain, messieurs? — reprit Cora en s'adressant au journaliste et à l'auteur dramatique.

— Nous y serons par devoir professionnel.

— Eh bien, je compte que vous viendrez nous serrer la main dans la loge en question...

La soirée passa rapidement.

A onze heures, la voiture qui avait amené les deux jeunes gens les attendait pour les reconduire.

Lionel Warton, le docteur noir et Doménico Séballa les accompagnèrent jusqu'au perron.

— N'oubliez pas le chemin du château de Saint-Ouen, — leur dit Lionel, — et souvenez-vous que vos amis, si vous nous faites l'honneur de nous les amener, y seront bien reçus.

Octave Richard et Lambert Massol étaient littéralement sous le charme.

En arrivant à Paris ils montèrent à leur cercle, où ils furent entourés dès qu'on sut qu'ils venaient de Saint-Ouen et qu'ils avaient dîné avec les *filles de bronze*.

Les questions se croisaient de telle sorte qu'ils ne savaient auquel entendre.

Enfin, lorsqu'un peu d'ordre se fut établi dans ce désordre, ils répondirent que le vieux château restauré était présentement la huitième merveille du monde ; que les jeunes reines de ce séjour enchanté ressemblaient aux visions paradisiaques peuplant les rêves des fumeurs d'opium ; que Lionel Warton et ses cousines parlaient douze angues, possédaient au bas mot une centaine de millions liquides, sans compter des mines d'or et de diamants, et n'en restaient pas moins, malgré cet entassement de richesses, tout aussi *bons garçons* que de simples mortels ; enfin, qu'on les verrait le lendemain aux Variétés dans une loge payée mille écus.

Richard et Massol ajoutèrent que le château de Saint-Ouen deviendrait avant peu le théâtre de fêtes splendides et que, — grâce à leur influence personnelle, — quelques membres du cercle pourraient recevoir des invitations.

Le lendemain, dès huit heures du soir, le salle des Variétés regorgeait littéralement de monde.

Ce public spécial qu'on appelle *tout Paris* et qui se compose de journalistes, de millionnaires, de viveurs, de membres des clubs élégants, de femmes à la mode, de femmes galantes et de comédiennes, s'était donné rendez-vous à la première représentation des *Mirlitons diaboliques*, grand vaudeville fantastique de deux auteurs habitués au succès.

On disait la pièce amusante, les décors charmants, la mise en scène très réussie.

On savait que le personnel féminin du théâtre, — personnel nombreux et choisi, — devait exhiber des costumes de la plus piquante transparence.

Aussi les moindres places avaient fait prime, depuis huit jours, à la bourse des billets.

Une seule avant-scène du premier étage et cinq ou six fauteuils étaient encore inoccupés.

Octave Richard et Lambert Massol se trouvaient à l'orchestre, tout près de ces fauteuils.

Le *lever du rideau* était joué depuis longtemps. — L'entr'acte précédant la grande pièce allait finir. — Déjà les musiciens reprenaient leurs places.

Le murmure des conversations particulières ressemblait au bourdonnement d'une gigantesque ruche d'abeilles.

A l'orchestre, au balcon, dans les loges, on s'occupait des filles de bronze.

Partout on demandait :

— Viendront-elles?

— Ce n'est pas douteux, — répondait-on, — le jeune nabab a fait acheter six mille francs, la loge que le banquier *** avait louée pour sa maîtresse.

— L'avant-scène du côté droit probablement?

— Vous pouvez même dire certainement, tout le reste étant occupé.

Le régisseur allait d'une minute à l'autre frapper les trois coups... — Le chef d'orchestre apprêtait son archet.

L'avant-scène restait toujours vide.

LXII

Octave et Lambert, debout et tournant le dos à la scène, lorgnaient dans la salle.

Lambert salua de la main deux jeunes gens que le placeur venait d'introduire à l'orchestre.

— Tiens, — dit Octave, — c'est Georges Dereyne, l'associé d'agent de change, et son frère Léopold...

— Ils ne manquent pas une première...

Les fils de l'armateur du Havre gagnaient non sans peine leurs fauteuils, qui se trouvaient immédiatement derrière ceux de l'auteur dramatique et du journaliste.

Georges Dereyne avait vingt-cinq ans.

C'était un beau garçon dans toute la force du terme.

Une chevelure brune naturellement ondée couronnait son visage au teint pâle, aux traits réguliers, qu'encadraient de longs favoris soyeux.

Sa tournure distinguée, son élégance simple, n'offraient aucune prise à la critique.

Léopold, âgé de dix-neuf à vingt ans, pâle et joli garçon comme son frère, avait les cheveux blonds et les yeux bleus. — De fines moustaches naissantes, ombrageant sa lèvre supérieure, corrigeaient l'expression un peu trop féminine de cette charmante figure.

Sa toilette rivalisait de correction avec celle de Georges.

Des poignées de main furent échangées.

En même temps, mais du côté opposé, Jean Renaud et le docteur Jocelyn entraient à l'orchestre et s'installaient.

L'arrivée de deux mulâtres en tenue de soirée — habit noir, gilet en cœur et cravate blanche — aurait sans doute attiré l'attention si, à cette minute précise, la porte de l'avant-scène du premier étage ne se fut ouverte.

Les filles de bronze firent leur apparition, tenant chacune un gros bouquet de roses blanches, et s'assirent sur le devant de la loge.

Un petit murmure courut dans la salle.

— Les voilà... — se disait-on de bouche à oreille.

Cinq cents jumelles se tournèrent à la fois vers les jeunes filles, qui ne semblaient point s'apercevoir qu'elles devenaient le but de tous les regards.

Cora, ou plutôt Lionel Warton, debout derrière elles, promenait ses yeux sur l'orchestre.

Il aperçut Lambert Massol et Octave Richard qui le saluaient avec empressement, et il répondit par un geste amical, accompagné d'un sourire.

Le journaliste et l'auteur dramatique étaient gonflés d'orgueil.

— Tout le monde voit que nous les connaissons... — pensaient-ils.

Georges Dereyne se pencha vers Massol.

— Quel est donc ce jeune homme que vous venez de saluer? — lui demanda-t-il.

— Quel jeune homme?...

— Ce joli garçon pâle, debout derrière ces ravissantes personnes un peu brunes, dans l'avant-scène du premier étage...

— Comment! vous ne le savez pas?... — s'écria Lambert, triomphant de son incontestable supériorité.

— Non, puisque je vous prie de me l'apprendre...

— Eh bien! très cher, c'est mon ami Lionel Warton, le châtelain de Saint-Ouen... un nabab indien, mais Français et même Parisien jusqu'au bout des ongles... — Il parle douze langues et possède deux ou trois cents millions... — il est le cousin et le tuteur des trois adorables jeunes filles qu'il accompagne, mesdemoiselles Laura, Mary et Perly Warton.

— Laquelle des trois nommez-vous Laura?

— Celle qui se trouve entre les deux autres...

— répondit Lambert en désignant Carmen, qui portait — nos lecteurs doivent s'en souvenir — le pseudonyme de Laura.

— C'est une étourdissante créature!

— Et, — demanda Léopold à son tour en rougissant légèrement, — comment s'appelle la plus jeune, celle qui occupe le coin de droite.

— Mary...

— Quelle tête idéale!... — C'est une madone!...

— Une madone brune! — ajouta Georges Dereyne en riant. — Charmante assurément, mais mademoiselle Laura, selon moi, l'emporte de beaucoup sur elle...

— Je suis d'un autre avis... — répliqua Léopold.

— C'est ton droit... — les opinions sont libres...

Le rideau s'était levé.

On commençait le premier acte; le silence s'établit dans la salle.

Georges et Léopold n'écoutèrent pas un mot de la pièce.

Leurs jumelles demeuraient braquées sur l'avant-scène.

Le frère aîné regardait Carmen, et le plus jeune contemplait Marie.

La toile tomba.

Octave Richard et Lambert Massol se précipitèrent hors de l'orchestre et gravirent l'escalier conduisant à la galerie.

Ils avaient hâte d'établir publiquement leurs droits et leurs priviléges, en allant visiter les hôtes de la fameuse loge dont toute la salle s'occupait.

Devant la porte de l'avant-scène un nègre magnifique, en grande livrée, montait la garde d'un air très digne.

Lambert frappa discrètement.

Lionel ouvrit aux deux jeunes gens qui, après lui avoir serré la main, présentèrent à Mlles Warton leurs respectueux hommages, et engagèrent une conversation à bâtons rompus qui dura dix minutes.

— N'irez-vous pas faire un tour au foyer? — demanda Lambert.

— Pendant le prochain entr'acte... — répondit Cora.

En regagnant sa place Octave Richard dit aux deux Dereyne :

— Si vous désirez voir de plus près Mlles Warton, je vous préviens qu'elles iront au foyer tout à l'heure, en compagnie de leur cousin.

Le second acte terminé, Cora sortit de l'avant-scène avec Carmen et Marie.

Dolorès, très timide, préféra rester dans la loge.

A peine le pseudo-Lionel Warton et les deux sœurs avaient-ils franchi le seuil du foyer qu'une foule curieuse se pressait sur leur passage.

On voulait admirer la beauté des *filles de bronze*

et contempler ce jeune prince ou nabab indien qui possédait cinq cents millions !

Le journaliste et l'auteur dramatique les rejoignirent, et tous les cinq s'arrêtèrent un instant pour causer.

Un cercle presqu'indiscret se forma autour d'eux.

Au premier rang de ce cercle se trouvaient Georges et Léopold Dereyne.

Le regard de Carmen rencontra celui de Georges, en même temps que les yeux de Marie s'arrêtaient par hasard sur les yeux de Léopold.

Les prunelles noires du fils aîné de Martial brillaient de la flamme hardie et presque insolente que la vue d'une jolie femme allume chez un libertin.

Instinctivement Carmen se sentit offensée et détourna la tête.

Il n'en fut point de même pour Marie.

Les grands yeux bleus tendres et doux de l'étudiant exercèrent sur elle à son insu une attraction puissante. — Pour la première fois de sa vie elle éprouvait un trouble vague dont elle ne devinait point la nature. — Une sorte de frémissement passait dans tout son être et faisait refluer à son cœur le sang de ses veines.

Elle voulut ouvrir brusquement son éventail pour voiler sa figure qui pâlissait un peu.

Son geste fut mal calculé et l'éventail, s'échappant de sa main, tomba sur le parquet.

Cinq ou six hommes se penchèrent, mais Léopold les avait devancés, et déjà il présentait le bijou d'ivoire et de dentelle à la jeune fille en s'inclinant avec respect devant elle.

— Merci, monsieur, — balbutia Marie d'une voix à peine distincte en prenant l'éventail, un chef-d'œuvre de l'artiste favori des hautes élégances, du prince des éventaillistes sans lequel une corbeille de mariage n'est pas complète, d'Ernest Kées enfin.

Les doigts de Léopold avaient effleuré la main gantée de la jeune fille.

Ces deux enfants ressentirent à la fois une sorte de commotion vague, et les battements de leurs cœurs se précipitèrent.

La sonnette du foyer retentit, annonçant la fin de l'entr'acte.

Les groupes se dispersèrent rapidement.

— Connaissez-vous ce gentleman d'une si gracieuse politesse qui vient de ramasser l'éventail de ma cousine? — demanda Cora à Octave Richard, qui répondit :

— Parfaitement bien, cher monsieur... c'est Léopold Dereyne, le plus jeune fils d'un très riche armateur du Havre; le beau garçon brun auquel il donne le bras est son frère aîné, Georges Dereyne, associé d'agent de change et l'un de nos viveurs les plus réussis...

Cora ne s'attendait point à entendre ce nom de Dereyne.

Son front se plissa, ses mains se crispèrent, tandis que ses yeux prenaient une expression presque cruelle.

Elle domina cette émotion et répliqua d'une voix très calme :

— Ah ! ces messieurs sont fils de l'armateur du Havre... — Je les trouve charmants tous deux...

Puis elle rejoignit son avant-scène avec ses sœurs.

Un peu avant la fin du troisième acte le pseudo-Lionel Warton entr'ouvrait la porte de la loge, et donnait l'ordre au grand nègre stationnant dans le couloir de faire avancer la voiture.

Cinq minutes plus tard les filles de bronze et le jeune nabab quittaient le théâtre, au grand désappointement des lorgnettes de l'orchestre, et regagnaient le château de Saint-Ouen.

Le lendemain, Jean Renaud partit de très bonne heure pour Paris.

On se souvient que Cora l'avait chargé de savoir si l'on pourrait louer ou acheter l'immeuble contigu à l'hotel que Martial Dereyne habitait rue du Rocher.

Il allait s'acquitter de sa mission.

Au moment où il montait dans un élégant phaëton qu'il conduisait lui-même, Cora gravit l'escalier conduisant au second étage du château, et ouvrit la porte du laboratoire de chimie installé pour le docteur noir.

Jocelyn, occupé d'une expérience, activait un feu de charbon allumé sous des creusets et des cornues.

— C'est vous, mademoiselle... — fit-il, sans quitter du regard ses creusets.

— C'est moi, — répondit la jeune fille, — mais, je vous en prie, perdez l'habitude de m'appeler *mademoiselle*, même dans le tête-à-tête... — Je ne suis plus Cora Bernier, je suis Lionel Warton...

— Veillez sur vous !

— J'y veillerai, maître.

— C'est tout ce qu'il faut... — Nous avons à causer sérieusement...

— Vous avez besoin de moi?

— Oui.

— Commandez... — De quoi s'agit-il ?

— A Guayanila, quand nous nous livrions ensemble à des études botaniques, vous m'avez dit quelques mots d'une découverte faite par vous en mélangeant les sucs de diverses plantes des tropiques...

— J'ai tenté de nombreux essais et plusieurs ont réussi... — Quel est celui dont vous voulez parler?...

— Je veux parler d'un toxique dont l'absorption par un être vivant amène, m'avez-vous dit, non la mort, mais la paralysie du corps, en laissant le cerveau intact...

— Je me souviens... — Quiconque a pris une

dose du toxique en question ne peut plus faire un mouvement ni prononcer une parole, mais continue à voir, à penser, à comprendre, à vivre enfin... — les sensations morales existent, mais quelqu'effort que tente le patient pour exprimer ce qu'il éprouve, la tentative est vaine... — le corps, garrotté par la paralysie, reste inerte, impuissant comme un cadavre... — c'est la vie dans la mort...

— Vous êtes certain de ce résultat ?

— Certain.

— Quelle est la base de votre certitude ?

— J'ai expérimenté sur des animaux d'abord, puis sur un nègre qui, sachant ce que je voulais faire, s'est livré à moi pour l'expérience.

— Et ce nègre est resté paralysé ?

— Non pas... — En même temps que je trouvais le toxique, je trouvais son antidote... — Est-ce cette découverte que vous avez l'intention d'utiliser, maître?

— Oui.

— Eh bien, c'est facile...

— Combien faut-il de doses pour amener la paralysie complète ?

— Une seule, et très faible... — Trois ou quatre gouttes suffisent pour condamner un homme, pendant un laps de temps assez long, à l'inertie la plus absolue...

LXIII

— Trois ou quatre gouttes?... — répéta Lionel Warton. — C'est suffisant?

— Oui, — répondit Jocelyn, — et jamais plus, dans aucun cas...

— Pourquoi?

— Parce qu'une dose plus forte tuerait le patient...

— Mais alors, au bout de quelques jours ou de quelques semaines, la paralysie doit cesser?...

— Sans doute, à moins qu'on n'ait le soin de verser en temps utile une nouvelle dose...

— Qu'appelez-vous : *en temps utile?* — Quel est le laps de rigueur?

— Environ six semaines.

— La paralysie est-elle immédiate?

— Le toxique agit, à peu de chose près, comme l'apoplexie foudroyante...

— L'antidote ramène-t-il promptement les facultés anéanties?

— Son effet se produit, ou du moins commence au bout de deux heures, mais c'est seulement par degrés que le corps retrouve toute sa souplesse et toute son énergie...

— Vos calculs peuvent-ils vous tromper?

— Non, ils me donnent une certitude absolue et mathématique.

— Les médecins, vos confrères, mis en présence d'une paralysie de votre façon, pourraient-ils en deviner la véritable cause?

— Je mets le plus habile au défi de la soupçonner...

— Jocelyn, il me faut ce soir même une dose de votre poison...

— Vous n'attendrez pas à ce soir... — vous l'aurez tout de suite...

— Mais, comment se fait-il?..

— Que j'aie préparé d'avance un toxique dont j'ignorais que vous auriez besoin?

— Oui.

— Je voulais le soumettre à l'action d'un réactif... — J'ai là, dans ce même but d'expériences scientifiques, des compositions de diverses sortes... — Voyez...

Jocelyn ouvrit un placard qui renfermait, alignés sur une des planches, une douzaine de petits flacons de cristal portant des étiquettes minuscules.

Il en prit un.

— Voici ce que vous demandez... — dit-il en le présentant à Cora.

Ce flacon était à demi plein d'un liquide transparent qui ressemblait à de la chartreuse verte.

Il ajouta :

— Surtout, maître, quatre gouttes au plus... — N'ayez pas la main lourde, sinon, je vous le répète, ce n'est point la paralysie qui viendrait, c'est la mort...

— J'y veillerai... — L'antidote est-il prêt?

— Non...,

— Il me le faudra cependant.

— Vous l'aurez après-demain.

— Cher docteur, je compte sur vous!

Et la jeune fille, emportant le flacon, sortit du laboratoire.

Ce même jour, vers onze heures du matin, on s'occupait de Lionel Warton et des filles de bronze rue du Rocher, dans le petit hôtel qu'habitait l'armateur du Havre.

Georges Dereyne était venu demander à déjeuner à son père, et en attendant le repas il lui racontait par le menu la soirée de la veille aux Variétés.

— Ainsi, — demanda Martial, — tu as vu ce prétendu nabab?

— Je l'ai vu.

— Tu lui as parlé?

— Non, mais je l'ai entendu causer avec Richard et Massol, que tu connais.

— Quel homme est-ce?

— Un tout jeune gentleman qui paraît fort aimable et très bien élevé... — Le bruit public affirme qu'il parle une douzaine de langues... — Il n'a pas le moindre accent... — N'était son teint couleur de bronze clair, je l'aurais pris pour un Parisien...

— Un article de journal que j'ai lu tout à l'heure, et qui je crois est signé d'Octave Richard, donne pour certain que Lionel Warton est originaire de Calcutta,— reprit Martial Dereyne, — et cela doit être, car il existe des liens de parenté entre la famille Warton et les Brigton et C°, qui sont encore à cette heure mes correspondants...

— Ah ! çà, mais, — s'écria Georges, — ce Lionel serait-il le Warton qui vient de mettre plus d'un million dans votre maison du Havre?

— C'est probable, pour ne pas dire certain... — Juan de Funcal, mon associé, m'annonçait la très prochaine visite de ce richissime étranger... — Il n'est pas venu...

— Il viendra... et, si c'est lui, cent fois tant mieux!

— Pourquoi tant mieux?

— Parce qu'entre lui et moi, la connaissance serait bientôt faite...

— Quel intérêt te pousse à désirer connaître ce

Lionel Warton... — Est-ce que tu comptes lui emprunter de l'argent?

— Si j'en avais besoin je lui en emprunterais parfaitement... — Mais mon désir de me lier avec lui vient d'un autre motif.

— M'y voici : — Ce capitaliste exceptionnel remue des sommes folles... il doit jouer à la Bourse, acheter et vendre sur une échelle énorme... — cela te ferait un client hors ligne...

— Je ne le dédaigne point comme client, mais tu fais fausse route...

— Alors, mets-moi dans le bon chemin...

— Lionel Warton n'est pas seul à Paris...

— Ah! ah!...

— Lionel Warton a trois cousines étonnamment jolies...

Martial se mit à rire.

— Il y a des cotillons sous roche! — fit-il, — tout s'explique!... — c'est bien le cas de dire que bon chien chasse de race!... — l'une des belles cousines t'a tourné la tête, hein?...

— Ma parole d'honneur, ça me fait cet effet-là...

— Ont-elles aussi des millions, ces cousines-là?

— Autant que leur cousin, à ce qu'il paraît...

— Mais alors, dis donc, ta *toquade* se présenterait comme une opération de premier ordre... — Renseignements pris et vérifications faites, il pourrait y avoir un bon mariage bien sérieux au bout d'une intrigue agréablement romanesque...

— J'y ai pensé... — Nous verrons plus tard... Quant à présent je suis sous le charme, et je n'y suis pas seul...

— Bah! qui donc?

— Léopold.

— Amoureux aussi?

— Parfaitement...

— De la même?

— Non, de la plus jeune.

Martial Dereyne réfléchit pendant quelques secondes.

— Tu dis qu'elles sont trois? — reprit-il ensuite d'un air soucieux.

— Oui.

— Brunes de teint toutes les trois?

— Si brunes qu'on les a surnommées les *filles de bronze*.

— Parlant le français!

— Comme vous et moi.

— Sais-tu leurs noms?

— Laura, Mary, Perly.

— Tu es certain qu'elles arrivent de Calcutta?

— Et qu'elles y sont nées... — Ça ne fait pas l'ombre d'un doute...

— Tout cela est singulier... — murmura l'armateur à demi-voix.

— Qu'est-ce qui est singulier ? — demanda Georges.

Martial, au lieu de répondre à son fils, se mit à marcher de long en large dans le salon, en disant tout bas :

— Je n'ai pu me faire illusion... — Ce jeune homme des Champs-Elysées avait bien le visage et le regard de Cora Bernier... — Cora Bernier à Paris ? Sous un déguisement masculin ?... — Est-ce probable ?... Est-ce possible ?... — Il y a d'étranges ressemblances...

Georges regardait son père avec étonnement et cherchait en vain la cause de sa visible préoccupation.

L'armateur releva la tête.

— Où demeure ce Lionel Warton ? — demanda-t-il.

— Au château de Saint-Ouen...

— S'il ne vient pas, j'irai... — Je veux le voir... — D'ailleurs je lui dois une visite...

Au moment où Martial Dereyne achevait ces paroles, son valet de chambre entrait dans le salon.

— Une carte pour monsieur... — dit-il en présentant un carton-porcelaine sur un plateau d'argent.

L'armateur jeta les yeux sur la carte apportée par le valet, et s'écria :

— Lionel Warton !

— Très curieux !... — murmura Georges. — Quand on parle du soleil...

— Ce visiteur est là ? — reprit Martial.

— Oui, monsieur ; — je lui ai répondu que j'ignorais si monsieur pourrait le recevoir ce matin... — Dans le cas où monsieur ne serait pas visible, il désire savoir à quelle heure monsieur le recevrait.

— Faites entrer... — dit Georges vivement, sans attendre la réponse de son père.

Le valet de chambre sortit, et une seconde plus tard annonça :

— M. Lionel Warton.

Cora franchit le seuil, l'œil calme, la physionomie souriante.

Elle portait une redingote noire, un pantalon gris perle, des gants de couleur foncée, et tenait de la main gauche son stick et son chapeau.

En pénétrant dans la demeure du misérable qui avait fait tant de mal aux siens et à elle-même, l'aînée des trois sœurs s'était sentie frissonner de haine, de colère et de dégoût, mais la conscience du terrible rôle qu'elle venait jouer lui donna la force d'imposer silence à l'ouragan qui grondait au fond de son âme, de composer son visage et d'appeler un sourire sur ses lèvres.

L'armateur, à sa vue, était devenu livide, — il chancelait, — ses yeux exprimaient l'égarement,

— son attitude était celle d'un homme frappé de la foudre.

Cora vit Georges et se félicita de la présence du jeune viveur puis, s'inclinant devant Martial, elle dit :

— Monsieur Dereyne, je pense ?

L'armateur garda le silence.

— Ce n'est pas seulement sa figure... — pensait-il, — c'est aussi sa voix.

— Qu'avez-vous donc, mon père ? — fit Georges vivement. — Pourquoi ne répondez-vous point à M. Warton ?

— Que se passe-t-il, monsieur Dereyne ? — reprit Cora. — On croirait que je vous effraye ! — Vous deviez cependant vous attendre à ma visite que votre associé, M. de Funcal, vous a certainement annoncée... — Est-ce à ma présence que je dois attribuer ce trouble ? — Aurais-je, sans le savoir, quelque rapport avec la tête de Méduse ?

Martial commençait à comprendre que s'il était le jouet d'une illusion — (chose fort admissible après tout) — il se plaçait vis-à-vis de son fils et du neveu de Robert Brigton dans une situation effroyablement fausse dont nulle explication plausible ne pourrait le sortir à son honneur.

Si, au contraire, il avait en face de lui sa victime, Cora Bernier, il s'agissait non de trembler mais de lutter, et de faire bravement tête à l'orage.

Cette fille, après tout — (si c'était elle) — ne pouvait rien contre lui, dans cette bonne ville de Paris où les commissaires de police ont mission, dans chaque quartier, de protéger les honnêtes gens.

Un suprême effort de volonté le remit en possession de son sang-froid, et il balbutia :

— Pardonnez-moi, monsieur Warton, une émotion que je n'ai pu cacher tant elle me dominait tout entier... — Vous êtes le vivant portrait d'une personne qui m'était chère... et qui n'est plus...

— Qui donc ? — demanda Georges curieusement.

— Une femme que tu n'as pas connue...

— Vous n'avez nul besoin de vous excuser, monsieur... — répondit Cora du ton le plus simple. — C'est à moi de regretter que mon visage ait réveillé chez vous de douloureux souvenirs...

— C'est fini... — dit Martial avec un sourire un peu contraint... — J'attendais en effet votre visite, monsieur Warton, et je l'aurais prévenue, comme c'était mon devoir et mon désir, mais je ne savais où vous chercher, et tout à l'heure seulement je viens d'apprendre par mon fils que vous avez fixé votre résidence au château de Saint-Ouen... — Je m'y serais rendu dès ce soir... — J'ai des remerciements à vous adresser...

— Des remerciements ! — répéta Cora. — A quel propos ?

— A propos de la confiance que vous avez bien voulu témoigner à la maison Dereyne en y versant une somme importante...

— Eh ! monsieur, quoi de plus naturel ? — Voulant faire un bon placement, je ne pouvais mieux choisir... — Je suis chargé pour vous d'une lettre de Robert Brigton, mon oncle, votre correspondant à Calcutta...

Et Cora, tirant de son portefeuille une enveloppe cachetée, la tendit à l'armateur qui la prit d'une main que son agitation nerveuse rendait un peu tremblante...

LXIV

Martial Dereyne ouvrit l'enveloppe, en tira la lettre qu'elle contenait et la lut, ou du moins parut la lire car sa pensée était ailleurs.

— Non, — se disait-il mentalement, — ce ne peut être Cora Bernier... — Mercuzza l'aurait reconnue et m'aurait averti... — Je suis le jouet d'une ressemblance...

S'étant ainsi rassuré lui-même à demi, il parcourut les quelques lignes qu'il avait sous les yeux.

— Monsieur votre oncle, — fit-il ensuite à haute voix, — m'engage à vous servir de guide dans les placements de fonds que vous avez l'intention d'opérer en France... — Je m'occupe peu d'affaires à Paris, mais je vous présente mon fils Georges, associé d'agent de change... — Son éloge serait déplacé dans ma bouche; — je puis vous affirmer cependant qu'il connaît sur le bout du doigt le monde financier, et je crois que vous ne sauriez avoir un conseiller plus expérimenté.

Le pseudo-Lionel se tourna vers Georges et répondit, en le saluant :

— Je vous demanderai certainement vos bons avis, monsieur, et je serai heureux de les suivre... — Mais, si je ne me trompe, — ajouta-t-il, — j'ai eu le plaisir de vous rencontrer hier soir au théâtre des Variétés...

— Vous ne vous trompez pas, monsieur, j'y étais avec mon frère Léopold ?

— Votre frère serait-il ce jeune homme qui a relevé avec un si gracieux empressement l'éventail de ma cousine Mary?

— Lui-même...

— Il m'a plu beaucoup et j'espère bien faire avec lui, en même temps qu'avec vous, plus ample connaissance...

Georges rayonnant s'inclina.

— On affirme, monsieur, — dit-il, — que vous avez réalisé des merveilles au château de Saint-Ouen...

— On exagère sans doute... — répliqua Lionel en souriant, — du reste vous en jugerez par vos propres yeux, et je désire que ce soit bientôt...

— Comptez sur notre très prochaine visite, puisque vous êtes assez bon pour l'autoriser...

— Nous aurons, mes fils et moi, l'honneur d'aller vous voir ensemble... — fit Martial Dereyne dont les doutes, ébranlés fortement, n'étaient néanmoins pas encore absolument dissipés, mais qui se proposait de trouver un moyen sûr de les éclaircir.

A cette minute précise le valet de chambre, une serviette sous le bras, ouvrit la porte du salon et annonça :

— Monsieur est servi.

— Avez-vous déjeuné, monsieur Warton ? — demanda Martial.

— Non, monsieur, pas encore.

— Dans ce cas vous nous ferez le plaisir, n'est-ce pas, à mon fils et à moi, de partager avec nous sans façon un déjeuner modeste ?...

Cora parut hésiter.

— Acceptez, je vous en prie... — dit Georges vivement.

— Eh ! bien, j'accepte...

— Je vous montre le chemin... — reprit Martial.

La salle à manger était vaste, meublée richement, et le déjeuner, quoi qu'en eût dit l'armateur, n'avait rien de modeste.

Au moment de s'asseoir à la table de l'assassin de son père, du meurtrier de sa mère et du bourreau de son honneur, Cora sentit un nouveau frisson de révolte effleurer son épiderme.

Mais cette fois encore elle se dompta et, glissant deux de ses doigts dans la poche de son gilet où ils palpèrent un petit flacon de cristal, elle eut aux lèvres un singulier sourire.

La conversation s'engagea puis, après avoir effleuré divers sujets, elle arriva aux opérations financières.

— Jouez-vous beaucoup à la Bourse? — demanda Cora à Georges.

— Je ne joue pas, monsieur, je spécule... — répondit le jeune homme.

— Je croyais que c'était la même chose...

— Nullement. — Le spéculateur, quand il agit avec prudence et qu'il puise ses renseignements à bonnes sources, ne court que certains risques. — La perte du joueur, au contraire, peut être illimitée...

— Mais, en revanche, le joueur éprouve des émotions délicieuses... — s'écria le pseudo-nabab.

— Ces émotions, on peut les trouver ailleurs qu'à la Bourse...

— Où donc?

— Sur le turf, par exemple.

— Faites-vous courir, monsieur Georges?

— Non, monsieur... — C'est un luxe trop cher pour moi... — Je me contente de parier...

— Êtes-vous heureux?

— Souvent, car je suis connaisseur en ce qui touche aux choses du turf...

— J'ai l'intention d'avoir une écurie de course... — reprit Cora, — cinq ou six chevaux seulement, mais de premier ordre...

— Chevaux de steeple-chases ou de courses plates?

— De courses plates... — J'espère que vous gagnerez de l'argent en pariant pour mes couleurs... — J'ai envoyé mes ordres en Angleterre, et les chevaux doivent être en route... — Vous les verrez à Saint-Ouen... — Je vous compte, messieurs, ainsi que M. Léopold, au nombre de mes invités pour la fête d'installation que je donnerai prochainement... — N'est-ce pas ce qu'en France on appelle *pendre la crémaillère?*

— Oui, monsieur, et nous acceptons avec empressement et reconnaissance...

— Je vous en remercie, mais gardez-vous d'attendre jusque-là pour venir me voir... — Arrivez sans façon à l'heure du déjeuner comme j'ai fait aujourd'hui, ou à celle du dîner... — Je vous présenterai à mes cousines...

— Mesdemoiselles Warton sont d'adorables jeunes filles! — s'écria Georges Dereyne avec conviction.

— N'est-ce pas ?

— Une surtout.

— Laquelle?

— Mademoiselle Laura. — Elle est incontestablement la plus jolie. — Est-ce votre opinion, monsieur Lionel?

— Je ne saurais avoir aucune opinion à cet égard. — Ce sont mes cousines. — Je dois vous dire cependant que tout le monde n'est pas de votre avis. — Beaucoup de gens préfèrent Mary à sa sœur aînée.

— Léopold est du nombre de ceux-là... — fit Georges en souriant.

— Songeriez-vous déjà à marier mesdemoiselles Warton? — demanda l'armateur.

— Oui et non, cela dépend d'elles. — Je prétends ne me réserver que le droit de conseil relativement à leurs mariages. Elles seront absolument libres de choisir, et la grande fortune qu'elles possèdent leur permettra d'épouser qui elles aimeront, même si les élus sont relativement pauvres.

Les yeux de Georges étincelèrent.

— On dit mesdemoiselles Warton très riches? — reprit Martial.

— Chacune d'elles a six millions de dot.

Le père et le fils échangèrent un coup d'œil.

Le valet de chambre reparut de nouveau, tenant une petite enveloppe d'apparence coquette d'où s'échappait un violent parfum de bouquet de Chantilly.

Martial étendit la main pour la prendre.

— C'est pour monsieur Georges... — dit le domestique.

— Pour moi!! — s'écria le jeune homme. — C'est singulier!!

— Cette lettre vient d'être apportée par le groom de monsieur, qui savait que monsieur déjeunait ici... — continua le valet de chambre ; — il parait que c'est très pressé... — on attend la réponse chez monsieur...

— Puisque c'est si pressé je vous demande la permission de lire... — fit l'associé d'agent de change en coupant la partie supérieure de l'enveloppe et en extirpant la feuille de papier glacé avec chiffre et devise qu'elle renfermait.

Le billet n'était pas long.

Il contenait les lignes suivantes :

« Figurez-vous, mon petit Georges, que j'ai chez moi un affreux huissier mal vêtu, qui veut de l'argent et qui prétend, si je ne lui en donne pas, ne point s'en aller sans avoir saisi mes meubles...

« C'est d'autant plus ridicule qu'il s'agit d'une bagatelle, mais on a taillé un bac, hier soir, chez Cora Taupin et j'ai eu une déveine monstre...

« Vous êtes trop gentleman pour laisser dans l'embarras une jolie femme avec qui vous marivaudez de temps en temps...

« Donc, envoyez-moi deux mille francs par ma femme de chambre et vous serez un homme incomparable.

« Bien entendu qu'il s'agit d'un prêt.

« Je vous rembourserai quand vous voudrez, et comme vous voudrez...

« Merci d'avance, mon bon petit Georges, et toute à vous.

« Ketty Bijou. »

L'associé d'agent de change mit la lettre dans sa poche.

— C'est un de mes amis, — dit-il ensuite, — qui s'est fait décaver au cercle et qui s'adresse à moi pour le paiement d'une dette de jeu... Je tiens à l'obliger et je n'ai que de l'or dans mon porte-monnaie... — Mon père, vous plairait-il de mettre à ma disposition deux mille francs en billets de banque? je vous les renverrai tantôt.

— Parfaitement... — répliqua Martial. — Monsieur Warton voudra bien nous permettre de le laisser seul un instant...

— Si vous vous gêniez à cause de moi je me croirais importun, — fit Cora, — et je ne reviendrais plus...

Le père et le fils quittèrent ensemble la salle à manger.

A peine venaient-ils de refermer la porte derrière eux que l'aînée des trois sœurs tira de la poche de son gilet le flacon de cristal donné par le docteur Jocelyn.

Elle le déboucha vivement et versa quatre gouttes de son contenu dans le verre à demi plein de l'armateur. — Elle reprit sa place ensuite et le flacon disparut.

Au bout de deux minutes Martial rentra, et son fils le suivit de près.

Tous deux s'excusèrent de nouveau de leur courte absence.

— Est-ce la première fois que vous venez en France, monsieur Warton ? — reprit l'armateur.

— Oui, monsieur...

— Comptez-vous y faire un long séjour ?

— Je ne saurais répondre d'une façon précise à cette question... Mon voyage a un but autre que le plaisir et, quand j'aurai atteint ce but, il est possible que je m'éloigne brusquement...

— Espérons qu'il n'en sera rien,— dit Georges, — et que les distractions parisiennes vous décideront à devenir complètement Parisien...

— Nous ferons ce qui dépendra de nous pour vous rendre agréable la vie de Paris... — ajouta Martial Dereyne en portant son verre à ses lèvres.

Cora le dévorait des yeux.

Un étrange sourire éclaira son visage quand elle le vit reposer sur la table le verre vide, et à partir de ce moment elle ne cessa de le regarder à la dérobée.

Géorges renoua l'entretien.

— Avez-vous positivement l'intention de placer des fonds à Paris, monsieur Warton ? — demanda-t-il.

— Positivement.

— Dans l'industrie et le commerce ?

— Non... — Il me suffit d'avoir confié treize cent mille francs à la maison Dereyne et de Funcal... — Je compte acheter des valeurs de premier ordre, des actions de chemins de fer, de la

Banque, du Crédit foncier et d'autres entreprises non moins solides...

— Il est certain que ce sont là des placements de tout repos et qui permettent à un grand capitaliste comme vous de spéculer sur la hausse et la baisse sans aucune chance de perte... — Quelles sommes vous proposez-vous de consacrer à ces acquisitions ?

— Deux ou trois millions, je pense, peut-être plus... — J'aurai le plaisir, d'ailleurs, d'aller en causer avec vous...

— Je serai toujours à vos ordres...

— Où sont vos bureaux ?

— Rue de la Chaussée-d'Antin, n° 14.

— Dès demain vous aurez ma visite.

— Mon cher nouveau client, permettez-moi de boire à nos bonnes relations futures... — dit Georges Dereyne en s'apprêtant à remplir le verre de Cora et celui que son père lui tendait.

Mais tout à coup il s'arrêta, surpris, effrayé.

Martial venait de pousser un gémissement sourd, et son œil fixe et dilaté, sa poitrine haletante, trahissaient une soudaine et effroyable souffrance.

Son bras levé paraissait raide comme une barre de fer.

Il voulait parler ; sa langue ne pouvait articuler aucun son ; ses lèvres mêmes ne remuaient plus.

Le verre fragile se brisa entre ses doigts crispés ; — son corps se renversa sur le dossier de sa chaise.

LXV

Le faux nabab, très calme en apparence, suivait du regard les symptômes que nous venons de décrire et qui se succédaient avec une inconcevable rapidité.

La stupeur et l'épouvante se lisaient sur le visage de Georges.

— Mon père, — s'écria le jeune homme, — qu'avez-vous ? — Mais voyez donc, monsieur Lionel !... Voyez donc !... que signifie cela ?...

— Je ne le comprends pas plus que vous... — répondit Cora. — Est-ce que M. Dereyne est sujet à ces crises ?

— Mais non... c'est la première fois...

Georges avait quitté sa place. — Il saisit les mains de Martial et les trouva froides comme du marbre.

— Mon père, mon père, — reprit-il, — m'entendez-vous ?... — Parlez-moi ! Répondez-moi ! Dites-moi ce que vous avez !...

L'armateur ne pouvait répondre.

Ses yeux seuls prouvaient qu'il n'était pas mort... — Ils vibraient en quelque sorte sous les paupières, étincelants d'intelligence.

Georges perdait la tête. — Il frappa violemment et à plusieurs reprises sur un timbre.

Le valet de chambre accourut.

— Un médecin ! vite un médecin... — lui cria le jeune homme. — Ne perdez pas une minute... courez... — mon père est très mal...

— Oh ! mon Dieu !... oh ! mon Dieu ! — balbutia le valet de chambre, — qu'arrive-t-il donc à monsieur ?...

— C'est le médecin qui nous l'apprendra... — Allez !... hâtez-vous !

Le valet de chambre sortit effaré.

— Ce mal soudain, cet anéantissement foudroyant confondent ma raison !... — dit Lionel.

— Et la mienne ! — répliqua Georges. — L'inertie du corps est complète, et cependant mon père semble nous voir... nous entendre... nous comprendre...

Il se pencha vers Martial, et approchant ses lèvres de son oreille il murmura :

— Souffrez-vous ? puis-je faire quelque chose pour vous soulager ?

Même immobilité, même silence.

Les paupières battirent plus vivement, mais ce langage muet était incompréhensible.

Georges mouilla une serviette et l'appuya sur les tempes de son père.

Le contact de l'eau fraîche ne produisit aucun effet.

— Le vinaigre agirait plus efficacement peut-être... — dit Cora — essayez !

Le jeune homme suivit ce conseil et n'obtint qu'un résultat négatif.

En ce moment le valet de chambre rentra, avec le médecin habituel de Martial Dereyne.

Le docteur salua sommairement, s'approcha du malade et demanda :

— Ah ! çà, que se passe-t-il donc? — Est-ce que c'est vraiment grave ?

Cora détourna la tête pour cacher un sourire d'une expression indéfinissable.

— Ce qui se passe ? — répéta Georges,— Dieu veuille, docteur, que vous puissiez le comprendre... — Mon père déjeunait tranquillement avec nous... — Le mal est arrivé comme un coup de foudre.

Le médecin prit les mains de Martial.

— Glacées... — dit-il avec une surprise manifeste.

Il appuya deux de ses doigts sur l'artère, et continua :

— Le pouls est rapide et irrégulier... — le malade me paraît sans connaissance...

— Non!... non!... Mon père vous voit et vous entend ! — s'écria Georges.

— Croyez-vous?

— Regardez ses yeux... — Si ses lèvres sont muettes, ses yeux parlent...

Les paupières de Martial palpitaient, comme pour répondre affirmativement.

— Hum! — fit le docteur. — C'est bizarre!! — M. Dereyne a-t-il reçu ce matin quelque mauvaise nouvelle? — A-t-il ressenti quelque contrariété vive?

— Je ne crois pas... — il m'en aurait parlé...

— S'est-il mis dans une violente colère à la suite d'une discussion? — poursuivit le médecin.

— Cela me paraît peu probable...

Le valet de chambre prit la parole.

— Je me permets d'affirmer à ces messieurs qu'il n'y a rien eu du tout... — fit-il; — mon maître s'est levé paisiblement à son heure habituelle... — il était de bonne humeur... — Il n'a reçu aucune lettre, et personne n'est venu le voir avant l'arrivée de M. Georges...

Tout en prêtant l'oreille à ces diverses réponses, le docteur auscultait Martial Dereyne.

Il lui pinça fortement la chair en plusieurs endroits.

Il prit dans sa trousse un instrument de chirurgie effilé comme une aiguille et pratiqua diverses piqûres.

Martial ne fit aucun mouvement et ne tressaillit même pas.

Évidemment toute sensibilité physique avait disparu; le malade ne percevait aucune sensation.

Le médecin hocha la tête à deux ou trois reprises.

— Eh bien? — demanda Georges.

— Eh bien, monsieur, c'est une paralysie...

— Une paralysie!! — s'écria le jeune homme.

— Oui, monsieur, accompagnée de certains phénomènes assez rares. — Le cerveau est intact; l'intelligence et la volonté survivent, mais le corps n'obéit plus... — Monsieur votre père voit et entend, mais il lui serait impossible de parler, ou de mouvoir un seul de ses doigts...

— Cet état se prolongera-t-il?

— Un charlatan ferait étalage de science et se donnerait des airs de prophète, — moi je vous réponds franchement que je n'en sais rien.

— Enfin la guérison n'est pas impossible?...

— Impossible, non, mais très difficile.

— Ne tenterez-vous rien d'immédiat?

— Je tenterai beaucoup.

— Que faut-il faire, tout d'abord?

— Transporter le malade sur son lit.

— Je vais prendre mon père par les épaules et le valet de chambre lui soutiendra les jambes.

— Il vaut infiniment mieux ne pas le déranger

et soulever son fauteuil, — répliqua le médecin. — Ce sera d'ailleurs plus facile...

— C'est juste...

Georges et le domestique, accompagnés du médecin, opérèrent la translation de Martial Dereyne.

Cora les suivit.

Elle avait besoin de savoir ce qu'ordonnerait l'homme de science.

On déshabilla l'armateur et on le coucha.

Le médecin écrivit ensuite une ordonnance.

— Portez cela chez le pharmacien, — dit-il au valet de chambre ; — il préparera un liniment avec lequel on frictionnera le malade trois fois par jour, pendant une demi-heure chaque fois...

— Et c'est tout? — demanda Georges.

— Pour le moment, oui, monsieur.

— Docteur, au nom du ciel, hâtez la guérison de mon père ! Songez-y donc, c'est affreux ! — Il nous voit, il nous entend, et ne peut nous parler...

— Estimons-nous heureux qu'il entende et qu'il voie... — répondit le médecin. — La paralysie aurait pu être plus complète encore...

— Triste consolation, docteur !

— Je vous la donne pour ce qu'elle vaut, mais enfin c'en est une... — il n'existe aucun danger immédiat... C'est énorme... — Je vous quitte...

— Quand reviendrez-vous?

— Ce soir...

Et le médecin se retira.

Georges resta seul avec Cora dans la chambre du paralysé.

— Vous assistez à un triste spectacle, monsieur Warton... — dit-il.

— Croyez que je prends une part bien grande au coup si terrible et si imprévu qui frappe votre famille... — répondit Cora. — On croirait, en vérité, que ma présence a porté malheur à cette maison...

En prononçant ces paroles avec un accent ému, le prétendu Lionel Warton avait regardé fixement Martial Dereyne.

Le misérable ne pouvait tressaillir, mais ses prunelles exprimèrent une indicible angoisse et ses paupières s'abaissèrent; — tous ses doutes lui revenaient.

Le valet de chambre rentra.

— Je retournerai chercher le médicament, monsieur, — dit-il à Georges; — il ne sera prêt que dans une heure au plus tôt.

— C'est bien; — vous avez compris les prescriptions du médecin?

— Oh! oui, monsieur... — Elles sont faciles à exécuter.

— Je suis obligé de me rendre à la Bourse où j'ai des rendez-vous... — Ma présence ici serait d'ailleurs inutile en ce moment, mais vous ne pouvez suffire sans aide aux soins à donner... Mon père doit avoir jour et nuit quelqu'un auprès de lui... — Prenez une garde... — N'est-ce pas, mon père ?

Les paupières de Martial se mirent à battre et son regard s'assombrit.

— M. Dereyne ne semble pas approuver votre idée... — dit Cora. — Peut-être lui serait-il désagréable de voir introduire dans sa maison une personne inconnue...

— Peut-être en effet... — Et cependant il faut quelqu'un pour aider Baptiste.

— Madame Rose Bonchamp doit venir tantôt... — dit le valet de chambre. —Elle est très dévouée à monsieur et me donnerait de bon cœur un coup de main.

Les yeux de Martial étincelèrent.

Cora reprit :

— Evidemment monsieur votre père désire les soins de la personne dont on vient de parler.

— Ah ! — murmura Georges avec une sourde colère. — Cette femme ! toujours cette femme !

— Je ne sais qui elle est, — poursuivit Cora, — mais vous n'ignorez point qu'il importe, avant tout, de ne pas contrarier les malades.

— Qu'elle vienne donc, et qu'elle reste si elle veut... — D'ailleurs mon père est chez lui et peut recevoir qui bon lui semble. — Au revoir, mon père.... — A bientôt. — En sortant de la Bourse, je passerai ici.

— Au revoir, monsieur Dereyne... — fit à son tour Cora en s'approchant de l'armateur. — Je reviendrai bientôt moi-même prendre de vos nouvelles, car votre situation m'inspire un intérêt profond.

Et elle sortit en compagnie de Georges.

— Avez-vous votre voiture en bas ? — demanda-t-elle au jeune homme.

— Non... — je vais prendre un coupé de régie.

— Inutile... — j'ai mon phaëton et j'aurai le plaisir de vous conduire à la Bourse...

— J'accepte volontiers...

Georges et Cora montèrent dans l'élégant phaëton attelé de deux chevaux de race.

Cora reprit :

— Entre jeunes gens tout peut se dire... Apprenez-moi donc quelle est cette dame Rose Bonchamp dont votre père paraît souhaiter si vivement la présence...

— Un fléau pour nous ! — répondit Georges.

— Une maîtresse sans doute ?

— Oui et, ce qu'il y a de pis, une vieille maîtresse... — Mon père étant veuf mène la vie de garçon, et je trouve tout simple qu'il se soit cru jusqu'à ce jour plus jeune que son âge, mais je déplore une liaison dont l'origine se perd dans la nuit du passé... — Rose Bonchamp, autrefois femme de charge de la maison, est une dangereuse créature, belle encore, très rouée, très habile, qui mène mon père par le bout du nez...

— Elle possède donc sur lui une grande influence?...

— Une influence énorme, inexplicable, incompréhensible! — Elle le domine absolument... — elle se moque de lui, elle l'exploite, elle le trompe... — il le sait et ne peut se passer d'elle... — elle a déjà notablement compromis sa fortune... — elle finira par le ruiner tout à fait...

— Ah! diable!... et moi qui viens de verser treize cent mille francs dans les mains de M. de Funcal!!

Georges se mordit les lèvres en se reprochant d'avoir trop parlé.

— Soyez sans inquiétude, — répliqua-t-il vivement, — vos fonds sont en sûreté... — mon père ne s'occupe plus de la maison du Havre... — c'est son associé qui mène tout, et je le crois très habile...

— Vous me rassurez... — Nous voici à la Bourse.... — je vous laisse...

L'associé d'agent de change descendit de voiture.

— Merci de m'avoir amené, cher monsieur Warton, — dit-il en serrant la main de Cora; — souvenez-vous que vous m'avez promis de venir me voir demain.

— Comptez sur moi, comme de mon côté je compte sur votre prochaine visite au château de Saint-Ouen.

— Je n'aurai garde de l'oublier... — J'ai grande hâte d'être présenté par vous à Mlle Laura Warton et à ses sœurs... — Me permettrez-vous d'amener mon frère Léopold?

— Non seulement je vous le permets mais je vous en prie...

Georges Dereyne gravit les degrés de la Bourse, et Cora reprit le chemin de Saint-Ouen.

— Allons,— se disait-elle en souriant,— je n'ai pas perdu ma journée ! !

LXVI

En descendant de voiture devant le perron du château, Cora vit de loin ses deux sœurs.

Carmen et Marie se promenaient à pas lents sous la voûte de verdure des tilleuls séculaires.

La physionomie de Carmen était plus animée que de coutume, grâce au souvenir de la soirée de la veille. — La vie de Paris, ce mouvement, ces plaisirs dont jusqu'alors elle ne s'était fait aucune idée, amusaient la jeune fille, et par instants lui faisaient presque oublier la tragédie de Guayanila.

Marie, au contraire, avait une ombre sur le front, et ses grands yeux tendres et candides exprimaient la mélancolie.

Cora rejoignit les promeneuses.

— Tout va bien! — leur dit-elle avec une expression de sombre triomphe. — Tout va bien, mes chéries, et le succès passe mon espérance!

— Qu'y a-t-il donc? — demanda Carmen.

— Un événement imprévu, d'une importance capitale! Un triomphe que les plus habiles machinations n'auraient peut-être pas obtenu et qui nous est acquis sans combat! — Ah! le Dieu des vengeances est avec nous! il nous guide, il nous protège!

— Ceci est une énigme, — dit Carmen, — et je voudrais en savoir le mot...

— Ce mot, le voilà, mes sœurs : — Il vous a suffi de vous montrer pour vaincre! Deux hommes vous ont vues hier et sont épris de vous aujourd'hui!

— Deux hommes?... — balbutia Marie.

— Allons, — fit Carmen en secouant la tête, — tu veux rire...

— Rire! — répéta Cora d'une voix triste. — Ah! chère enfant, quelle parole viens-tu de prononcer?... — Est-ce que je peux rire, moi dont l'âme est en deuil, moi dont le cœur est brisé pour toujours? — J'ai mis un masque sur mon visage, et si parfois ce masque est souriant c'est que le rôle que je me suis imposé l'exige!...

Carmen se jeta dans les bras de sa sœur en murmurant :

— J'ai eu tort... — Pardonne-moi.

Cora répondit par un baiser et poursuivit :

— Oui, deux hommes, deux jeunes gens, vous aiment... — Or, s'il l'avait fallu, j'aurais donné la moitié de mon sang pour faire naître cet amour, et vous allez le comprendre : — Ces deux hommes s'appellent Georges et Léopold Dereyne... — Georges, qui couvrait Carmen de regards enflammés au foyer du théâtre... Léopold, qui relevait l'éventail de Marie...

Marie, en entendant prononcer le nom de Léopold, avait baissé la tête, et successivement elle était devenue très rouge puis très pâle... — Son cœur battait à l'étouffer.

— Comment sais-tu cela ? — demanda Carmen.

— J'ai vu ce matin Georges Dereyne, celui qui est amoureux de toi...

— Il t'a dit qu'il m'aimait et que son frère aimait notre sœur ?

— Il ne me l'a pas dit, mais il me l'a fait clairement comprendre... — Cet amour naissant grandira, car vous ferez tout pour l'encourager, et vous dominerez par lui les fils de l'assassin de notre père, du bourreau de notre mère ! ! — Par cet amour vous en ferez vos esclaves, et vous les conduirez où nous voulons qu'ils aillent, au désespoir, à la ruine, à la honte !...

En parlant ainsi Cora s'était animée.

Ses narines palpitaient ; ses yeux lançaient de fauves éclairs, tandis que de son stick elle décapitait les fleurs qui se trouvaient à portée de sa main.

Sous son costume irréprochable de gentleman, elle était à la fois superbe et effrayante.

A chaque parole de la terrible vengeresse, Marie sentait grandir sa douloureuse émotion.

— Tu me fais peur... — balbutia-t-elle d'une voix à peine distincte.

— Peur ! — répliqua Cora haletante. — Que crains-tu donc?

— Que tu ne sois cruelle...

— Je le suis... je veux l'être! C'est mon droit ! C'est justice !... — Les bourreaux n'ont ni hésité, ni reculé... — Les filles des victimes n'hésiteront point et ne reculeront pas ! — Nous irons jusqu'au bout!

— Ainsi, — reprit Marie qui puisait dans un sentiment nouveau, dont elle ignorait la nature, la force de discuter les volontés de Cora, — ainsi nous laisserons ces jeunes gens nous aimer, et nous feindrons de leur rendre amour pour amour...

— Oui.

— Mais ce sera mentir !... ce sera tromper !...

— Martial Dereyne n'a-t-il pas trompé et menti?...

— Ses fils sont innocents...

— Qu'importe? Ils souffriront ! — Nulle souffrance ne nous a été épargnée, à nous, et cependant nous étions innocentes ! — Œil pour œil ! dent pour dent ! — Il faut un fleuve de larmes pour payer les larmes versées ! — Il faut un ruisseau de sang pour payer le sang répandu !... — Sur les tombes de Guayanila nous avons juré d'être sans pitié pour la vengeance. — Tenons notre serment !

Marie, tremblante, essuyait silencieusement ses larmes.

Une sourde révolte grondait au fond de son âme.

— Est-ce la faute de Léopold, — se demandait-elle, — s'il a le malheur d'être fils de Martial Dereyne ?

Le drame formidable machiné pour la vengeance des filles de Richard Bernier offrait une trame multiple et touffue.

Les fils épars et nombreux qui se rattachaient à cette trame devaient, à un moment donné, se trouver tous dans la main de Cora.

Jean Renaud travaillait à les réunir.

Il était allé rue du Rocher prendre des renseignements au sujet de l'acquisition ou de la location du petit hôtel contigu à celui qu'habitait Martial Dereyne.

Cet hôtel se trouvait à vendre, seulement la locataire avait un bail d'un an.

Une femme de chambre donna l'adresse du notaire chargé de la vente, et laissa entendre à Jean Renaud que, moyennant une indemnité sérieuse, la locataire, — (qui était une personne galante dont les affaires périclitaient), — consentirait à s'en aller tout de suite.

Le faux mulâtre se rendit chez l'officier ministériel qui mit à sa disposition, pour lui faire visiter l'immeuble, un clerc de son étude avec lequel il retourna rue du Rocher.

Comme il y arrivait il vit un domestique, dont la physionomie exprimait l'effarement, entrer dans la maison de Dereyne en compagnie d'un monsieur décoré, au visage glabre. — Ce monsieur devait être un médecin.

— Bon! — pensa Jean Renaud. — Lionel Warton a réussi!

Et il franchit le seuil de l'hôtel voisin.

C'était une construction médiocre, n'ayant qu'un étage sur rez-de-chaussée et des mansardes.

La distribution intérieure laissait beaucoup à désirer; mais pour l'usage auquel on le destinait cela importait peu...

La maîtresse du logis, — une grosse blonde assez fraîche, — se mit avec infiniment de complaisance à la disposition des visiteurs.

— J'achèterais, — dit Jean Renaud, — si madame voulait me céder le reste de son bail.

— J'ai quelque envie d'aller faire un tour à l'étranger, — répliqua la blonde locataire, — et je décamperai, mais à deux conditions.

— Lesquelles?

— La première, c'est que vous me donnerez une indemnité de deux cents louis...

— Accordé.

— La seconde, c'est que vous m achèterez mon mobilier...

— Combien voulez-vous le vendre?...

— Quinze mille francs.

— C'est entendu... — Signons la convention tout de suite... — Voilà cinq mille francs d'arrhes... — je vous apporterai le reste demain... — Faites vos malles...

— Peste, monsieur, vous êtes rond en affaires! — s'écria la petite dame, regrettant fort de n'avoir pas demandé vingt mille francs d'un mobilier qui en valait tout au plus dix mille.

Une heure après, tout était conclu avec le notaire. — Le prix d'acquisition devait être versé le lendemain.

Jean Renaud alla déjeuner au Café Anglais, remonta en voiture et donna l'ordre de le conduire rue d'Enfer, à l'hospice des Enfants-Trouvés.

Beaucoup de nos contemporains ont vu dans son intégrité ce grand bâtiment sombre dont aujourd'hui l'aspect est bien changé.

Un plus grand nombre ne le connaissent que par un décor du théâtre de la Porte-Saint-Martin et par une scène émouvante de *Marie-Jeanne*, ce drame célèbre du grand dramaturge et de l'homme charmant qui s'appelle Adolphe d'Ennery.

Disons aussi que dans *Marie-Jeanne* madame Dorval se montrait sublime.

Au milieu de la sinistre façade existait une sorte de vestibule de forme arrondie.

Au point central de ce vestibule on voyait un guichet toujours ouvert pour les femmes et les filles que la misère ou la honte contraignaient à se séparer du fruit de leurs entrailles.

Sans ce guichet légendaire, combien plus effrayant encore aurait été le nombre des infanticides, ce crime hideux parmi les plus lâches ! !

A droite du *tour*, aujourd'hui muré, se trouvait une porte grise à laquelle sonna Jean Renaud.

La porte s'ouvrit et un gardien parut sur le seuil.

— Que voulez-vous, monsieur? — demanda-t-il au faux mulâtre.

— Je désirerais un renseignement.

— Relatif à quoi?

— A un enfant déposé ici il y a vingt et quelques années...

— Entrez, monsieur, — répondit le gardien en s'effaçant pour laisser passer le visiteur, — et adressez-vous, dans la cour à main gauche, au bureau spécial où vous trouverez un employé dont la mission est de vous satisfaire.

Jean Renaud suivit les indications données.

Il ne chercha pas longtemps.

Au-dessus d'une porte vitrée, sur une planche

de bois peinte en blanc, se lisait en grosses lettres noires ce mot :

RENSEIGNEMENTS

La porte vitrée tourna sur ses gonds et le faux mulâtre entra dans le bureau.

Un vieux petit homme de soixante-huit à soixante-dix ans, vêtu d'une longue houppelande de couleur marron et coiffé d'une calotte grecque en velours jadis noir d'où s'échappaient quelques mèches de cheveux grisâtres et frisottants, était assis derrière une table en bois blanc maculée d'encre et tailladée de coups de canif.

Ce petit vieux avait une bonne figure toute ridée et toute ratatinée.

Il portait des lunettes à branches d'acier qu'il relevait habituellement sur son front quand il ne lisait ou n'écrivait pas.

Son regard semblait alors indécis et clignotant comme celui d'un oiseau de nuit mis soudainement en face des rayons éclatants du jour.

Jean Renaud salua.

Le petit vieux releva ses lunettes et rendit le salut avec une exquise politesse.

— Monsieur désire? — fit-il ensuite.

Le faux mulâtre répondit, comme il l'avait déjà fait au gardien :

— Je désire un renseignement...

— Aux ordres de monsieur, si c'est en mon pouvoir... — Il s'agit ?

— D'un enfant déposé dans le tour de l'hospice il y a vingt-cinq ans...

Le bureaucrate tira de la poche de son gilet une tabatière en argent guilloché qu'il présenta toute ouverte à son interlocuteur, en accompagnant ce geste de la question sacramentelle :

— Monsieur en use-t-il ?

— Jamais... merci.

Le petit vieux se bourra le nez de tabac avec un bruit de trompette, remit sa boîte dans sa poche et reprit :

— Nous disons donc vingt-cinq ans ?

— Oui, monsieur.

— C'est un peu vague. — Monsieur a-t-il la date précise ?

— Parfaitement, — répliqua Jean Renaud, — le dépôt fut opéré le 29 décembre de l'année 1828.

— 29 décembre 1828... — très bien... — que monsieur prenne la peine de s'asseoir... — Dans quelques minutes j'aurai l'honneur de formuler une réponse congruante à la demande qu'il vient de m'adresser.

LXVII

Le bureaucrate quitta son fauteuil garni d'un rond hygiénique, et se dirigea vers un casier chargé de registres in-folio.

Le dos de chacun de ces registres portait, sur sa reliure de basane verte, un millésime différent et des indications manuscrites.

— 1828... 1828... 1828... — murmurait le petit vieux, dont les lunettes occupaient maintenant leur position normale et qui passait en revue les volumes.

Il en choisit un, le posa sur la table, l'ouvrit et tourna lentement les feuillets pour arriver à la date indiquée par le visiteur.

— Vingt-neuf décembre... — dit-il en s'asseyant et en désignant du bout du doigt la date qu'il venait de lire. — Nous y voilà... — De quel sexe était l'enfant déposé ?

— Du sexe masculin...

— Un garçon... très bien... — Justement la

journée commence par un garçon... — Minuit vingt-cinq minutes, un enfant mâle portant au cou un petit collier de perles de faux corail soutenant une médaille de la vierge en argent... — Est-ce cela ?

— Non...

— Monsieur en est sûr ?

— Absolument sûr.

— Existait-il, à la connaissance de monsieur, quelque signe particulier, une marque ou indication quelconque, pouvant faciliter plus tard la reconnaissance de l'enfant ?

— Oui. — Les deux initiales J. H. et la date 29 décembre 1828, étaient tracées sur un papier cousu dans un coin des langes...

— La chose alors ira toute seule si les détails fournis par monsieur sont exacts.

— Ils le sont.

— Je n'ai nulle raison pour en douter, mais enfin on aurait pu mal renseigner monsieur, volontairement ou involontairement.

Et le bonhomme, ajustant de nouveau ses lunettes, consulta les colonnes sur lesquelles étaient inscrites les entrées du 29 décembre 1828.

— Ah ! s'écria-t-il tout à coup, en discontinuant ses recherches, — cette fois, nous y voici !...

— Vous avez trouvé ?

— Oui, monsieur... — *Euréka!* comme disait Archimède, un ancien très connu.

Et le petit vieux lut à haute voix :

— « *29 décembre 1828. — Trois heures quarante-sept minutes du matin. — Temps affreux. — Neige abondante. — Grand vent. — Le gardien entend le bruit du tourniquet et recueille un enfant bien constitué, du sexe masculin. — Langes très propres mais sans valeur. — Sur ces langes un papier cousu. — Sur ce papier les lettres J. H. et cette date : 29 décembre 1828.* »

— C'est cela ! — dit Jean Renaud, enchanté du résultat des investigations — c'est bien cela ! !

Le bureaucrate reprit :

— *L'enfant, le même jour, fut baptisé sous les noms de* Jacques-Henry, *que les initiales paraissaient indiquer.*

— *Jacques !* pensa le faux mulâtre, — On a donné à cet enfant un nom qui justement lui appartenait !

Puis il demanda :

— Voudrez-vous bien maintenant m'apprendre ce que l'enfant est devenu ?

— Le registre va nous le dire.

Et l'employé continua :

— *Confié jusqu'à l'âge de huit ans à une nourrice de Nancray-sur-Mance, département de la Haute-Marne. — A huit ans, ramené à Paris. — Mis en apprentissage chez un menuisier de Montrouge.*

— *Caractère doux. — Intelligence développée. — Promettait de devenir un bon sujet. — Mort d'une fièvre pernicieuse à quinze ans.*

— Mort ! — s'écria Jean Renaud avec un désappointement énorme.

— Oui, monsieur, le 20 octobre 1843.

— Et vous êtes certain, monsieur, qu'il n'y a pas d'erreur ?...

Le petit vieux releva ses lunettes sur son front et sourit en répliquant :

— Non, monsieur, il n'y a pas d'erreur... il n'y a jamais d'erreur... il ne peut y avoir d'erreur... — Monsieur lui-même, en y réfléchissant, comprendra qu'une erreur est impossible... — Je regrette beaucoup, puisque monsieur s'intéressait à l'enfant, que nos recherches nous aient donné un fâcheux résultat.

— Je vous remercie, monsieur, de votre obligeance, et je vous demande pardon du dérangement que je vous ai causé.

— Aucun dérangement, monsieur, aucun !... distraction plutôt. — Je suis d'ailleurs à la disposition du public, par conséquent aux ordres de monsieur...

Jean Renaud salua l'employé et sortit du bureau, puis de l'hospice.

Il remonta en voiture.

— Où va monsieur ? — lui demanda le cocher.

— Aux Batignolles...

— A quel endroit des Batignolles ?

— Je ne sais pas... — Quand nous y serons, je m'informerai.

Le cocher fouetta son cheval.

— Mort ! il est mort ! murmura le faux mulâtre chemin faisant, — il n'existe plus ce vivant fantôme que je voulais jeter dans les bras de Blanche Hervieux, comtesse de Lasseny ! — Disparue la preuve du crime ! — Le crime n'en est pas moins positif et facile à prouver, mais la mort de cet enfant paralyse ma force et l'anéantit presque ! — Comment dire au père, si nous le retrouvons : « — *Vous avez eu un fils de Blanche Hervieux, mais ce fils est mort ! !* » — Que lui importera la naissance d'un être qui n'est plus ? ? — Et nous serons impuissants contre cette femme ! ! Et je ne pourrai pas venger mon frère ! ! — Allons, c'est une fatalité ! !

Après un silence, il ajouta :

— Est-ce la déveine qui commence ?... — Serai-je plus heureux pour le fils de Raymond, cette autre victime de Martial Dereyne ?... — Dieu le veuille !...

Arrivé au boulevard de Clichy, en dehors des barrières qui à cette époque n'étaient pas encore reculées jusqu'aux fortifications, le cocher fit halte.

— Nous voilà aux Batignolles, monsieur... — dit-il. — Présentement il faudrait tâcher de savoir où nous allons; sans cela nous n'aurons pas beaucoup de chance d'arriver...

— Connaissez-vous une pension de jeunes gens dans les Batignolles?

— Je sais qu'il y en a des flottes... — J'en connais de vue quelques-unes, mais quant à leurs noms, j'en ignore... — Il y en a une rue des Dames...

— Conduisez-moi d'abord à celle-là...

Le cocher remit en marche son véhicule et l'arrêta devant une grande maison de bonne apparence.

Sur la façade un large écriteau portait ces indications :

INSTITUTION DE JEUNES GENS

PRÉPARATION AU BACCALAURÉAT

— Monsieur, nous y sommes... — fit le cocher.

Jean Renaud descendit, entra chez le concierge et lui demanda :

— Comment s'appelle le directeur de l'institution, je vous prie?

— M. Lhéritier, docteur ès-lettres.

— Existe-t-il aux Batignolles un instituteur du nom de Bénistan?

— Il a existé autrefois, monsieur.

— Il est retiré?

— Il est mort.

— Celui-là aussi ! — pensa le faux mulâtre. — Allons, la déveine s'accentue !

— Mais, — poursuivit le concierge, — feu M. Bénistan a un remplaçant, M. Berton, et si c'est pour un élève de son prédécesseur, il pourra vous répondre.

— Où demeure M. Berton ?

— Rue Saint-Étienne, un peu plus loin que la brasserie.

— Merci du renseignement, monsieur...

— Il n'y a pas de quoi.

Jean Renaud regagna la voiture, donna l'adresse au cocher, et cinq minutes plus tard il sonnait à la porte de l'ex-institution Bénistan.

Un domestique vint lui ouvrir.

— Je voudrais parler à M. Berton... — dit-il à ce domestique.

— Monsieur est sorti, mais madame est là, et c'est toujours à elle qu'on s'adresse en l'absence de monsieur...

— Prévenez madame, je vous prie, qu'un étranger souhaiterait s'entretenir un instant avec elle.

— Monsieur veut-il me dire son nom ?

— Voici ma carte.

— Je vais montrer le chemin à monsieur...

L'évadé de *la Dorade* suivit le domestique qui l'introduisit dans un parloir ou salon d'attente fort bien meublé, garni de cadres contenant des aquarelles et des dessins au crayon noir et à l'estompe, œuvres des élèves de la maison, et le laissa seul.

Un instant après madame Berton entrait.

Elle était jeune encore et pouvait passer pour jolie, mais elle portait des lunettes bleues qui ne l'avantageaient point.

— Ma visite vous semblera peut-être importune, madame, — lui dit Jean Renaud, — mais c'est un motif sérieux qui m'amène.

— Parlez, monsieur. — De quoi s'agit-il ?

— Je venais demander à M. Berton s'il pouvait me donner quelques renseignements au sujet d'un ancien élève de cette institution, à l'époque où M. Bénistan la dirigeait... — Mais, d'abord, combien y a-t-il de temps que monsieur votre mari est à la tête du pensionnat ?

— Huit ans, monsieur... — Nous avons acheté l'établissement à la veuve de M. Bénistan, et nous avions bien des chances de nous y ruiner, car la pension périclitait d'une façon inquiétante... — Il fallait la relever et, grâce à Dieu, nous avons réussi... — Notre prédécesseur, déjà vieux et infirme, laissait tout aller à la débandade... — les pensionnaires disparaissaient les uns après les autres...

— Vous souvenez-vous d'avoir eu parmi ces pensionnaires, un jeune homme du nom d'Armand Raymond ?

— Armand Raymond? — répéta la femme de l'instituteur.

— Oui.

Madame Berton baissa la tête comme pour consulter sa mémoire.

— Ce jeune homme était-il interne ou externe? — demanda-t-elle ensuite.

— Interne.

— Le nom d'Armand Raymond n'éveille en moi aucun souvenir... — Il me semble que je ne l'ai jamais entendu prononcer...

— Êtes-vous certaine que vos souvenirs ne sont point infidèles?

— Non, pas absolument certaine... — Mais, à défaut de ma mémoire, j'ai le livre d'entrées et de sorties... — C'est moi qui suis chargée de le tenir à jour et nous allons, si vous voulez, le consulter ensemble...

— Je vous en prie, madame, et j'en serai très reconnaissant.

Madame Berton prit dans une bibliothèque un carnet relié et l'ouvrit.

— Voici, — dit-elle, — le livre de notre première année. — Il renferme les noms des élèves dont nous avons hérité de l'institution Bénistan. — Ces élèves n'étaient pas nombreux! — Voyez, monsieur, vingt-trois en tout! — Nous en avons aujourd'hui plus de cent cinquante!...

— Je vous en fais mes compliments, madame.

— Veuillez jeter vous-même les yeux sur la liste..

Le faux mulâtre reçut le carnet des mains de l'institutrice et lut les vingt-trois noms.

Celui d'Armand Raymond ne s'y trouvait pas.

Une expression de vive contrariété se peignit sur le visage sombre de Jean Renaud.

— En vérité, — s'écria-t-il, — c'est jouer de malheur !... — J'avais le plus grand intérêt à retrouver les traces de cet enfant.

— Je regrette bien vivement, monsieur, de ne pouvoir mieux vous renseigner.

— N'avez-vous pas conservé, par hasard, les anciens livres de votre prédécesseur?

— Non, monsieur... — Ce fatras de papiers mal tenus ne pouvait nous servir à rien... tout a été brûlé.

— Aucun de vos professeurs actuels n'était-il employé chez M. Bénistan?

— Aucun. — Nous avons fait maison nette...

Jean Renaud se leva.

— Pardonnez-moi, madame, — fit-il, — d'avoir abusé de votre temps, et croyez à ma vive gratitude pour votre bienveillant accueil...

Madame Berton répondit quelques mots polis ; — l'évadé de *la Dorade* quitta le pensionnat, remonta en voiture et donna l'ordre de le conduire à Saint-Ouen.

— La déveine ! — murmurait-il chemin faisant. — La déveine !!

LXVIII

Un moment après le départ de Jean Renaud, M. Berton, le directeur du pensionnat, revint de ses courses dans Paris.

— Rien de nouveau, chère amie ? — demanda-t-il à sa femme en l'embrassant.

— Pardon, — répondit-elle. — Si tu étais rentré cinq minutes plus tôt, tu aurais trouvé ici un monsieur très distingué... un mulâtre...

— Que voulait-il ?

— Des renseignements sur un jeune garçon qui, paraît-il, a été en pension chez notre prédécesseur...

— Comment s'appelait cet élève ?

— Armand Raymond.

— Armand Raymond... — répéta l'instituteur, — parfaitement.

— Tu connais ce nom ?...

— Très bien...

— Comment cela ? — j'ai consulté le livre de

notre première année... cet enfant ne s'y trouve point inscrit.

— C'est qu'il avait déjà quitté la pension, mais deux années avant la mort de M. Bénistan j'ai remplacé pendant quelques jours un professeur malade, et j'avais dans ma classe un enfant nommé Armand Raymond, qu'on appelait aussi Raymond-Dorsay, je ne sais pourquoi, peut-être à cause du nom de sa mère. — Il était intelligent, travailleur et très doux, cet enfant ! Son père avait la réputation de s'occuper beaucoup de politique et passait pour un exalté. — Il venait souvent voir le gamin avec un de ses amis, monsieur Fernand Strény...

— Tu es sûr que tes souvenirs sont exacts ?...

— D'une exactitude de chronomètre ! — répliqua M. Berton en riant.

— Il est bien fâcheux alors que tu ne te sois pas trouvé là pour répondre à ce monsieur, qui paraissait si désireux d'être renseigné.

— Je l'aurais renseigné fort mal puisque j'ignore ce qu'est devenu l'enfant.

— Il aurait été bien aise de savoir que tu l'avais connu.

— Peut-être reviendra-t-il ?

— C'est peu probable. — Il est parti découragé.

— Il n'a pas laissé son adresse ?

— Voici sa carte.

— *Doménico Séballa.* — lùt M. Berton. — Nulle indication de domicile... — Impossible de lui écrire... — Ça ne nous regarde pas, après tout... — Je vais donner un coup d'œil aux salles d'étude...

***

Jean Renaud rentra, la tête basse, au château de Saint-Ouen.

— Je vois à votre air soucieux que quelque chose va mal, mon ami, — lui dit Cora.

— C'est vrai.

— Qu'y a-t-il?

— Je viens d'échouer deux fois de suite.

Et le faux mulâtre racontra brièvement son double insuccès à l'hospice des Enfants-Trouvés et au pensionnat des Batignolles.

— Tranquillisez-vous... — répondit la jeune fille après l'avoir entendu. — Le mal peut se réparer... — Nous retrouverons le fils de la comtesse de Lasseny, ou plutôt de Blanche Hervieux.

— Mais il est mort! — s'écria Jean Renaud.

— Nous le ferons revivre... — Quant au fils de Laurent Raymond, sa trace est perdue; qu'importe? Il est des moyens d'investigation puissants et nous les mettrons en œuvre...

— Cela, je le comprends et je l'admets... — L'enfant, devenu jeune homme, est vivant encore sans doute... — Mais l'autre ?... — Que comptez-vous faire ?

— Je vous le dirai plus tard... — Parlez-moi de la rue du Rocher... — Avez-vous pu louer ou acheter l'hôtel voisin ?

— J'ai acheté... — Nous aurons les clefs demain.

— C'est bien ; nous le visiterons ensemble.

— Et Martial Dereyne ? — demanda Jean Renaud.

— Garrotté par la paralysie et plus impuissant qu'un cadavre !... — répondit Cora avec un sourire de triomphe. — Il fallait agir vite... — Le misérable me reconnaissait.

— Sous ce déguisement? Avec ces allures masculines ?... Est-ce possible ?...

— C'est plus que possible, c'est certain... — Peut-être doutait-il encore, mais sa conviction aurait été bientôt complète... — Les lignes de mon visage, l'expression de mon regard, me trahissaient sans doute, et son instinct lui révélait en moi sa mortelle, son implacable ennemie !..

— Me permettez-vous de vous demander comment se sont passées les choses?

Cora se fit narratrice à son tour.

Lorsqu'elle eut achevé, le faux mulâtre dit :

— Je souhaiterais voir Rose Bonchamp...

— Qui vous en empêche?...

— Je ne voudrais ni aller chez elle, ni me présenter chez Dereyne où je n'ai nulle raison pour être admis...

— Dans quelques jours nous donnerons une fête au château... — Je vais m'entendre avec MM. Octave Richard et Lambert Massol au sujet des invitations. — Rose Bonchamp en recevra une...

Le lendemain Cora se rendit chez l'agent de change dont Georges Dereyne était l'associé.

Elle remit au fils de l'armateur un chèque de cinq cent mille francs payable à vue et le chargea d'acheter pour son compte des actions du chemin de fer du Nord et du Paris-Lyon-Méditerranée; puis à la causerie d'affaires succéda une conversation presqu'intime où Lionel Warton parla de ses cousines Laura et Mary, en des termes très encourageants pour Georges et pour Léopold.

De cette conversation semblait résulter — d'une façon vague, il est vrai, mais cependant appréciable — que les jeunes gens, quand ils demanderaient la permission de présenter leurs hommages aux jolies millionnaires, ne seraient point accueillis avec défaveur.

En quittant les bureaux de l'agent de change, Cora se rendit rue du Rocher où Jean Renaud l'attendait sur le seuil de l'immeuble acheté la veille et dont la blonde locataire venait de partir en emportant ses malles.

Le pseudo-Lionel Warton, en compagnie du

faux mulâtre, visita l'hôtel dans tous ses détails et prescrivit certains travaux qui devaient être exécutés promptement et secrètement.

Il semblait difficile de compter sur la discrétion absolue des ouvriers parisiens, auxquels d'ailleurs on ne pouvait recommander le silence.

On décida que deux des nègres venus de Guayanila, connaissant à fond le métier de maçon et celui de serrurier, mais en revanche ne sachant pas un mot de français, seraient chargés seuls de mener à bien sans retard les travaux en question.

La porte cochère donnait accès dans une petite cour où Jean Renaud ferait déposer, à l'abri des regards curieux, les matériaux nécessaires.

Le faux mulâtre alla s'occuper des achats indispensables et Cora, le laissant s'éloigner seul, sonna chez Martial Dereyne.

La veille — après le départ de Georges Dereyne et de Lionel Warton — le valet de chambre avait consciencieusement administré à l'armateur, sous forme de frictions, le médicament ordonné par le médecin.

Nos lecteurs savent déjà que ce médicament — étant donnée la nature toute particulière de la paralysie — ne devait et ne pouvait produire aucun effet.

Rose Bonchamp était attendue.

A l'heure dite elle arriva, et poussa tout d'abord des cris de Mélusine en voyant Martial Dereyne inerte, sans parole, et beaucoup plus semblable à un mort qu'à un vivant.

Elle se calma cependant peu à peu et, pour se former une opinion, attendit le retour du médecin.

Ce dernier ne lui cacha point qu'une guérison complète lui semblait impossible, mais il affirma qu'un mieux relatif pouvait se produire, et que dans tous les cas rien n'empêchait l'existence du malade de se prolonger quelque temps encore... — pas très longtemps... — ajouta-t-il à l'oreille de Rose.

Celle-ci était une femme essentiellement pratique.

Ses intérêts d'argent — nous ne l'ignorons pas — se trouvaient unis étroitement aux intérêts de Dereyne.

Elle comprit qu'elle risquait de tout perdre, — (même ce qui ne lui appartenait point, mais ce dont elle comptait bien s'emparer) — si elle laissait la famille contrebalancer son influence et *jeter le grappin* sur le moribond, ce que sans doute elle tenterait de faire.

En conséquence elle résolut d'élire domicile auprès de son amant, de l'emprisonner dans sa sollicitude incessante et ses soins de toutes les heures, et de mettre sur le compte du dévouement les manœuvres de la cupidité.

Sans retarder jusqu'au lendemain l'exécution de son projet elle envoya prévenir qu'elle ne rentrerait pas chez elle, fit prendre du linge et des vêtements et s'installa dans la chambre contiguë à celle de l'armateur.

Le masque immobile de Martial Dereyne semblait exprimer une sorte de joie tandis que l'installation s'opérait.

Le misérable se sentait en effet réconforté par la présence de cette femme, de cette complice, de cette vieille maîtresse dont il subissait la tyrannie, mais qui était en somme la seule créature ayant des motifs sérieux pour ne point le laisser mourir...

Rose lui parlait continuellement.

Il la comprenait, mais il ne pouvait se faire comprendre, d'où résultait une violente irritation nerveuse pour cette garde-malade d'un nouveau genre qui, ne s'accommodant point d'un mutisme absolu, se mettait l'imagination à la torture en cherchant quelque moyen de changer le monologue en dialogue — dialogue muet, bien entendu, de la part de Martial.

Son esprit tendu finit par combiner un rudiment de plan que nous ne tarderons point à connaître.

Le même jour, — après la Bourse, — Georges revint voir son père.

Léopold l'accompagnait.

L'associé d'agent de change rapportait les deux mille francs empruntés le matin pour mademoiselle Ketty Bijou.

Les jeunes gens appuyèrent leurs lèvres sur le front glacé du paralytique, échangèrent quelques froides paroles avec Rose Bonchamp qu'ils exécraient et qui le leur rendait amplement, et se retirèrent.

— Tu sais — dit Georges à son frère en descendant l'escalier — tu sais que la situation est très grave...

— Il est certain que mon pauvre père me semble bien malade... — répliqua Léopold. — J'en ai le cœur serré...

— Naturellement... — C'est d'un bon fils, et je suis logé à la même enseigne, mais c'est de l'avenir de notre fortune que je te parle en ce moment... — Nous courons grand risque de perdre ce que légitimement nous devions espérer...

— D'où vient ce risque?

— De Rose Bonchamp... — La drôlesse ne va plus quitter mon père. — Elle l'a toujours dominé, et dans l'état d'impuissance absolue où il se trouve elle le domine plus que jamais... — Les maladies sont capricieuses... — Que mon père recouvre pour un quart d'heure la faculté de mouvoir sa main droite — (ne me dis pas que c'est impossible... tout est possible!) — Rose Bonchamp en profitera pour lui mettre une plume entre les doigts et lui faire endosser et signer tout ce qu'elle voudra. — Je parierais cent mille francs contre cent sous qu'elle y pense déjà.

— Pouvons-nous l'empêcher ?

— Je l'espère...

— Comment ?

— En provoquant la réunion d'un conseil de famille qui chargera l'un de nous de veiller sur les intérêts pécuniaires de mon père dont on prononcera l'interdiction au besoin, et surtout en écrivant à mon beau-frère, le comte de Lasseny de ramener sa femme au plus vite. — Quand notre sœur Amélie sera de retour à Paris, il faudra bien que la demoiselle Rose Bonchamp lui cède la place. — Les plus vulgaires convenances l'exigeront impérieusement.

— Te charges-tu d'écrire ?

— Oui.

— Fais-le donc.

— Ma lettre partira par le courrier du soir.

Georges Dereyne rentra chez lui et écrivit en effet au jeune comte Gontran de Lasseny, qui se trouvait à Venise avec Amélie Dereyne et la comtesse douairière, ex-Blanche Hervieux, sa mère... — Il le mettait au courant de la situation et lui demandait de revenir le plus tôt possible.

LXIX

Georges et Léopold, malgré les préoccupations très graves résultant pour eux du coup terrible qui venait de frapper leur père, ne cessaient de penser à Carmen et à Marie Bernier, ou plutôt à Laura et à Mary Warton.

Le fils aîné de l'armateur avait subi l'attraction puissante de Carmen. — La beauté originale de la jeune fille parlait à ses sens et troublait son cerveau plus qu'aucune de ses maîtresses de hasard ne l'avait fait jusqu'à ce jour, mais il songeait surtout aux millions de la dot, et rêvait de conquérir à la fois une délicieuse femme et une fortune magnifique.

Léopold lui, bien différent de son frère, ne se préoccupait aucunement des richesses de Mary.

L'enfant lui était apparue comme une figure céleste entrevue dans un rêve et qu'il ne devait plus oublier. — Dès la première minute il l'avait aimée, et il se sentait sûr de l'aimer jusqu'à son dernier souffle.

Se croyant assez riche pour deux, peu lui aurait importé qu'elle fût pauvre... — Peut-être même aurait-il préféré qu'elle ne possédât rien, afin de lui donner tout.

Léopold et Georges, si dissemblables d'esprit et de cœur, attendaient avec une impatience égale le moment de se présenter au château de Saint-Ouen.

Rejoignons Cora, que nous avons quittée au moment où elle sonnait à la porte de l'armateur.

— Comment va M. Dereyne aujourd'hui? — demanda-t-elle au domestique qui vint lui ouvrir et qui répondit :

— Hélas! monsieur, aucun changement favorable ne s'est produit dans l'état de mon pauvre maître, et le médecin ne nous laisse point espérer une amélioration prochaine...

— M. Dereyne n'est pas seul?

— Oh! non, monsieur... — Madame Rose Bonchamp lui tient compagnie...

— Puis-je le voir?

Le valet de chambre hésita.

La consigne était de ne recevoir personne, mais le visiteur avait déjeuné la veille à la table de son maître... — Peut-être convenait-il de faire une exception en sa faveur...

Dans le doute, il prit un terme moyen.

— Que monsieur se donne la peine de passer au salon... — dit-il. — Je vais prévenir madame.

Un moment plus tard Rose entra, très coquettement vêtue d'une robe de chambre couleur havane, surchargée de nœuds de rubans.

— Eh ! mais, — s'écria-t-elle avec une physionomie joyeuse, — c'est ce cher monsieur Lionel Warton!... — Enchantée, parole d'honneur!... Enchantée ! enchantée !...

Joignant l'action aux paroles, elle pressa vigoureusement les doigts fins et effilés de Cora, puis elle reprit :

— Quel bon vent vous amène?...

— Peut-être savez-vous que j'assistais hier au foudroyant accident de M. Dereyne?...

— Ma foi non... — Je savais qu'une tierce personne déjeunait avec Georges et son père, mais j'ignorais que ce fût vous.

— C'était moi... — Je n'ai pas besoin de vous dire que je prends une part bien vive à ce malheur impossible à prévoir... et je viens chercher des nouvelles...

Rose Bonchamp s'efforça de donner une expression mélancolique à son visage savamment maquillé, et répondit en modifiant le timbre de sa voix :

— Pas fameuses, les nouvelles... — Ni mieux, ni pis... — Une chose sûre c'est que s'il en revient, le pauvre cher homme, ça sera bigrement long...

— S'il en revient, madame, ce sera grâce à vos soins... — Vous jouez auprès de M. Dereyne le rôle angélique d'une sœur de charité... — C'est beau, ce que vous faites, et je vous félicite sincèrement!

Rose se rengorgea.

— Il est certain, — dit-elle — que j'ai quelque mérite, car ce n'est pas drôle à mon âge d'être garde-malade! — Que voulez-vous, j'ai trop de cœur! — Je me suis dit que ce pauvre homme, étendu dans son lit comme une souche et incapable de demander ce dont il a besoin, serait bien mal soigné si je ne restais auprès de lui, et je suis restée... — Voilà toute l'affaire...

— Admirable, madame, admirable!

Rose minauda.

— Monsieur Warton, vous me flattez! — dit-elle en se tortillant agréablement.

— Je dis ce que je pense... — Je suis ému...

— Trop bon et trop aimable, en vérité! beaucoup trop! beaucoup trop!

— Pourrais-je, sans être importun, faire une courte visite à M. Dereyne? Je souhaiterais lui donner moi-même l'assurance de l'intérêt que son état m'inspire.

— Mais, comment donc!... rien de plus facile... — Votre visite ne peut que faire du bien à notre malade... — Elle le distraira un peu... — Vous comprenez qu'il doit s'ennuyer, raide comme un glaçon et muet comme une carpe... — Mettez-vous à sa place!...

Rose ouvrit la porte de la chambre voisine et introduisit Cora, ou pour mieux dire Lionel Warton.

En le voyant entrer, les yeux de Martial Dereyne n'exprimèrent aucune épouvante.

Depuis la veille, dans sa longue insomnie, dans son immobilité silencieuse, le paralytique avait réfléchi, et de ses réflexions résultait pour lui la quasi-certitude que Cora Bernier et Lionel Warton ne pouvaient être une même personne.

En conséquence il se sentait presque complètement rassuré.

Cora s'avança vers le lit.

Les bras de l'armateur reposaient sur la couverture.

La jeune fille, triomphant de sa répulsion et de son dégoût comme elle en aurait triomphé pour toucher, s'il l'avait fallu, la peau froide et visqueuse d'un reptile, appuya sa main sur l'avant-bras de Martial, et trouva la chair aussi glacée que la veille.

— Monsieur Dereyne — demanda-t-elle — souffrez-vous?

Les prunelles de Martial parurent répondre négativement.

— Il ne souffre pas... — dit le pseudo-Lionel Warton.

— Vous le comprenez donc?? — s'écria Rose stupéfaite.

— Je crois que oui...

— Comment faites-vous?

— Je lis dans son regard.

— Eh bien! vous avez de la chance! — Moi j'ai beau faire, je n'y lis rien du tout, et ça me met dans des rages folles et dans des chagrins mortels, car enfin, voyons, n'est-ce pas désolant?... — Je lui parle... je le questionne... il m'entend... il me comprend... il veut me répondre... il me répond peut-être avec ses yeux blancs, mais bernique!... je n'y vois goutte!... — Enfin figurez-vous, monsieur Warton, que je me mets depuis hier l'esprit à la torture pour inventer un moyen de connaître les pensées de Martial...

— Et, avez-vous trouvé?... — demanda vivement Cora.

— J'ai trouvé quelque chose, mais pas grand'chose...

— Enfin, quoi?

— J'avais imaginé qu'avec un alphabet découpé je pourrais, en lui mettant les lettres sous les yeux et en les touchant du doigt une à une, composer les mots qu'il pense...

— Eh bien?...

— Eh bien! je n'ai point abouti.

— C'est que peut-être vous n'aviez pas pris le bon moyen...

— En connaissez-vous un autre?

— Non, mais on peut chercher...

— Dans quelle voie?

— Dans celle où vous êtes...

— Ah! bah!. .

— Et vous verrez que nous trouverons.

— Dieu le veuille!

Martial Dereyne écoutait ave une attention avide..

Cora se rapprocha de lui.

— Il vous serait agréable — lui dit-elle — de pouvoir faire comprendre à madame Rose Bonchamp ce que vous désirez et ce que vous pensez?

Les paupières du paralytique s'abaissèrent à plusieurs reprises.

Il était impossible de s'y méprendre. — Cela voulait dire : Oui!

— Eh! mais — reprit Cora — M. Dereyne vient de trancher lui-même la question pour toutes les réponses simplement affirmatives et négatives... — J'ajouterai qu'aucune erreur n'est à craindre.

— Expliquez-vous, monsieur Warton, s'il vous plait.

— Ça ne sera ni long ni difficile... — A l'interrogation que je viens de lui adresser, M. Dereyne a répondu : — Oui, en abaissant plusieurs fois les paupières. — Vous l'avez vu?

— Parbleu!

— Vous l'avez compris?

— Certainement, puisqu'il ne pouvait pas répondre autre chose.

— Eh bien, qu'il soit arrêté entre vous que toute réponse affirmative se traduira de cette façon... — Est-ce convenu ?

Martial ferma trois fois les yeux.

— Maintenant — poursuivit Cora — pour dire : NON, il suffira à M. Dereyne de tenir ses yeux ouverts et ses paupières immobiles...

— C'est parfait — reprit Rose — et je m'en souviendrai... — Par malheur ça ne s'applique qu'aux choses les plus simples : — *Veux-tu?* — *Ne veux-tu pas?* — Mais supposons que Martial désire me demander n'importe quoi, ou me répondre par une explication... Ni vu, ni connu, plus personne !.. — Voilà la difficulté... la voilà !..

— Hélas ! oui...

— Et c'est pour cela que j'avais fait acheter par Baptiste cet alphabet découpé...

En disant ce qui précède Rose Bonchamp ouvrait une boîte de carton ornée d'une lithographie enluminée de couleurs vives et représentant un groupe de jolis marmots animés d'une émulation prodigieuse à l'endroit du BA, BÉ, BI, BO, BU...

Cette boîte contenait de petits morceaux de bois de sapin taillés en carrés de deux centimètres environ.

Chacun de ces carrés portait une des lettres de l'alphabet.

Rose les étala sur la table.

— Ça n'est bon à rien... — murmura-t-elle.

— Ça serait excellent — dit Cora — si le malade ayant, si peu que ce soit, l'usage de ses mains, pouvait assembler les caractères et construire des mots... — Malheureusement la paralysie rend votre jeu de patience inutile...

— Que chercher? qu'inventer? qu'essayer? — s'écria Rose.

— Votre idée, quoiqu'incomplète, vient de m'en inspirer une autre plus pratique...

— Laquelle?

— Il doit y avoir un dictionnaire, ici?

— Un dictionnaire? — répéta l'ancienne femme de charge qui connaissait le mot mais ne connaissait pas l'objet, n'ayant jamais eu l'occasion de s'en servir.

Cora, devinant l'ignorance de Rose, se tourna vers Dereyne et répéta sa question.

Les yeux du paralytique se fermèrent à deux reprises.

— Il y en a un — reprit Cora — mais où?...

Elle promena ses regards autour de la chambre.

Une bibliothèque vitrée occupait un des angles.

La jeune fille poursuivit :

— Est-il dans la bibliothèque?

— Oui... — répondirent les paupières en s'abaissant.

— Bien...

Cora se dirigea vers la bibliothèque, y trouva le gros volume et l'apporta près du lit de Martial.

— C'est ça le dictionnaire? — demanda Rose.

— C'est parfaitement ça, et je vais vous montrer comment, grâce à ce livre, vous pourrez causer à votre aise avec M. Dereyne, sans grande fatigue pour lui, et comprendre ses moindres désirs.

— Et ça est dans ce bouquin?

— Oui...

Rose regarda Lionel Warton avec stupeur, mais en même temps avec une admiration qu'elle ne cherchait point à dissimuler.

— Ah! sapristi! — se disait-elle tout bas — c'est un rude malin le petit jeune homme!...

LXX

— Maintenant — reprit Cora — nous allons commencer l'expérience.

Puis, se tournant vers Martial Dereyne, elle lui demanda :

— Avez-vous besoin de quelque chose ?

Les yeux du paralytique répondirent affirmativement.

— La chose que vous désirez commence-t-elle par un A ?

Les yeux ne se fermèrent point.

— Par un B ?

Les paupières firent signe que oui.

Cora poursuivit, très lentement et les regards fixés sur Martial :

— B. A. — B. E. — B. I. — B. O.

Les paupières s'abaissèrent.

Cora ouvrit le dictionnaire et lut à haute voix la colonne des mots commençant par les deux lettres B. O.

Quant elle fut arrivée au mot : *boire* les paupières s'abaissèrent de nouveau.

— Vous voulez boire ?

Un clignement affirmatif répondit .

— Eh bien ! madame — dit Cora à Rose Bonchamp — le moyen d'arriver à comprendre le malade existait, vous le voyez, et nous l'avons trouvé.

— C'est-à-dire, vous l'avez trouvé, — répliqua Rose — et je vous en remercie bien sincèrement... — Vous venez de nous rendre un fier service ! !

Elle s'empressa d'apporter à l'armateur un verre de limonade ; ensuite elle arrangea les oreillers sous ses épaules avec un grand luxe de sollicitude et de vives démonstrations d'intérêt.

Cora, pendant ce temps, examinait la chambre dans tous ses détails, et son regard s'arrêtait spécialement sur la bibliothèque, placée nous le savons dans un angle, et adossée à la muraille qui séparait l'hôtel habité par Dereyne de celui que Jean Renaud venait d'acquérir.

— Ne trouvez-vous pas — demanda-t-elle à Rose — que cette pièce est un peu sombre ?.. sombre surtout pour un malade...

— Ah ! — répondit l'ancienne femme de charge — j'en ai déjà fait la remarque...

— Ne pourrait-on transporter M. Dereyne dans une chambre plus lumineuse et mieux aérée ?

— Il y a la chambre à côté qui prend jour sur la rue...

— N'hésitez pas, alors, je vous en donne le conseil... — M. Dereyne, étendu dans son fauteuil auprès de la fenêtre ouverte, entendra du moins les bruits du dehors. — Ce sera pour lui une distraction... — N'est-ce pas, monsieur, que vous désirez changer de chambre ?

La réponse muette fut affirmative.

— Il approuve mon idée... — reprit Cora.

— Avant une heure le transbordement sera fait... — répliqua Rose.

Cora prit son chapeau et son stick et s'approcha du lit.

— Monsieur Dereyne — dit-elle — je reviendrai biontôt vous voir... — Cela vous sera-t-il agréable?

Les paupières du paralytique s'abaissèrent.

Le faux Lionel Warton sortit de la chambre accompagné de Rose qui, se prodiguant en actions de grâces, voulut l'accompagner jusqu'à la porte extérieure et s'empressa, aussitôt après, de faire transporter l'armateur dans la chambre donnant sur la rue.

Le soir même, divers matériaux à l'usage des maçons et des serruriers furent déposés dans la cour de l'hôtel voisin, et dès le lendemain, sur les indications de Cora et sous la surveillance de Jean Renaud, deux nègres amenés de Saint-Ouen en voiture fermée commencèrent, au premier étage, un travail de patience dont nos lecteurs connaîtront plus tard la nature et le résultat.

En donnant à Rose Bonchamp le moyen de correspondre avec Martial Dereyne, la vengeresse avait un but qui nous sera bientôt connu, mais elle était trop intelligente pour se dissimuler qu'elle créait un péril sérieux.

Seulement, connaissant ce péril, elle se réservait de le combattre en temps utile et de l'annihiler complètement.

L'armateur, nous l'avons dit, était rassuré d'une façon à peu près complète, et ne croyait presque plus à l'identité de Lionel Warton et de Cora Bernier.

Il lui restait néanmoins une vague défiance, une inquiétude involontaire. — Par moments il se figurait que ces *filles de bronze* dont s'occupait Paris devaient être les trois sœurs de l'habitation de Guayanila puis, un quart d'heure plus tard, cette supposition lui semblait d'autant plus absurde qu'elle n'expliquait point l'individualité de Lionel Warton, puisque mesdemoiselles Bernier n'avaient pas de frère.

Quoi qu'il en fût ces doutes, si mal fondés qu'il les supposât, le preoccupaient péniblement, et il résolut d'essayer de les éclaircir.

— Mon cher Martial, — dit Rose tout à coup dans la soirée de ce même jour, — nous ne saurions trop nous féliciter des bons résultats de la visite de ce jeune M. Lionel Warton... — c'est votre avis, n'est-ce pas?

Le jeu des paupières indiqua que telle était en effet l'opinion de Martial.

Rose poursuivit :

— Je n'ai jamais rencontré gentleman plus accompli... — Et vous?

Même réponse affimative.

— Il est charmant! charmant! charmant! — continua Rose, — Je comprendrais fort bien qu'une femme en devînt folle!... — Ce n'est pas pour moi que je dis ça; certainement... mais si j'avais le cœur libre... Eh! eh!... — Le connaissiez-vous, ce jeune étranger, avant la visite qu'il vous a faite? — L'aviez-vous rencontré dans vos lointains voyages?

Les yeux du malade ne se fermèrent point.

— Vous ne le connaissiez pas, mais c'est le fils d'un de vos amis?

L'œil répondit négativement.

— C'est juste, ce n'est pas le fils, c'est le neveu, je crois? — Est-ce que je me trompe?

Les paupières restèrent immobiles, indiquant que Rose ne se trompait pas, puis elles se mirent à battre d'une façon rapide et désordonnée dont l'ex-femme de charge devina le sens.

— Vous avez quelque chose à me dire? — demanda t-elle, — et il faut nous servir du dictionnaire?

Clignement affimatif.

— Parfait! — continua Rose. — Nous allons

procéder... — C'est un peu long, mais ça fait passer le temps.

Elle prit le gros volume, une feuille de papier et un crayon puis, conformément à la leçon donnée par Lionel Warton, elle passa en revue l'une après l'autre les lettres de l'alphabet.

Au moment où elle énonçait la lettre J, les yeux du paralytique se fermèrent.

Il en fut de même pour la lettre E, et Rose traça au crayon les deux caractères constituant le mot *Je*.

Nous nous garderons de la suivre pas à pas dans le travail minutieux et fatigant que les excitations de la curiosité lui donnèrent le courage de pousser jusup'au bout.

Au bout d'une heure Rose avait tracé, — sous la muette dictée du paralytique, — les phrases suivantes :

« *Je veux des renseignements positifs sur*
« *Lionel Warton. — Ecrire à Calcutta.— Ecrire*
« *aussi à Porto-Rico. —Savoir si les demoiselles*
« *Bernier ont quitté la colonie. — Se hâter. —* »

Rose Bonchamp ne comprenait absolument rien au désir exprimé par Martial.

— Ils vous faut des renseignements positifs ! — Vous vous défiez donc de Lionel Warton ? — demanda-t-elle.

— Non, — répondit l'œil immobile.

— Enfin, vous voulez en savoir sur son compte plus que vous n'en savez?

— Oui.

— Tout de suite?...

— Oui.

— Cela presse beaucoup?

— Oui.

— Eh bien! on écrira, c'est facile. — Mais à qui faut-il écrire?

La réponse à cette question nécessitait de nouveau l'emploi du dictionnaire.

Rose y recourut et aligna lentement les mots suivants, cherchés lettre par lettre pour les noms propres.

« *Pour Lionel Warton : à Robert Brigton,*
« *banquier à Calcutta. — Pour mesdemoiselles*
« *Bernier : à Reymundez, syndic des noirs, à*
« *Guayanila, île de Porto-Rico.* »

L'ancienne femme de charge relut tout haut les phrases qu'elle venait de tracer.

— Est-ce bien cela? — fit-elle ensuite.

— Oui.

— Avez-vous autre chose à me dire?

— Oui.

L'opération recommencée pour la troisième fois donna ce résultat :

« *Savoir ce que fait à Paris Lionel Warton.* »

— Ça — s'écria Rose — ça ira tout seul, et ça

sera conduit de main de maître... — J'ai à ma disposition une personne intelligente, un vrai singe pour la malice, qui saura mieux nous renseigner qu'une demi-douzaine d'agents de la sûreté... — Ça vous intrigue, hein? — Non, non, vous ne le connaissez pas... — C'est un homme d'affaires très roublard, qui s'occupe de mes petits intérêts... — Il se nomme Mattifet... Je lui ferai écrire les lettres et je lui donnerai l'ordre de surveiller Lionel Warton... — Là, êtes-vous content?

L'œil répondit : *Oui.*

Rose continua :

— Ah! ça, mais, vous avez donc un intérêt sérieux à vous mettre au courant de ce qui concerne ce Lionel Warton et ces demoiselles Bernier?...

— Oui.

— Un intérêt d'argent?

Martial Dereyne, à son retour en France, avait tenu secret le drame effroyable de Guayanila, et voulait cacher cette hideuse histoire à Rose comme à tout le monde.

Aussi les paupières s'abaissèrent affirmativement.

— Il s'agit de grosses sommes? — reprit Rose, dont la cupidité s'éveillait.

— Oui.

— De grosses sommes qui, peut-être, sont compromises à l'heure qu'il est?...

— Oui.

— Mais, en se dépêchant, on pourra les sauver?

— Oui.

— Soyez paisible... on ne perdra pas une minute pour veiller au grain, et dès aujourd'hui je verrai Mattifet...

Vers huit heures du soir, en effet, Rose quitta le petit hôtel de la rue du Rocher en recommandant au valet de chambre de bien soigner son maître, et en annonçant qu'elle ne tarderait pas à rentrer.

En 1853 existait à Montmartre, dans la rue des Abbesses, une maison de chétive apparence s'élevant au fond d'un petit jardin clos du côté de la rue par une muraille assez haute dont le crépissage gris s'écaillait par places, ce qui lui donnait un aspect lépreux.

Cette muraille, solide encore malgré sa vétusté, offrait à son point central une porte pleine munie d'un *judas* grillé permettant de voir de l'intérieur ce qui se passait au dehors.

Au-dessus de la porte, un panonceau de cuivre doré portait ces mots :

AFFAIRES LITIGIEUSES. — CONTENTIEUX.

Achats de créances et de droits successifs.
Escompte. — Recouvrements.

Là se trouvait le quartier-général de Réné Mattifet, l'homme de confiance dont nous avons entendu Rose Bonchamp parler à Martial Dereyne.

Une étroite allée sablée, ou plutôt empierrée, coupant le jardin en deux, conduisait de la porte de la rue à la porte de l'habitation.

A droite et à gauche de l'allée on voyait des carrés de légumes bordés de fleurs communes, et, contre les murs, quelques espaliers rongés par la mousse.

Le rez-de-chaussée de la maison renfermait une salle à manger et une cuisine outre le cabinet de l'homme d'affaires, pièce assez vaste mais d'apparence sordide, mal meublée et pourvue d'un coffre-fort en fer et de casiers bourrés de papiers poudreux.

Au premier étage, un salon dont on ne franchissait jamais le seuil, et deux chambres à coucher. — Au second, trois mansardes.

Réné Mattifet n'avait point de domestique à demeure. — Une femme de ménage, ancienne cuisinière de bonne maison, suffisait à nettoyer — (ou plutôt à ne pas nettoyer) — le logis, et à préparer le déjeuner et le dîner de l'homme d'affaires.

LXXI

Un fiacre s'arrêta vers neuf heures du soir devant la maison de la rue des Abbesses, et Rose Bonchamp en descendit.

Elle sonna deux fois de suite.

On entendit un pas lourd et traînant fouler les cailloux de l'allée droite, le judas s'ouvrit, une voix de femme demanda :

— Qui est là ?

— C'est moi, mère Barbier... — dit Rose — Ouvrez vite.

La porte tourna sur ses gonds et la visiteuse entra dans le jardin.

— Mattifet est là ? — reprit-elle.

— Oui, madame — répliqua la femme de ménage — dans la salle à manger... il dîne...

— Si tard !...

— Monsieur a eu beaucoup d'affaires aujourd'hui...

Rose traversa rapidement le jardin et entra dans une salle à manger fort simple où Réné Mattifet était attablé devant un excellent repas.

Une bouteille de Saint-Julien et une de Pommard flanquaient son couvert à droite et à gauche, et prouvaient que les crûs de la Bourgogne et ceux de la Gironde jouissaient auprès de lui d'une faveur égale.

— Tiens, c'est toi! — s'écria-t-il en voyant entrer Rose. — Que le diable m'emporte si je t'attendais à cette heure !

— Bonsoir, mon petit homme... — répondit l'ex-femme de charge... — Je n'ai pas pu venir plus tôt et ma visite sera courte...

En disant ce qui précède Mme Bonchamp campa un vigoureux baiser sur la joue droite de Mattifet.

Réné Mattifet — l'ami de cœur de Rose — ne réalisait en aucune façon le type si connu de l'homme de loi interlope, du prêteur à la petite semaine, généralement crasseux et d'apparence plus que suspecte.

C'était un beau gars de trente-quatre à trente-cinq ans, vigoureux, bien bâti, très soigneux de sa personne et de sa tenue. — Il avait le teint brun et coloré, des yeux noirs, des cheveux noirs, une magnifique barbe fauve en éventail, et trente-deux dents éblouissantes.

A ces avantages extérieurs il joignait une physionomie ouverte, un air *bon enfant* dont il était impossible de se défier.

Les gens qui connaissaient Réné Mattifet seulement de vue ne pouvaient manquer de le prendre pour le meilleur garçon du monde.

Rose Bonchamp raffolait de lui.

Il se laissait aimer avec une condescendance toute sultanesque.

La visiteuse ôta son chapeau et son camail et les posa sur une chaise.

— Ah ça ! chèremadame — dit Mattifet d'un ton railleur — qu'est-ce que vous devenez ?... — Voici deux jours qu'on ne vous a vue !... — Je commençais à croire qu'on ne vous verrait plus !

— Ne me gronde pas, mon petit homme... — répliqua Rose — Tu sais bien que mon idée fixe est de venir... — Je ne me sens vivre qu'auprès de toi, mon Réné!... Tu est si beau !

Mattifet passa — non sans fatuité — sa main blanche et fine dans ses cheveux et demanda :

— Alors, il y a du nouveau ?

— Ah ! je crois bien !

— Qu'est-ce que c'est ?

— Figure-toi que je suis garde-malade, et que je consacre mon existence à étudier le dictionnaire du nommé Napoléon Landais.

— Ne sachant point deviner les énigmes, je sollicite le mot de celle-là.

— Le voici...

Et Rose mit rapidement Mattifet au courant de la situation.

— Si bien, ma pauvre amie — répondit l'homme d'affaires en riant, après l'avoir écoutée — que je te vois en passe de veiller indéfiniment sur cet infirme...

— Ce n'est pas drôle, mais mes intérêts l'exigent, ou plutôt les nôtres... — Nos intérêts sont communs puisque tu dois m'épouser un peu plus tard... — Car tu m'épouseras, n'est-ce pas?...

— Parbleu ! !

— Aussi je me sacrifie...

— Veux-tu un bon conseil?

— Certes !...

— Fais-toi rembourser les trois cent mille francs que te doit Martial Dereyne, et ensuite envoie-le promener...

— Ah ! mais non ! — s'écria Rose. — C'est ça qui serait une bêtise !

— Pourquoi donc ?

— Dereyne est riche encore, j'en suis sûre... — Si je lâchais pied, ses enfants jetteraient leur dévolu sur son héritage, et je compte bien tout avoir...

— Réussiras-tu ?

— Qui ne tente rien, n'a rien...

— Peut-être as-tu raison... — mais quand il s'agira de prendre quelque résolution importante, n'agis pas sans me consulter....

— Sois paisible !

— Partageras-tu mon frugal repas ?

— Non, j'ai dîné... — Je viens te parler d'affaires...

— Ah ! ah ! de quoi s'agit-il ?

— En premier lieu d'écrire deux lettres dont je t'indiquerai le sens...

— Pour ton compte ?

— Non, pour le compte de Martial Dereyne...

— Et, ensuite ?

— De nous avoir des renseignements sur les faits et gestes, sur les allées et venues, sur les tenants et aboutissants, enfin sur l'identité d'un personnage qui se trouve en ce moment à Paris et qui nous cause, à ce qu'il paraît, quelque tintouin...

— Causons de cela d'abord... — Quand j'aurai fini de dîner j'écrirai les lettres... — Quel est le personnage qu'on veut mettre en surveillance ?

— Un jeune et joli garçon, mais pas du tout dans ton genre... — il est je ne sais combien de fois millionnaire...—ça, c'est authentique...—Il se nomme où prétend se nommer Lionel Warton... — il se dit originaire de Calcutta et neveu du banquier Robert Brigton, correspondant de Martial... — Il habite le château de Saint-Ouen, où il mène un train de prince avec ses trois cousines dont on parle beaucoup à Paris et qu'on appelle les *filles de bronze*... — Or il s'agit de savoir s'il est bien

Lionel Warton, et si les trois cousines sont bien ses trois cousines...

— Mais c'est une affaire de police, cela !

— Les affaires de police sont ton triomphe...

— Paiera-t-on largement ?

— Puisque c'est moi qui tiens les clefs de la caisse !...

— Quel motif pousse Dereyne à fair *filer* ce Lionel Warton ?

— Des intérêts d'argent...

— Hum ! hum !...

— Ça ne te paraît pas clair !

— Non... il doit y avoir autre chose... — S'il ne s'agissait que d'argent, le plus simple serait de s'adresser à Robert Brigton.

— Justement l'une des deux lettres que je vais te prier de rédiger est pour lui...

— Bien... — j'ai fini de dîner, et je suis à tes ordres... — Passons dans mon cabinet...

Une heure après les deux lettres, destinées l'une au banquier de Calcutta, l'autre à Reymundez, syndic des noirs à Guayanila, étaient écrites d'une belle écritures commerciale, et Rose les emportait rue du Rocher pour les lire à Martial.

Le paralytique les approuva, et le lendemain matin le valet de chambre les mit à la poste.

En quittant l'armateur, après l'expérience du dictionnaire, Cora, ou plutôt Lionel Warton, s'était rendu à la Bourse dans le but unique d'y rencontrer Georges Dereyne, ce qui ne manqua point d'arriver.

Une conversation de quelques minutes s'engagea entre les jeunes gens, et le pseudo-nabab trouva moyen de dire, comme par hasard, qu'il se proposait d'aller le soir même à la Comédie-Française avec ses cousines.

Le résultat de ces paroles était prévu.

Avant le lever du rideau Georges et son frère Léopold occupaient des fauteuils d'orchestre et ne perdaient pas de vue les loges, dont quelques-unes étaient vides.

On allait jouer le *Duc Job.*

Au moment où l'orchestre, — (il existait encore à cette époque), — commençait l'ouverture, les filles de bronze et leur prétendu cousin s'installèrent dans une loge de face.

Cora, du premier coup d'œil, aperçut les deux frères qui risquaient de se donner un torticolis en regardant sans cesse derrière eux.

Carmen, toute entière au spectacle qui la charmait, ne s'occupait ni de la salle, ni des spectateurs, et ne vit personne, mais Marie, dont une sorte de courant magnétique attirait le regard dans la direction de Léopold, reconnut le jeune homme qui rivait ses yeux sur elle.

Son cœur se mit à battre violemment; la plus vive rougeur envahit son doux visage brun, et nous prenons volontiers sur nous d'affirmer qu'elle

I

n'écouta pas un mot de la pièce, admirablement jouée cependant.

Lionel Warton sortit après l'acte.

Les deux frères, en le voyant se lever, quittèrent aussitôt leurs places et montèrent au foyer où celui qu'ils cherchaient les avait précédés.

— Comment, messieurs, vous êtes ici! — fit Lionel d'un ton de surprise parfaitement naturel.

— Il serait étonnant que nous n'y fussions pas, cher monsieur — répliqua Georges — puisque nous savions que vous deviez y venir avec mesdemoiselles Warton.

— C'est de la quintessence de galanterie! — dit Lionel en souriant. — On a grandement raison d'affirmer que les Parisiens sont les plus aimables gens du monde... — Eh bien! si vous voulez, je vais profiter de l'occasion pour vous présenter à mes cousines...

— Nous allions vous le demander, — répondit Georges. — Vous prévenez notre plus vif désir.

— Venez donc...

Les deux frères suivirent Lionel.

L'aîné ne perdait rien de sa superbe assurance habituelle. — Quoiqu'il ressentit quelque émotion, son habitude du monde lui permettait de la dissimuler et lui donnait un aplomb vainqueur.

Léopold, très pâle, tremblait comme un coupable qui va paraître devant ses juges, et quelques gouttes de sueur mouillaient la racine de ses cheveux blonds.

Lionel fit un signe à l'ouvreuse, passa le premier et dit aux jeunes filles qui se retournaient au bruit de la porte ouverte :

— Mes chères cousines, je vous présente messieurs Georges et Léopold Dereyne, de nouveaux amis pour qui je vous demande votre bienveillance.

— Vous savez bien, Lionel, que vos amis seront nos amis... — répondit Carmen en souriant, et en lançant à Georges un regard de timide coquetterie.

Marie et Dolorès s'inclinèrent en silence. — La première n'avait plus une goutte de sang dans les veines... — Elle n'osait lever les yeux sur Léopold et de vagues bourdonnements remplissaient ses oreilles.

Après la présentation une causerie banale s'établit entre trois de nos personnages, Lionel, Georges et Carmen, car Dolorès n'avait rien à dire, et ni Marie, ni Léopold ne se sentaient capables de prononcer une parole.

Leur mutisme n'en était pas moins significatif ; — sans se parler ils se comprenaient.

La visite des deux frères ne pouvait dépasser la durée de l'entr'acte. — Ils se levèrent pour prendre congé quand les musiciens reparurent à l'orchestre.

— Maintenant que la connaissance est faite — leur dit Lionel — j'espère que nous aurons bientôt le plaisir de vous voir au château de Saint-Ouen, et que nous vous y verrons souvent...

— Nous profiterons le plus souvent possible de votre gracieuse invitation, — répliqua Georges — malheureusement je suis très absorbé par les affaires, mais Léopold est libre... il a le droit de manquer ses cours...

— Monsieur Léopold — demanda Lionel — voulez-vous me donner quelques-unes de vos heures de liberté ?

— Certes — balbutia le jeune homme — j'en serai trop heureux...

— Eh! bien, venez me prendre à Saint-Ouen demain matin... — Nous ferons une promenade à cheval et nous irons ensuite au tir casser une douzaine de poupées... — Est-ce convenu?...

— C'est convenu.

— A demain donc, monsieur Léopold.

— Et vous, monsieur Georges — fit Carmen avec un irrésistible regard — à bientôt...

Le rideau se levait.

Les deux frères regagnèrent leurs fauteuils.

LXXII

— Il me semble que nos affaires marchent assez rondement... train express... grande vitesse !... — murmura Georges, dans le couloir, à l'oreille de son frère...

En même temps, et dès que la porte de la loge se fut refermée, Cora dit à ses sœurs :

— Tout va bien ! — Ces deux hommes seront vos esclaves, et vous les conduirez, par l'amour, aux abîmes !...

Les yeux de Carmen étincelèrent.

Marie poussa un profond soupir.

Le lendemain matin, à neuf heures, Léopold descendant d'une voiture de louage sonnait à la grille du château de Saint-Ouen et le concierge, prévenu de la visite du jeune homme, le laissait passer.

Un grand valet de pied nègre montait la garde sur le perron.

— M. Lionel Warton ?... — lui demanda Léopold.

— M. Warton est aux écuries... — Je vais conduire monsieur...

Lionel, ganté et éperonné, une cigarette aux lèvres, une cravache sous le bras, faisait seller sous ses yeux deux chevaux d'une grande valeur.

— Je vous attendais, cher monsieur, — dit-il à Léopold avec le plus gracieux sourire, en lui tendant la main, — je savais que vous ne tarderiez point à arriver, aussi je hâtais les préparatifs de notre départ...

— Comment se portent mesdemoiselles Warton? — balbutia Léopold qu'une insurmontable timidité paralysait en présence de Lionel.

— Je suppose que mes cousines vont à merveille... — répliqua ce dernier. — Je ne les ai pas vues ce matin... — Je fais seller pour vous *Lady Mab*... c'est une jument fort douce, mais un peu vive... — Êtes-vous bon cavalier ?

— J'ai monté plus d'une fois des chevaux difficiles... — répondit le jeune homme.

Et d'un seul élan il se mit en selle sans toucher les étriers.

— Bravo ! — s'écria Cora qui suivit, avec la même légèreté et le même succès, l'exemple de Léopold.

Les jeunes gens prirent au galop de chasse le chemin du bois de Boulogne par la route de la Révolte.

Derrière eux, et montés sur des cobs de six

mille francs chacun, venaient deux grooms en culottes de peau, en bottes à revers, et sanglés dans leurs courtes redingotes que serrait au-dessus des hanches un ceinturon de cuir fauve.

Avant de s'engager dans l'avenue de tilleuls séculaires conduisant à la grille, Léopold avait jeté un coup d'œil furtif sur le château où celle qu'il adorait dormait sans doute encore.

Tout en effet semblait reposer au premier étage du logis monumental, toutes les fenêtres étaient closes, mais Marie, les pieds nus sur le tapis de sa chambre et le cœur palpitant, avait de sa petite main tremblante écarté les plis d'un rideau, et regardait s'éloigner celui qu'elle connaissait à peine et qui s'était si vite emparé de son âme.

La promenade au Bois de Boulogne dura plus d'une heure et demie.

Léopold, gêné d'abord et intimidé, avait senti peu à peu la glace se fondre et devenait aussi expansif qu'il avait été réservé d'abord.

Cora, voulant se rendre compte de sa nature, étudier son caractère, le faisait causer, le questionnait sur son enfance, sur ses études, sur ses goûts, sur ses plaisirs.

Elle ne tarda guère à s'apercevoir qu'il avait l'âme la plus franche et la plus loyale, l'esprit le plus droit, le sens le plus juste.

— Allons, — se dit-elle, — ce jeune homme est une exception dans sa famille... — Tant pis! — Je le regrette, mais la condamnation prononcée contre tous doit s'exécuter... — Il est innocent, je le sais, mais qu'importe?... — Carmen et Marie n'avaient commis aucune faute, et le fouet du commandeur n'en a pas moins déchiré leurs épaules, et c'est le père de Léopold qui commandait ce supplice infâme! — Non! non! point de pitié pour le fils du bourreau!

Les regards du pseudo-Lionel Warton offraient une expression menaçante et sinistre tandis que ces pensées traversaient son esprit.

Si Léopold avait en ce moment levé les yeux sur son compagnon, il aurait frissonné.

En revenant du Bois on fit halte, avenue d'Antin, au tir de Gastinne Renette.

Une exclamation joyeuse accueillit les nouveaux venus au moment de leur entrée.

Les deux inséparables, Octave Richard et Lambert Massol, se trouvaient au tir, où d'ailleurs ils venaient presque tous les matins et où se donnaient rendez-vous bon nombre de jeunes gens appartenant à l'aristocratie de tous les mondes.

Le journaliste et le vaudevilliste saisirent cette occasion de présenter à leurs anciens amis leur ami nouveau Lionel Warton, puis ce dernier prit un pistolet et se mit à faire mouche sur mouche avec une adresse incomparable.

Cora Bernier avait profité des leçons de Jean Renaud!

Des paris s'engagèrent — Lionel les gagna tous et fut contraint, à son grand regret, d'empocher une centaine de louis.

— L'eau va toujours à la rivière !... — s'écria Lambert Massol. — Mon ami Warton me fait l'effet du baron de Rothschild gagnant cent écus à la bouillotte...

— Avez-vous déjeuné, messieurs ? — demanda Lionel aux inséparables.

— A onze heures et demie, jamais ! — répondit Octave Richard.

— Alors je vous emmène au *Moulin-Rouge* avec M. Léopold Dereyne, et je vous préviens que vous m'affligerez beaucoup en déclinant mon invitation...

Le vaudevilliste et le journaliste ne songeaient pas du tout à la décliner.

Le déjeuner fut gai, comme l'est presque toujours un repas de jeunes gens.

— Eh bien ! — fit tout à coup Lambert Massol, en dégustant des queues d'écrevisses à la Nantua. — Eh bien ! et cette fameuse fête au château de Saint-Ouen dont il doit être question dans les annales de la vie parisienne, est-ce qu'on n'en parle plus ?...

— On en parle au contraire... — répliqua Lionel. — Elle aura lieu d'aujourd'hui en huit ; seulement ce ne sera qu'un début, une sorte de répétition générale, une réunion choisie mais peu nombreuse... cinquante ou soixante personnes, pas davantage. — Je compte m'entendre avec vous, messieurs, au sujet des invitations.

— Nous sommes à vos ordres! — s'écrièrent les inséparables très flattés.

Lambert Massol ajouta :

— Comptez-vous admettre les dames artistes?

— Parfaitement... — Nous autres étrangers nous ne sommes point exclusifs, mais par convenance, — (mes cousines étant des jeunes filles,) — les artistes désignées par vous ne doivent être à aucun point de vue des femmes équivoques.

— Cela va de soi — reprit Massol — et nous vous offrirons le dessus du panier.

A deux heures on se sépara.

— Venez à Saint-Ouen le plus souvent possible... — dit Cora à Léopold — J'ai grand plaisir à vous voir...

— Je crains d'être importun...

— Vous ne pouvez pas l'être...

— A demain, alors...

— A demain...

Le jour suivant, à huit heures du soir, Léopold et son frère Georges arrivèrent au château et furent accueillis avec une bienveillance marquée.

On fit de la musique, on causa, on se promena sur la terrasse qui dominait la Seine et l'île de Gennevilliers. — Les heures passèrent rapidement et les deux frères ne quittèrent Saint-Ouen qu'à minuit, Georges très joyeux, Léopold triste et rêveur.

C'est que Carmen, ou plutôt Laura, s'était montrée coquette et presque tendre avec le frère aîné, tandis qu'au contraire Marie n'avait témoigné à Léopold qu'une réserve glaciale.

Pourquoi cette réserve, pourquoi cette froideur puisqu'elle aimait ?

Quiconque a fait une étude un peu sérieuse des mystères du cœur féminin répondra sans hésiter que la jeune fille était ainsi, justement parce qu'elle aimait.

Connaissant les projets de sa sœur aînée, ne voulant point s'en rendre complice, et ne voulant pas non plus entraver leur succès, la pauvre enfant se raidissait de tout son pouvoir contre le sentiment nouveau qui remplissait son âme.

Sachant que Léopold en se donnant à elle attirait sur lui-même un grand péril, elle voulait le sauver de ce péril et décourager son naissant amour par une apparente indifférence.

Elle se sacrifiait sans hésiter, avec un héroïsme ingénu.

Le surlendemain quand Léopold, obéissant comme tous les amoureux à l'impérieux besoin de se rapprocher de son idole, revint à Saint-Ouen, elle se prétendit souffrante et refusa de descendre au salon.

Deux ou trois jours s'écoulèrent sans amener le moindre changement dans la situation de nos personnages.

Chaque après midi Cora envoyait prendre des nouvelles de Martial Dereyne dont l'état restait identique.

L'armateur attendait avec impatience que les renseignements pris par Réné Mattifet, et surtout les réponses aux lettres écrites à Calcutta et à Guayanila, vinssent le rassurer complètement au sujet de l'identité de Lionel Warton et de ses cousines.

Le troisième jour, Lionel se présenta en personne rue du Rocher.

Rose, qui le trouvait charmant et qui déclarait absurdes les défiances de Martial, le reçut à bras ouverts.

— Comme vous devenez rare, monsieur Warton! — s'écria-t-elle. — Je suis sûre que notre pauvre malade serait heureux de vous voir plus souvent.

— Il faut m'excuser, chère madame — répondit Lionel — je suis très occupé des préparatifs d'une petite fête que je vais offrir à mes amis; cela me prend presque tout mon temps.

— Une petite fête? — répéta Rose en dressant l'oreille comme un cheval d'escadron au son de la trompette.

— Oui... une réunion sans grand apparat... une

sorte de festival champêtre... — Cinquante à soixante personnes tout au plus... — Combien je regrette que la maladie passagère de M. Dereyne me prive du plaisir de le compter au nombre de de mes invités.

— M. Dereyne le regrettera bien plus vivement encore... — répliqua Rose qui mourait d'envie de demander une invitation mais qui — pour des motifs faciles à deviner — n'osait manifester son désir.

— Mais j'y songe — reprit Lionel en lançant à l'ex-femme de charge un regard qui lui fit battre le cœur sous le corset chargé de contenir sa luxuriante poitrine — aucun motif, ce me semble, ne peut vous empêcher, chère madame, d'assister à cette fête... — Vous en serez un des ornements, et vous distrairez le lendemain M. Dereyne en lui en contant les détails...

Rose Bonchamp rougit de plaisir.

Elle était invitée. — Rien ne l'empêchait plus désormais de se faire prier, ce qui lui paraissait de bon goût.

— Vous êtes assurément fort aimable, cher monsieur Warton, — répliqua-t-elle en minaudant. — Toutefois je ne sais si je puis accepter.

— Pourquoi donc ?

— J'ai des devoirs à remplir, de grands devoirs.

— Lesquels ?

— Ceux qui résultent de la mission de dévouement que je me suis imposée et dont je m'acquitte de mon mieux...

— Ah ! — s'écria Lionel — vous êtes un ange! un ange doublé d'une jolie femme, personne ne l'ignore.

Rose prit ce compliment hyperbolique pour argent comptant, minauda de plus belle et poursuivit:

— Non... vraiment non... Non, je vous assure... Je ne puis abandonner ce cher malade toute une soirée et toute une nuit...

— Le valet de chambre vous remplacera...

— Ce n'est pas la même chose...

— Assurément, mais ce garçon paraît fort attaché à son maître. Je le crois capable de vous suppléer sans inconvénient pendant quelques heures, et je suis convaincu que M. Dereyne serait enchanté de vous voir prendre un peu de plaisir...

— Croyez-vous ?

— Demandez-le lui...

Rose s'empressa de poser au paralytique cette question :

— Seriez-vous content, Martial, si j'acceptais la gracieuse invitation de M. Lionel?

Les paupières de l'armateur s'abaissèrent trois fois de suite.

La réponse était affirmative...

FIN DU SECOND VOLUME

ET DE LA PREMIÈRE PARTIE.

www.ingramcontent.com/pod-product-compliance
Lightning Source LLC
LaVergne TN
LVHW020608110826
845149LV00002B/405